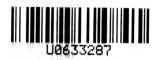

作者简介

吕新，生于1963年，1986年开始发表小说，著有长中短篇小说多部。主要作品有《抚摸》《光线》《草青》《一个秋天的晚上》《石灰窑》《成为往事》《木蝴蝶》《白杨木的春天》《掩面》《下弦月》等。

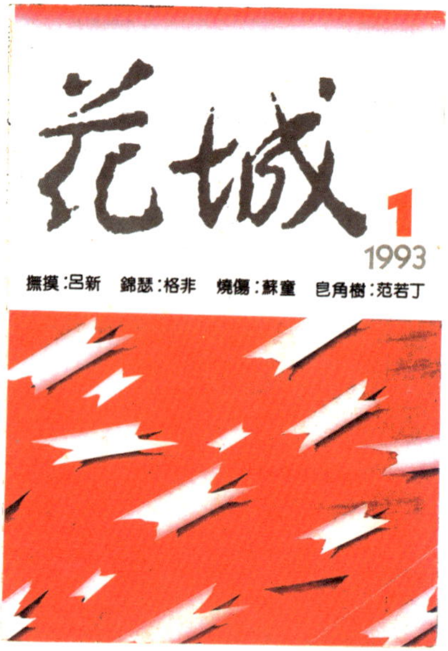

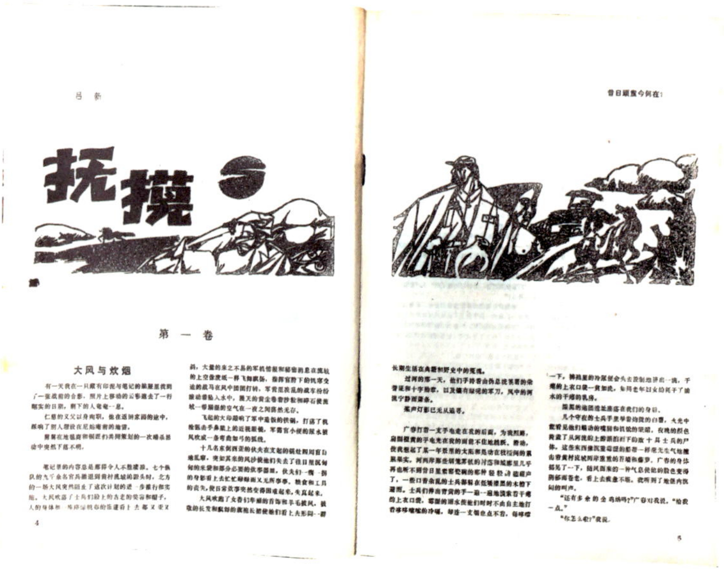

《抚摸》首发于《花城》杂志1993年第1期

花城出版社版（1993 年）

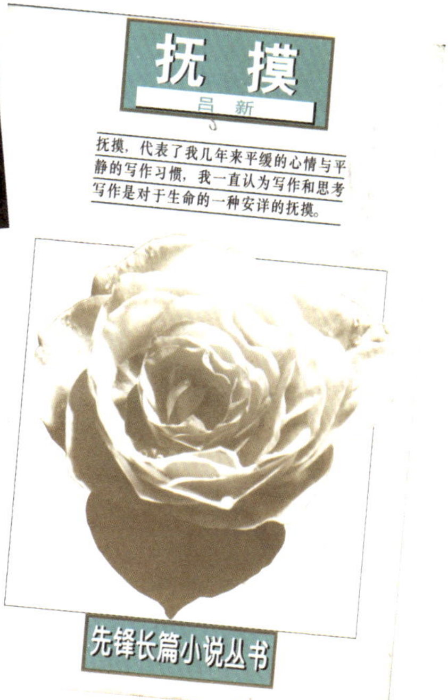

花城出版社版（1997 年）

《花城》首发　纪念珍藏版

抚摸

吕新　著

SPM
南方出版传媒
花　城　出　版　社
中国·广州

图书在版编目（CIP）数据

抚摸 / 吕新著. -- 广州 : 花城出版社, 2016.8
（《花城》首发）
ISBN 978-7-5360-7998-4

Ⅰ. ①抚… Ⅱ. ①吕… Ⅲ. ①长篇小说－中国－当代
Ⅳ. ①I247.5

中国版本图书馆CIP数据核字(2016)第151036号

出 版 人：詹秀敏
策划编辑：林宋瑜
责任编辑：揭莉琳　林　菁
技术编辑：凌春梅
装帧设计：刘红刚

书　　名　抚摸
FUMO
出版发行　花城出版社
（广州市环市东路水荫路11号）
经　　销　全国新华书店
印　　刷　恒美印务（广州）有限公司
（广州南沙经济技术开发区环市大道南路334号）
开　　本　880毫米×1230毫米　32开
印　　张　12.125　5插页
字　　数　220,000字
版　　次　2016年8月第1版　2016年8月第1次印刷
定　　价　48.00元

购书热线：020－37604658　37602954
花城出版社网站：http://www.fcph.com.cn

昔日顽童今何在?

目录

Contents

第一卷

大风与炊烟

有一天我在一只藏有印泥与笔记的抽屉里找到了一张战前的合影，照片上移动的云彩遮去了一行翔实的日期，剩下的人奄奄一息。

仁慈的义父以身殉职，他在返回家园的途中，踩响了别人埋设在尼姑庵前的地雷。

舅舅在地毯商和铁匠们共同策划的一次暗杀活动中突然下落不明。

笔记里的内容总是那样令人不胜凄凉。七个纵队的九千余名官兵撤退到黄村流域的源头时，北方的一场大风突然阻止了这次计划的进一步推行和实施。大风吹落了士兵们脸上古老的笑容和帽子，人的身体和一座座绿帆布的帐篷看上去都又歪又斜，大量来之不易的军机情报和秘密消息在流域的上空像废纸一样飞舞飘扬，指挥官胯下饥寒交迫的战马在风中团团打转，军营里凌乱的战车纷纷滚动着坠入水中，漫天的黄尘卷着沙粒和碎石使流域一带潮湿的空气在一夜之间荡然无存。

飞起的大印敲响了军中造饭的铁锅，打落了机枪狙击手鼻梁上的近视眼镜，军需官小便的尿水被风吹成一条弯曲如弓的弧线。

十几名东倒西歪的伙夫在支起的锅灶四周盲目地乱窜，突如其来的风沙使他们失去了往日里沉甸甸的米袋和部分必要的炊事器皿，伙夫们一瘸一拐的身影看上去忙忙碌碌而又无所事事。粮食和工具的丧失，使日常的炊事突然变得困难起来，失真起来。

大风吹跑了女眷们华丽的首饰和羊毛披风，披散的长发和飘舞的旗袍长裙使她们看上去形同一群长期生活在典籍和野史中的冤魂。

过河的那一天，他们手持着由伪总统签署的荣誉证和十字勋章，以及镶有绿呢的军刀，风中的河流宁静而萧条。

桨声灯影已无从追寻。

广春打着一支手电走在我的后面，为我照路，扁圆橙黄的手电光在我的面前不住地跳跃、滑动，使我想起了某一年景里的太阳和晃动在枝丫间的累累果实。河两岸那些烟笼雾锁的村落和城郭里几乎再也听不到昔日里素窑瓷碗的那种轻轻的磕碰声了，一些口音杂乱的士兵都躲在低矮漆黑的屋檐下避雨。士兵们伸出青黄的手一遍一遍地摸索着干瘪的上衣口袋，霉湿的雨水使他们时时不由自主地打着哆哆嗦嗦的冷嗝，却连一支烟也点不着，每哆嗦一下，裤裆里的冷尿便会失去控制地挤出一滴，干瘪的上衣口袋一贫如洗，如同老年妇女的耗干了油水的稀疏的乳房。

漆黑的炮团遗址坐落在我们的身后。

几个守夜的士兵手里举着灼烫的白薯，火光中能看见他们蠕动的嘴唇和饥饿的眼睛。夜晚的颜色掩盖了从河流的上游漂泊而下的数十具士兵的尸体，这些东西像沉重霉湿的船帮一样毫无生气地撞击着黄村流域两岸重重的苔墙和藤箩。广春的身体摇晃了一下，随风而来的一种气息使他的脸色变得阴郁而苍老，看上去疲惫不堪。我听到了地堡内沉闷的叫声。

“还有多余的金鸡纳吗？”广春对我说，“给我一点。”

“你怎么啦？”我说。

“我只是略有些难受，阴天的时候就总是这样。”广春说。

我翻遍了所有的口袋．只找到了一粒粘着烟丝的金鸡纳霜。广春的手电光在这个过程中一直追随着我的手，我在光圈中看到了自己手上的汗毛和一处星形的疤痕；我将一个玻璃小瓶掏出来以后，广春惊呼了起来：

“天哪！鱼肝油？从哪里搞到的？你可真沉得住气。”

“知道我会把它怎么样吗?”我说。

“你要连瓶子也一起吃掉?”广春说。

“见面分一半。”我说,“古书上不是常这样讲么。不过得统统吃下去,不能给别人留一丝幻想的余地。”

扁圆橙黄的手电光停留在我们身体之间的缝隙里。我感到了一种遥不可及的若有若无的暖意。广春嘴里含着药片,伸了一下舌头,皱着眉头说:“这是金鸡纳吗?味道有点儿怪,你没弄错吧?”

一个士兵提着裤子慌慌张张地向一棵树后跑去,士兵在树后蹲下去以后,草丛里的一只夜鸟被突然惊飞起来。

炮团遗址里开始有人染上了疟疾,许多人的皮肤看上去如同凋零剥落的漆器。

“你得小心一点。”广春对我说,“昨天冯医官偷偷告诉我,他最近发现了霍乱的兆头,他是给十四营的赵营副换药的时候突然发现的,赵营副再也挺不了多长时间了。”

“赵营副?就是那个爱唱《秦琼卖马》的家伙吗?小个子,戴眼镜?”我说。

“就是他,性情很古怪,平常总是满脸晦气的样子。”广春说。

一只蝙蝠携带着它的两扇形同几何状的翅膀在我和广春的头顶上面盘旋,它的翅膀的质地使我想起了穿在某些人身上的那种柔软飘逸的印有暗花的黑缎子,它在重复往返的飞行过程中释放出阵阵腥甜而腐烂的气息。广春的一只手向上扬了一下，而蝙蝠仿佛并未察觉，依然如故地盘旋着。它不怕人。

“用不了多久，所有的人都会像赵营副一样烂在这里，成为炮团遗址的一个部分。用不了多久。”我说。

广春说：“情报处里先后派出去十几个人，都泥牛入海，至今一个也没有回来。”

“你看他们会派你出去吗？”我说。

“在劫难逃。”广春说。“只要我端一天情报处的饭碗，免不了这种差事。”

夜色辽阔沉重，无边无际的距离使人心虚而无望，万念俱灰。每当夜幕降临之后，居住在附近的白巾族人就开始举行隆重的婚礼仪式。他们把新娘放到河里，让她的身体完全暴露在皎洁澄澈的月光之下，不贞的女人会因月光的无情照耀而将脸全部烂掉，继而为河水所吞没。

广春熄灭了手电。我看见我们的影子像两株无花无果的草本植物。

广春说：“十几年的情报生涯，我只得出一个结论：一切的情报都是毫无意义的废纸，世上不存在任何一种秘密，事情的好坏完全听凭于决策者的良心和意念。就是这样。”

平寂的宿营地里几乎望不见火光，却到处都能闻到篝火的余韵，谁站在这种温暖而焦煳的气息里，谁就首先会想起粮食。

“这种焦煳味真使人饥饿。”我说。

广春没有说话——情报处里的人几乎个个都是这样. 我从他的手里要过手电，我在狭小的光圈里看到了脚下的烧焦了的小麦。周围有几块烟熏黑了的石头，看上去像是炭，但不是炭。

“点火的人看样子离去不久。”我说。

广春没有回答。他轻轻地拽了我一下：“你看，那是什么?”

广春的声音听起来异常沙哑而低远，仿佛远在千里之外。我的一只手扶上了他的肩膀以后才立即消除了这种疏远的感觉。广春的身体在微微抖动，我甚至听到了他上下牙齿相互磕碰撞击的声音，像是寒冷所致。

“看到什么啦?”我问广春。

“你看，那边，那个门楼。”

循着广春寒冷的声音和指向，我看到了一座红颜褪尽的旧日的宅邸，一名屠夫正在门前的下马石前宰杀牲畜。屠夫的左手按着一头紫颜色的牛，右手向空中高高扬起，地上有一颗早已割掉了的牛头，屠夫的头部和衣服上溅满了斑斑驳驳的血污，苍蝇在现场的四周嘤嘤嗡嗡地盘旋飞舞，粗大的牛尾在牛的余哀声中向上竖起，之后又无力地落下，牛身上滚满了泥水和凌乱的树叶。

广春问我："你听到苍蝇的声音了？"

我说："听到了。"

"我的耳朵完了。"广春低低地呻吟着说道，"我看见那些苍蝇，我知道它们正在嗡嗡营营地叫，可我听不到声音，我一点儿也听不到，我的耳朵完了。"

"你没完，只是它们的声音实在太低了，何况还有距离，我听起来也非常吃力。"我说。

"可你还是听到了。"广春说。

"别这样广春，过一会儿就会好的，一切都会好起来的。"我说。

门楼两列悬挂着的十几只大红的宫灯上都清晰无比地印出题写着的两个隶体的字："曲大"。两名门卒垂手站立在楼柱外面。两只黄色的门犬分别在楼柱的里面。门卒头戴红白巾，身穿朱红短衣皂绿领袖，右手持长方形盾牌，左手执环首长刀，刀环上系着一条红穗。门犬瘦身长腿细颈竖耳，看上去矫健勇猛，须系着红绳和铜铃，向门外做狂吠状。

听不到犬吠声，只看见一副狂吠状。

"听到狗叫声了吗？"广春问我。

"没有。"我说。

"你看它们叫得那么凶，一定是看见什么东西了。"广春说。

"也许在暗处有一个人，它们发现了他，它们想扑上去。"

我说。

“我看见锁链上的那些铁环了，它们的脖子上都拴着一根锁链。”广春说。

链子是铁的，我听见锁链在狗的跳跃过程中哗啦啦地抖动、绷直的声音了，只有铁器才会发出那样的一种声音。

“我觉得狗想咬的正是我们俩。”广春说。

“不会，好像别处还有另外的一个人，我们并没有暴露在狗的视野里，它看不到我们，它咬的方向偏离着我们。”我说。

“你怀疑附近还有一个人？”广春说。

“有。”我说。

两只焦躁不安的黄毛门犬在狂吠跳跃的过程中，不时地龇露出雪白而尖利的牙齿，门楼上的大红宫灯将它们的毛色映衬得有些微微发红。宫灯上题写的那两个隶体的“曲大”使我百思不得其解。

“‘曲大’是什么意思？”我问广春。

“怪事。”广春说。“那两个门卒始终站在那里，难道是两个死人吗？”

“我一直都在注意着他们的举动，可他们始终没有动过一下。”我说。

“我也留心他们很久了，如果我们现在不是在做梦，他们两个人就必定是两个死人了，毫无疑问。”广春说。

“我们现在是在做梦吗？不是这样吧？”广春的问话使我想起了自生自灭的泡沫。

“广春，‘曲大’是什么意思？”我说。

“我不知道。”广春说，“要是‘大曲’我就知道了，我只知道‘大曲’，‘大曲’是酒。我不知道什么东西叫‘曲大’。‘曲大’指的是什么呢？什么也不指？”

广春疲倦不堪的语音使我有些昏昏欲睡。我有些累了。

“我也累了。”广春说。

这时，我突然听到了一种声音。

一个人缓慢地从那座旧日宅邸的门楼前走过。那个人好像穿着一双纸糊的鞋。我听到的那种沙拉沙拉的声音正是他的迟缓的脚步声。

我推了广春一下：“看那个人！”终于出现了，狗咬的就是他。

广春说：“你在说什么呀？”广春的语音里贮满了浓郁的睡意，这使我感到十分悲哀。

“你看那个人，他的脸那么黄，耳朵和手却是白的，白得出奇。”我说。

广春：“……”

“他的鞋好像是用纸做的，只有粘了糨糊的纸才能发出这样的声音。”我说。

黑暗中，我看见广春朝我笑了一下。

“那是个病人。”广春说。

透过稀薄疏松的树篱，我看到了岸边的一系列重叠后的地址。

窗户外面仍然是过去的那种密封的屋顶，还有盲目地日夜流淌着的肮脏的沟水。几块冰凉的银元散落在桌上的一只漆盘里，银元表面上积存的污秽的手迹已经厚重得令人难以置信了。母亲托人捎来它们的时候，我从上面看到了时光昼夜环绕流过后的种种遗迹。我在那种无聊的时刻突然忽发奇想：人们洗刷一切可以洗刷的东西，包括身上的各个器官，但迄今为止，还没有见过有谁在水里洗刷钱币。由此可见，它可能是人世间最洁净的一种东西，我不知道在以后的时代里会不会有人洗它，但愿没有。它一旦被洗刷，就证明它不洁。我现在这样日复一日地等待，也正是想知道我是否也同样有罪。

来人是我的表叔。

表叔说：“我找了先后许多个营地，乱七八糟的番号和口音把我弄糊涂了，桥头上的那些人和你们不是一回事吗？”

我告诉表叔说他们是工兵部队的。

表叔的背驼得比从前更厉害了，岁月的流逝已使他的一张刀条脸变得生疏而有些难以辨认了，他也几乎同样差点儿没认出我来。他从怀里往外掏银元的时候，两道混浊的目光突然变得警觉而迟疑，他鬼鬼祟祟地望着我，好半天以后才把手伸出来。他的手是湿的。

“你是四平吧？我有些吃不准。我没有认错人，是吧？”表叔说道。

我按着他的肩头让他在我的一张行军床上坐下。我从行囊里取出一只影青瓷杯倒上水，之后放到他的面前。

表叔这时突然看到了烧制在杯子上的一只异常清晰的大拇指的印记，他进来以后的那种神情立即晴朗舒展起来。

“嗨，你不是平子又是谁呢，谁会有这东西呢，这么多年过去了，这杯子你还带着。我老糊涂了，四平如今是大人了，可不像从前那样乱摔东西了。你没把过去忘了。”

表叔说着，伸手摸了一下茶杯。这是他从前的手艺，由于功夫欠火候，他把自己的一个大拇指的印记烧制在了杯子上。这件昔日的趣闻一度曾使他羞愧不安，形同做贼，他一个人在瓷窑里埋头鼓捣了三个月，他发誓烧不出传世的珍品就绝不出来见人，与泥坯一起在火中变为瓷器或废料。就是化作一股青烟从高高的窑顶上无声地冒出去，也比丢人现眼要强。他当时就是这样说的。

“我记得你从前不是在参谋部里吗？你被革职了？我想你一定干得好好的没有被革职，是吧？是这样吧？”表叔问我。

“我奉命绘制一份地图，不允许与更多的人接触。”我说。

“嗨，这就对了，难怪他们说很久没有看见你了，有一个小子竟然说你阵亡了，说是为了掩护司令官的坐骑。马比人还要紧吗？一派胡言，能骗得了谁呀。”

表叔喝着茶，把藏在手心里的最后一枚银元放到了桌子上的那只漆盘里。我看到那块银元湿漉漉的，上面满是他的汗渍和手印。有些事情我觉得没有必要告诉表叔。在四月初的一场战役里，的确有一个人为了掩护司令官的坐骑而饮弹身亡了，但那个人不是我。

表叔望着桌上的钱不住地催促我：

“你不想把它分给别人是吧？那就赶快收起来。这兵荒马乱的年月，给谁看见了，我敢说连小命弄不好都得赔进去。”

我张开一个空瘪的袋子将银元放了进去。能把它们藏到哪里呢，我没有更好的地方藏匿它们。它们是金属，有时候会像动物一样发出它们本来的声音，我只能让它们贴紧我的胯骨和肌肤，系在我的腰间，这样，我在走路的时候，就可以时时刻刻听见它们发出的喑哑的声音，睡觉的时候压着它们，直到天亮。

冰凉的金属贴着我的骨头。

“这是哪来的钱？家里又卖了什么？”我说。

“没卖什么，不过是把园子的一多半割给了寺院，就是善果寺，你小时候常去的。”表叔说。

“我们家如今与和尚成了邻居？”我说。

表叔说：“你怎么了？瞧你大惊小怪的样子，这么多年你在外面好像白混了。那有什么呢，和尚不也是人么，寺院难道不好？那么多的人进香跪拜，图的是什么？”

“寺院好，晨钟暮鼓每天如期敲响。”我说。

表叔说：“你觉得别扭，是吧？其实这事情一点儿也不别扭。你小时候见过孙武吧，就是那个绸缎商人，你知道孙武的宅邸如今派了什么用场？你不用猜，我敢说你肯定猜不着。水牢，你知道吗？许多有毛病的人都被关在里面．四周钉着木桩，外面拴着锁链，水牢能和寺院比吗，不可同日而语。孙夫人终年卧病不起，每到深夜都会听到那些冤魂野鬼的哭声。”

“太一长老现在还在善果寺吗？”我说。

“圆寂了，在河边的那座白塔里。如今掌管善果寺的是宝公和尚，安放太一长老的白塔就是他带人修造的。这个宝公和尚生得又胖又大，常给人诊脉，两手能举起一个石狮子，他是从东南地区一路化缘而来的。去年春天，他们把寺墙重新刷了一遍。”表叔说。

透过窗户，我看见大地上杂乱无章的马蹄印像一只只出窑已久的瓷碗一样都渐渐地凉了，桥头上工兵们的身影犹如蠕动的蝼蚁，几个人手里扯着长长的电线，在桥上跑来跑去，鲜红的信号小旗在一个戴头盔的人手中时而猛地扬起，时而又突然落下。眼前的这种异常干练而果断的动作看上去如同一出程序生硬的皮影戏。工兵们正在桥上说话，他们的双唇不时地启合，牙齿闪闪烁烁，舌头翻飞波动，但我听不到他们的语音。我知道他们的番号和编码都密封在衬衣的里面。这是一支训练有素、装备精良的正规工兵部队，其中的一名营长马尚儒与我交情笃深。

“他们在干什么？又在埋地雷吗？”

表叔的神情和语气使我反感，我不喜欢他这种探头探脑的样子。我让他重新坐下，我告诉他说他的这种举动很容易使外面警戒的哨兵产生疑云，感到不安。桥头上忙碌如蚁的工兵们要炸掉那座桥，河对岸的那些长枪队过早地暴露了他们要渡河的企图。

“又要打仗了，是这样吧？”表叔说。

“这不关你的事。”我说。

“可是我很难过。”表叔说。

他的潮湿的毡帽使我闻到了故土雨水的气味和瓷窑上空的浓烟。他十分僵硬地坐在我的绿帆布行军床上。帆布上隐现的一些暗锈的血迹使他很长一段时间再没有开口说话，他的样子看上去疲惫极了。我起身关上窗户，望着桌上摊开的地图。我手中的红笔轻轻一勾，一串村落和一个城镇在不久的将来便会烟飞灰灭，永远地消失在地图以外的时间里，与之有关的血泪也会像流畅的溪水一样穿过隐蔽的树桩，在流动的过程中慢慢地被土地吸干。岸边倒伏后的青草使溪流的附近变得空旷无际。

隔着窗户，我看见两名身材矮小的士兵突然奔跑起来，他们都没戴帽子，看上去像是两只受到惊吓的动物。

桥头上的几条黑影垂直在地上。

帆布床在表叔的身下发出了一阵沙哑滞重的响声。表叔咳嗽了一声。绿帆布衬托着他的表情，使他看上去显得满脸菜色。他的毡帽上有一个破洞，一根红线缝缀得歪歪扭扭。他穿着一双高筒的牛毛毡靴，如果用一个隐形的罩子把他的上半身全部罩起来，那垂在床边的两条腿就会被认成是两条骆驼的腿。远处隐隐传来的一阵炮声使他的身体在帆布里不自然地弹动了一下。他抬起头看我。我把目光移到外面，背向着他。他这会儿无法看到我的脸，只能看到我的背影和腰间的一根皮带。我感到我的棕褐色的牛皮武装带弄疼了表叔的目光。

那个奔跑着的影子突然像一柄扫帚一样扑倒在地上，我的视线里此时寂静无声。在人影倒下的地方，几只受惊的鸟湿漉漉地腾空而起，鸟很快都飞走了，除了几根羽毛之外，再什么也没有看到。周围的地方内没有出现任何一种可以致命的利器或打击物，但那个奔跑着的士兵却突然无声无息地倒了下去，像一种没有重量的线条或颜色。

这时，我看到勤务兵小六子牵着司令官的那匹雪白的马从河边饮水回来，勤务兵小六子的手里拿着一只紫褐色的木梳子，另一只手牵着马的缰绳，梳子上的水珠一滴一滴地落到灰色的土地上。勤务兵小六子牵着马，心不在焉地向四周张望。雪白的马蹄在我的视线之内上下起落，忽明忽暗。我想起了从前在别人的花园里穿着白色运动鞋打网球的参谋部里的高级军官们和司令部的卫士们，他们潇洒柔软的头发多像眼前这飘扬的亮闪闪的马的鬃毛。岸边的鱼草衬托着勤务兵小六子苍白而稚气未尽的脸和他的单调的步子，衬托着巡逻队短暂而冗长的行程和语焉不详的口令。河水过滤了马的声音，岸边只剩下一堆黄金般的马粪。

“孩子，你手上的疤痕怎么回事?”表叔问我。

“烫的。”我说。

“是汽油吗?”

“是肉汁。”

“我来这里，到处都能闻到一股汽油味，要是有人划一根火柴，一切都会烧起来的。用不了多久，这类事往往用不了多久。”表叔说道。

他们从一棵树后绕出来以后，重新走动在我的视线之内。勤务兵小六子这时候忽然从口袋里掏出了一捧东西，是几块苏打饼干，马的饲料。小六子往马嘴里塞了一块，之后又往自己的嘴里塞了一块。是三块，叠在一起的三块。小六子狼吞虎咽地嚼着饼干，抬手轻轻地拍拍马的脖颈，举起了那只紫褐色的木梳子。

站在桥头上的一名蓄着小胡子的工兵这时正注视着渐渐走来的勤务兵和马。

“我该走了。”表叔对我说。

我把摊开在桌子上的地形图卷了起来，我从立在桥头上的独角兽一样的工兵的脸上、从勤务兵小六子心不在焉的神情和塞满饼干的嘴巴上忧伤地看到了一种征兆。小六子鼓着两腮，像一个哑巴一样，一只手插在浓密的马鬃之间。马的步态悠闲而安详，有如它的主人司令官平日里的那种漫不经心的习惯表情。

他们从一只废弃已久的大型车轮旁经过，勤务兵小六子的脚下踢响了一只贮满了风声的铁筒罐头盒，罐头盒空空荡荡地响着，滚进了路边的一条积水沟里。

马头向上扬了一下。

“我要回去了。”表叔对我说。

这时，我看到那个蓄着小胡子的工兵仿佛站立不稳似的在桥头上大幅度地摇晃了一下僵直的身体，他的嘴像一片迟绽的荷叶一样突然迎着风张开了。他的舌头在飞舞。

我护送头戴毡帽的表叔离开营地的时候，司令官雪白的坐骑像是受到了某种意外的袭击，突然撒开四蹄狂奔起来。

勤务兵小六子双手捂着脸滚倒在一旁，飘扬的马尾打酸了他的眼睛。

提早到来的雨季使我度过了一段烟水苍茫、动荡不安的日子。我怀念故土上的某一个湿漉漉的布置故事的草垛，又习惯于在风声鹤唳的天空下马不停蹄地日夜行军。我无数次别有用心地观察一些秘密行驶在夜间的船只，耳边谛听着谷仓里那盏长明不熄的铝壳马灯。

有一天，情报处里的一个人的衰弱垂死的乡音将我从潮湿难堪的梦中惊醒，我记起了那山顶上曾经有过的那种古色斑斓的红晕已不再重现。雨水如同无所不在的时间一样漫进了隔壁的地下室里，雨水穿透水泥，泡软了木头。行刑队里的长条板凳和桌椅东倒西歪．垂挂在墙廊上的条条皮鞭如同一群被捕获来的蛇，僵而不死，触角狰狞，形体扭曲，又如同一带盘根错节的古须青藤。

阴雨使众多古旧的房屋和装饰性的建筑像虚拟的布景一样纷纷坍塌，洪水从实物累累的大地上漫卷而过，一泻千里。

牲畜、妇女和猫都坐在所有的路上。

天上不停地流逝着一些质地和品类不尽相同的颜色，仿佛大地上无数座染坊的投影和展现过程。司令部的卫队从筑有牛毛城墙的旧日城郭中开出来，拦截了几只满载着贡盐、丝绸和茶叶的船只。旷日持久的风帆徐徐降落，与此有关的一些名字像被土地吸干了的水分一样，永久地消失了。

那种时候，我看到一张狭窄的猫脸正在城墙的箭垛口上探头探脑，东张西望。

阴雨时断时续，雨线如同细密而耐久的麻绳。行走在雨中，我时时有一种被生擒活拿五花大绑的恐惧。从初一到十五，我奉命参与了寻找司令官那匹失踪的坐骑的行动，与我同行的是参谋部和军机处里的一批大大小小的衔职不尽相同的军官。司令官的那匹一去不复返的、杳如黄鹤的坐骑使每个人的脸上都蒙上了一层丧事的阴影。我们穿着草绿色的军用雨衣，这种装束仿佛招魂的幡影或散曲，能使一切食草者都蓦然回首，闻风而来。

我们携带着指南针和火药。

在此期间，我们曾经看到过无数农业地区和非农业地区的骡马，那些雪白蓬松的鬃毛曾是那样的令人想入非非。有一天，我们在一片紫色的荒原上迷失了方向，视线之内只看见一个人和一头驴。那个人是一位当地人，身材矮小，他的脸上时儿苍白时儿血红，旷野上的风将他的灰色的身形吹出层层叠叠的褶皱。他搬来一块石头踩上去，使他的位置正好与驴的高度一致。他刚一趴上去，驴的身体便扭动着偏离了他的目标。他从石头上下来，将石头又重新搬至驴的身后，他又一次站上去。当他再次想趴上去之后，驴的身体又一次扭动着偏离了他的目标。他的计划在风中一次次落空。

“我知道你心里在想什么。”

情报处的一位军官对他说道。

那个人不耐烦地看了一眼他身边的军官们，把脸扭到一边。

“我没想。”他说。

两名军官上前抓住了驴子，使驴不再到处走动。军官说：“我们替你抓住驴，你上吧。完了以后你得告诉我们方向，我们迷路了。”

“你们找对了，我是本地人。”那个人说道。

每逢夜幕降临之后，我时常听见同伴们的牙齿和纽扣在漫长的雨夜里发出种种紊乱的神经质的声音，伴随这类声音的是一些古怪的表情和荒唐的动作。随着时光的渗漏，睡眠中说梦话的人越来越多了，呓语的内容庞杂而无边，上至绸缎，下至葱蒜。牛鬼蛇神，无奇不有，有些纯属含混不清的胡言乱语：

妈妈，你看她会一病不起吗？

我小时候发高烧，医生掀起我的衣服，塞入一只老鼠。

长大上学后，有些老师总是剥夺我们所想的一切。

黎明使高大的城墙渐渐发黑，变蓝，最终显示出城墙原有的本色。尺寸依旧，格局和轮廓稍有缺陷，但其中的故事早已天翻地覆，所有的意义也都灰飞烟灭，化作了风尘。我在那时有了一种粗浅的认识，所谓的城墙只不过是依照一种古老的法则和遗训而累积起来的一堆数目重复的砖，至于城墙内外镶嵌粗杂的牛毛或驼茸，只是取决于材料和工期方面的因素，它与造墙的初衷相去甚远。城墙上不允许造门，这话有人曾经说过。说这话的人是一位教育家兼人口学家，并不是一位研究防御掌管军事的统帅。在一条古老的法则里，有一些由复杂的信念筑成的洞口阴沉而潮湿，霉点斑斑。我穿过一条由文字构成的狭长的暗道，一个巨大的圆形水坛坐落在视线所及之内，水坛的四周吹着风，冰块层层叠叠。

这里有门。门的数目根据人的信念的多少或强弱而随时递增递减。

在门的数目不断增减的过程中，有关时光和往事的附属物如同描红的折扇一样招数百出却一触即逝。隐秘的岁月里袒露着往昔的痕迹，一种徐缓的含辛茹苦的语言一直持续到日落黄昏时分。我曾经在数十年的行军和宿营的途中讲过一些荒唐可笑的事情，我这样做的时候始终头晕目眩，手脚冰凉。大战后的一种遗迹构成了西边群山上的主要色调，无数以身相扑的人都匍匐在地，他们的血都被一种漫不经心、玩世不恭的手法随意地涂抹到一贫如洗的天上和裸露着积雪的山巅上，然后交战的双方都以失败而宣告事情已至此结束，故事中的人物也都各奔东西，从独木桥上坠落而下，无声地遁入土里，之后由黑暗将一切覆盖。覆盖在草下的是柔软的形同绸缎的河流，覆盖在头顶上的是圆形的天空，它空寂而无色，如一只烟云中的草蒲团一样在原地浮动。它可能是紫色的，我在缓慢周旋的文字中一直这样以为。我看见阴暗的时光封疆千里，遮天蔽日，无数发自内心的呼喊与呻吟如啼血的羽毛和浮动的草皮屋顶。一种异常复杂的关系和网络存在于一个三角形的农业地区之内，古老而疏密有致的联结方式使人与人之间的关系千丝万缕又形同陌路，顽强耐久而又易损易折。城墙上辉煌的东西存在了没有多久，黑暗比河流还要原始。

高悬在农业地区上空的太阳犹如山中修炼多年的铅丹，古色斑斓，气象万千。不计其数的牛畜和马匹披着一身泥水，出没在我们的视线之内。残缺的犄角，斑驳的毛色，伴着绝望的呼喊和奔跑。来自司令部的指令犹如催命的丧钟，时刻回荡在每个人的耳边。勤务兵小六子突然失踪之后，我们沿着耕田，从一个栽种着大量小麦的地区出发，飘扬的旌旗和号角如同稀世之传的滋补药品一样充壮了官兵们的行色和胆量，我们的腰杆和肾都渐渐地有了极为明显的起色，腰疼腿胀的毛病也正在日趋向体外潜移默化。沿路上经常可以望见东倒西歪的泥菩萨和袒露胸怀的地藏王，风雨和行人剥光了他们身上的金粉和彩釉。有一天，我们看到一男一女两个小孩正在路边的一棵夹竹桃树下模仿欢喜佛的动作和姿势，突然逼近的马蹄声惊散了他们的表演，他们趟过一道拖泥带水的灌渠后就转眼消失了。经过一个月零六天的长途跋涉，部队在春天的时候渡过了平静苍老的黄村流域，开到了流域之南的高原上。起伏无垠的红土使我们重温了一次童年的故事。我们远远地望见了风中的龙舌草和凤凰树，沿途扁圆的石头和刻有复杂花纹图案的地雷都暴露在行人的视线里，看上去如同史前动物的蛋。

一月十四日，我们经过了一条狭长的洞穴地带，两边森严壁垒的岩石上刻着汉代的故事和远道而来的哈里发的使者。马放南山，歌舞升平的汉代故事使人引起与战争有关的许多联想。哈里发的使者携带着香料和银器，骑着高大的骆驼和白象，频繁地来往于阳关内外。

大量的铁和风行历代的黄老思想几乎成为所有绘画的主要背景。十里之外，便可清晰地闻到西域使者身上的香料和羊膻气息。

行走在阴郁而冗长的雨季里，我们常常会望见一些人神相晤会谈的场面，此种现象使行军和作战变得有趣而令人深深眷恋不已。常见云霞雾霭中有一个人身披羽毛，手持桂枝引着一只飞鸟，其前立着一名衣冠白发人，云中的一道龙头昂首相向，下面立着一个头戴三山冠佩剑的人，背后的小女侍捧着描金的漆盒，脚前有三个人执笏跪拜祭祀，伏拜者的前面设置着矮几，上置一奁，几的前后陈列耳杯三只，内盛供奉死者的酒浆。高原地区的气候复杂无常，所有人的唇、颊、领饰和龙身上的斑点、人披的羽毛以及戟上都能望见有朱红点点。门口的兽面人右手执幡，左手执蛇。在这一带，弄丸、弄剑、击鼓和舞蹈构成了当地游戏宴乐的百戏表演，士兵们常在宿营之时，望见旗幡招展的浩浩荡荡的出行的车骑行列，帷车黑盖，帷外的御者穿着红衣，执戟的骑士簇拥在车前车后，戟偃卧向后。所有的马在人的视线里都做出一种奋蹄奔驰的姿势，潮湿的雨雾使飞扬的马的鬃毛散发出浓烈的牲畜气息。

夜晚来临之时，黑暗的天空和泥泞的大地使蝼蚁般的队伍又一次受阻，所有的人都滞留在郊外密匝匝的芙蓉树和乱丛棵子里。世代栖居在高原地区的禽兽在距离宿营地不远的地方随意地出没走动，无遮无拦地游来荡去。

晚些时候，一个面色苍白的人骑着一匹白马突然向灯火零星的城中飞驰而去。

“追上那个盗马贼！就是他盗走了司令官的坐骑。”

盗马贼在军机处长的呼喊声中像一团转瞬即逝的烟雾一样消失了。

侍卫团的先遣队走在前面，闪着寒光的刺刀难以穿破浓稠的夜色。晚风越过污黑破旧的护城河，吹动了城墙上黏附着的牛毛和数十条飘扬舞动的绳练。城头上破烂不堪的大王旌旗呼呼作响，东倒西歪。在雨季来临之前的几个月里，这种五色龙旗已先后变换过多次，频繁的幻术使之丧失了必要的威严，最初的那种凛然之气已荡然无存了，剩下的只类同于岁岁枯荣的草木和季节。很多年来，我晚间所做的每一个梦都走风漏气，缝隙多于默契，破绽缺口随处可见，生硬的乡音和残损的心力使我的日常行为一再受阻，困难重重。

拱形的城门突然在我的面前关闭了。

我在这个缺口重重的夜晚被遗留在了城外，仿佛一条进化后的没用的尾巴。我听见了先遣队在城中的脚步声，他们表里不一的口令正在飞越衰败颓废的城头。

城墙上星罗棋布的窟窿里住满了白头翁和麻雀，红嘴鸦和蝙蝠，它们飞翔盘旋的影子浮动在护城河的壕沟之中，酷似水中的部分霉湿污秽的物质。城墙下历年的荒草和瓦砾倾斜在我的脚下，我越过几道轨迹尴尬的旧日车辙，马的蹄印里积存着一汪一汪的雨水，水中浮现出蜗牛的白骨般的枯壳硬甲。

那种时候，时光如淤积的泥沙一样滞留在流域的两岸，我看见一个人正跪拜在五丈高的城墙下，他身后的空隙里呼啸着肮脏而深不可测的护城河，他身旁的砖垛上林立着香烟缭绕的玳瑁烛台和精巧玲珑的铜车马。灯火辉煌，无数红色的石头和悬空的廊柱耀人眼目。黑巾长袍的骑吏和披挂铁甲手执长旗长矛的骑士冲出昔日的城门，列队行进。黄钺车上竖着大斧，带有圆盖的鼓车上高悬着牛皮大鼓，车后倒插着两支矛戟。金钺车上竖着方架，悬着大钟，车后也倒插着两支矛戟，三车各驾一马。在骑吏和骑士的前呼后拥中，有三套马的黑盖车和黑盖单耳辎軿车，车旁的仪仗骑士分执曲柄华盖，黑幢和朱色长旗，仪仗的马匹身置鞍具，朱绳束尾。行列前后都有驾一匹马的黑盖白盖的轺车，有骑马抱鞬的，徒步持物的和徒手的侍从前后护行，还有戴红缨兜鍪手执朱红长旗的甲士。最后的一辆黑轮和轩车驾着一头黄牛，车两旁各一人·一人戴黑牛心巾，白襦紫绔，另一人戴黑牛心巾白襦绔，都左手执杖夹毂从行。

偏离城门后，牛车和马匹开始在岸边狂奔。

我在这个河水呜咽的夜晚，嘴里嚼着一束晒干的川芎，我听见城内笑语喧天，琵琶丝竹之音经久不息。城内正在杀猪，或者宰牛。透明的鱼虾正在食客们一览无余的视线中做出最后的垂死挣扎，鱼鳞龟甲如旧年的雪景一样纷纷扬扬，漫天飞舞。宽大而舒卷的锦缎衣袖舞动在晨炊暮霭之中，宝石和铜板在这个夜晚里同样闪闪发光，红颜和文字像时光一样都在徐徐流逝。

曙光初现之时，我突然发现昨日的城郭已不知去向，宫墙和旌旗五影无踪，我睡在一条江边，身上的露水沉重而冰凉。

我身边的这条江是真实的。这条娼妓林立、古玩密布的水流日夜都流淌着成堆的金粉和重叠的红颜、恣肆的乌墨和累累的白骨。

每当我独自在阴暗的房间里吹着口哨随意走动的时候，笔记里的内容总是那样令我不胜凄凉。在已逝年代里的这个清冷而阴湿的早晨，侍卫团先遣队无一人生还，使命与信念正是这样夺走了他们的生命。

只剩下一根多余的皮带。

有人心想来凭吊或回忆，来感受古战场上铜浇铁铸的石榴树，有什么值得令人生疑和推敲的地方吗？有什么纰漏和出入吗？

岸边狂奔的猪羊？

带霉菌的阳光？

失散多年的一条腿？

一册书？

眼前的一切正是这样令人意想不到。周围一片黑暗。

我小时候曾亲眼看见他们把地雷的外壳精心制作得像一只只诱人可口的菠萝。

长大从军后，我常重复小时候的那种感觉，双手肿胀，目光消瘦。

在我和广春最初担任警戒哨的期间，一场情意绵绵的谈判使我们在事后摇身成为参谋部和情报处里的少校军官。谈判者是几位水火不容的分别代表不同利益和信仰的高级首脑。其时，报纸上正日夜连篇累牍地登载他们会谈的消息，但有关会谈的气氛和地点却无人知晓。变异的品行和数十年的经验使他们别出心裁地选择了一家客栈里的一间浴室作为共同会谈的地点，各方的随从和卫兵都散落在客栈内外的树下、街口和酒店里。首脑们身披沙皇时期的俄式浴巾，赤身裸体地在水气弥漫的浴室里展开了事关天时地利与人口走向的谈判。这几个不共戴天的统治者在整个的会谈过程中始终手脑并用，他们轮流为对方搓澡，相互之间长久地按摩、修脚、修面、刮胡子。他们会因某首脑臀部上的一块月牙形的胎记而相互打诨插科，会为某首脑胸脯上的一串不太明显的女人的牙齿印痕而哄堂大笑。面对一丝不挂的肉体，他们开始怀疑某首脑的种族和真实的养生之地，询问某某人平日里的胃口和床上功夫，以及应付属下和各种女人的手段。在这间狭小的浴室里，他们仿佛突然间失去了昔日的所有记忆和全部经验，升腾的乳白色的水雾似乎消解了从前的一切内容。在这次会谈的过程中，所谈的内容和细节一直被不断泼起的水声和外面的公鸡的啼鸣声所涂染，会谈的结果最终被涂染成一种血腥的红色。

在这个冬天的第一个清冷的早晨，白露满天，枯枝林立，漫卷而过的寒风使许多会走的和许多不会走的东西全部束手就擒。悲伤的声音消逝后，无数具横陈竖卧的尸体构成了初冬旷野里第一种首要的风景。

耕田里，道路旁，不计其数的地雷的残骸像众多的呼吸微弱的小动物。

残缺的记忆使年代与年代之间的衔接关系频繁地出现断裂，从我出生以来，父亲就只留下一段回忆，一种无法把握的形同巫术的抽象概念。他飞越时光的过程，形成了一种距离。暮春时分，沿河两岸出现了许多色彩瑰艳的画舫和大量的废旧铁器，这在当时只是一种不太重要的背景。背景的内容是几个疲惫不堪的人拖着一具同伴的尸体在沉落的夕阳中慢慢地向一条空寂无人的江边走去，风从背后吹乱了他们的衣衫和头发，四周的风物形同萧条的木炭，天上一丝不挂，一无所有。

八月刚开始的前几天，在一个废弃的石拱门的附近，一位旧军里的退伍军官将三套簇新的带有肩章和领饰的制服和一沓密封的资料托人送到了那家临街的客栈里。客栈里新到不久的一个伙计接待了送制服和资料的人，他们的谈话进行了约有两个时辰，有关的气氛和场面中一直有玫瑰花的气息在四周低低地萦绕环旋。到傍晚的时候，来人就从客栈里告辞了，他要搭乘一条当日夜里的船赶回去。

这个风尘滚滚，心神不定的人，对膳食处的一盘腌肉和一碟盐笋表示出极大的兴趣和深深的眷恋不舍之情。

“必须在早检阅的时候赶回去，必须在天亮之前赶回驻地去，通往校军场的路坎坷而泥泞。”来人很坚决地说着离开了客栈，临走时最后望了一眼杯盘错落、烟雾弥漫、叮当作响的庖厨景象。

客栈的伙计后来奉命回忆那位不肯露面的退伍军官时，

一直隐隐地感到退伍军官是一位脸色红润、性情随和的老人，眼睛细长，胸脯消瘦，说着一口刚柔相济的南岸方言。这位毛发早衰的老军人在看书的时候喜欢从书的结尾处开始看起，然后一直看到开头部分和书的题目，最后浏览书的价目和出处。他其实可以用许多种行业的专门术语写出许多意义和性质都截然不同的信，他热爱世上一切柔软的事物，他的手里时时刻刻都耐性而持久地握着一些柔弱无骨甚至弱不禁风的东西，包括睡觉的时候也同样加此。丝绸，海绵，禽兽的皮毛，一切柔软而温馨的妇女儿童用品，他不愿意触及到任何一种坚硬的骨架、轮廓和核心，他最不愿看到的就是人的真相和事物的本质。许多年来，他的肉体总是巧妙地躲避着一切坚硬而强大的东西，他不喜欢与有雄心壮志的人说话，交往，并长久地厮守在一起，他对一切猖狂浮华的有事业心的强男强女都退避三舍，敬而远之。

十月的某一天，一个从江岸边木轮上跑下来的地毯商人告诉客栈的老板说，先前的那支旧军里发生了一次血腥的哗变，那位退伍军官已经面色红润地死去了，他的尸体与其他许多人的尸体都遍布在一座蛇形的山脚下。那个曾经来送过制服的人已不知去向了。

搜索者在战后的空隙里发现退伍军官的一只拳头捏得紧密而严实，滴水不漏，这使他们预感到他的手里藏有一件价值胜过性命的东西。他们用枪刺和匕首撬开他的坚固的死拳后，发现退伍军官的手中握着一颗晶莹玲珑的靛蓝色的珠子，状如板栗。

他们以为遇到了宝石。

几个人都从那颗近乎透明的靛蓝色珠子里看到了各自的面容和影子。

接下去的时光里，他们在这个守财奴的尸体旁相互凶狠而残忍地厮打起来，像一群争食腐肉的秃鹫。近在咫尺的距离和转瞬即逝的动作使他们都无法开枪，都来不及开枪。所有的胳膊和腿都紧密地缠绕在一起，一张脸浮现在一只脚上，几只扭曲的手从裤裆里伸出来，探头探脑，东张西望，手指间的苍白的耳朵像一块崭新的从未使用过的橡皮。

第一个人的肚子被同伴的匕首划开以后，所有的喘息声都化作了一种凌乱的轨迹。胜利者得到了那颗蓝色的珠子，但没过多久，跃跃欲试、摩拳擦掌的同伴们突然看到了他的肮脏的五指正在不自然地伸缩，抽动，一如他的表情。他的表情使企图卷土重来的同伴们随之突然松懈了下来，像一捧散落的沙子。

烂在他手里的蓝珠子原来是一颗柔软而颤动不已的猪苦胆，形同一颗熟透了的葡萄。得胜后的狂喜和如获至宝的强烈冲动使胜利者失手捏破了这颗多汁的苦胆。

临街客栈的老板在一个阒寂无声的夜晚将那三套簇新的制服和有关的资料埋到了客栈的后院，生机盎然的玫瑰花丛掩盖了一切迹象。几个月后，客栈里浇花的一位老人忽然得了一种怪病：每逢天阴下雨的时候，他便会不可遏制地发出阵阵逼真无比的呼喊之声，凄凉的叫声常使人想起一只迷途难返的羔羊。此外，他的一只手的五个手指反复跳动，像上起下落的鼓槌，像几根不听使唤的筷子。一条腿会主动地打击另一条腿，另一条安分守己的腿在遭受打击的时候总是躲闪不及，尴尬而难堪。这样的现象持续了一个月以后，浇花的老人突然不会走路了，花坛里大部分的花木都日渐变得枯萎憔悴，夜深后常听见花茎被风吹折的声音。浇花的老人终日僵卧在一张冰凉如水的竹席上，他总是听见在自己的大腿内部有一头小牛在哞哞乱叫。

“它饿了。”浇花老人说。

“是的，我正要想办法喂它。”老板说。

“马厩里还有去年的干草。”

“你的枕头下面还有去年的花籽，不是吗？可你从没让我看过。”

“我没有花籽。”浇花老人说。“我只有一把松土的铲子，可铲子上刻着你的名字。”

“你想把你也刻上去？”

“这是你说的，我没说过。”

“我知道你有一头小牛，你从不让我看到。”

“我不能让它见人，它太小，它只有手掌那么大，它害怕所有的人。”

“你知道我会把它怎么样吗?”客栈老板说。“我要把它从那个秘密的地方里赶出来，剥了它的皮，我要用这鲜嫩的小牛肉制成英式牛排，纯正的爱尔兰风味。”

“你找不到它。”

“我能找到它。我知道它这会儿藏在哪里。”客栈老板说。“它就在你的大腿内部。”

“你好像已经看见了。”

“是的，很清楚。”

客栈老板在此以后的一个凄冷的雨夜里失手打碎了一只青瓷茶碗，复杂的心机使他的脸上不知不觉地浮现出一种过于含蓄的笑意。使唤丫头躬身在地上拾捡碎裂的瓷片之时，老板坐在椅子里，他以一种居高临下的姿势看到了她的尚未发育成熟的胸脯。在他起身站立的时候，木椅上镂空的雕花钩住了他的衣衫。他听到了一种呼啸声。声音遏制了他的行动。

客栈老板重新跌坐回椅子里后，木椅上镂空的花形松开了他的衣服。客栈里的两名伙计抬着一口大木箱子走向郊外，他们把浇花的老人放在了那座空旷的石拱门下。

使唤丫头端着准备倾倒出去的瓷碗的碎片重新回到屋里。

“瓷片把你的手划破了，以后干活要多加小心。我不喜欢手忙脚乱的女人。”

老板的身子陷在椅子里说道。

“他们抬走了一口箱子，我闻见了一股樟脑味。”她说。

“他们是去给你置办嫁妆的，你长大了。”老板说。“是我让他们去的。”

“我的嫁妆？我一点儿也不知道。”她说。

“我没告诉你是想让你在事后大吃一惊，并且喜出望外。”

她看到他脸上的笑容如同桌上的一摊水渍。

眺望阴雨中的石拱门，我时常看到一些行路的人或皮毛珍奇昂贵的动物躲在那些空旷的带有重影的圆柱下面避雨。

对于这一段事件，我从前似有所闻。第二天，客栈老板带着礼品和仆佣去郊外慰劳一支军队，他们途经那道废弃的石拱门下时，发现浇花的老人早已不翼而飞了。灾难其实就是从那座苍老的石拱门的下面开始向外面逐渐延伸出来的。战争开始以后不久，从故乡来的一个人携带着一只药葫芦和一部《千金方》参加了第五军团，他们驻扎在流域的对岸。

在昔日的一些著名的路口和水陆交通要道上，干旱和霍乱使许多曾经信誓旦旦的人丧失了名誉，丧失了各种的能力和幻想。

辽阔的空地已经被完全抽象了，从前一些被遗弃的狭长地带成了信念的最后归宿。

投降的白旗在黎明之时披风刮得如同正在广泛流行的府绸衣衫。短短的几个这样的季节连续过去以后，大家都变得互不认识了。

“到处都是陌生而猛烈的脸。”

他们这样回忆道。

到处都是腿，乱七八糟的腿，以及比腿短的那一部分东西。在路上，在岸边，在一些公众的场合里，经常可以看到许多三条腿的人，三只手和三只眼睛的人。他们相互握手，交谈，仿佛几个世纪之前结盟缔约的旧友，浮现在脸上的笑容经久不散，他们谈论血腥的兵变和短期的迁徙，百货公司的橱窗和失修的花园，诡计多端的牌令和秘密文书，玻璃丝袜和麦迪霉素，甚至诗歌，甚至婚礼上牙疼的新郎。

频繁出现的奇数令人难以置信，束手无策。

十一月里的一个硬邦邦的傍晚时分，我和广春在寻找司令官的失踪马匹的途中，从一座系有锁链和兽面的铁桥上走过。其时，河中有一个人正在捕鱼，附近的天地间游动着一群颜色暗红的羽翅，但不是鸟。

从黄村流域上游地端顺流而下的血斑和日常生活用品染红了傍晚时的水面，团团血斑使水面交得如同升起在女人脸上的羞涩的红晕，它搅乱了捕鱼人的目光和心事。

惨叫的鹈鹕和野鸭使我想起了流行在炮团遗址里的疟疾和创伤后的皮肤。

广春说：“你知道我昨天梦见谁了？”

“令尊大人。”我说。

“不对。”广春说。“我已经有很长时间没有梦见他们了。”

“那就是林小姐了，非她莫属。”我说。

“是勤务兵小六子，你说怪不怪。”广春说。“他牵着司令官的那匹白马站在一个炮台的后面，他浑身血污，伸出一双手对我说：‘给我一点儿吃的吧，我已经三天三夜水米未进了，路上真冷。’”

“小六子说不定已经死了。”我说。

“他只穿着一件衬衫，他把我认成是冯医官了。他说：‘冯医官，给我一点儿眼药，马尾打酸了我的眼睛。’”广春说。

天空里堆积如山的云彩如同起伏无垠的沙漠和潮湿的草垛一样，那种质感疏细的缓缓流逝的现象远在天边又近在咫尺。

船头上的渔人正在吸烟。

“他在什么地方?”我说。

“第五纵队的几个兵油子打断了他的一条腿，他们要抢走那匹白马。”广春说，“那匹马让所有的人都吃尽了苦头，我不相信这么多人在前世里都曾欠着它什么。”

“它现在很可能已经被人杀了，那么膘肥体壮，谁见了都会上去啃它一口，闹灾荒的人不杀了它才是怪事。”我说。

“那样一来。我们的寻找就变成真正的无期苦役了，得永远找下去，只要不死，就得像现在这样一直找下去。”广春说。

“其实只要找到它的尸体就行了。”我说。

“尸体能存在多久呢。谁知道尸体又在哪儿呢?”广春说。

捕鱼人正在收网。

网里没有鱼。

被捕获上来的是几顶裹着污泥的帽子，一只手套，一只藤箩和一副缺了一只镜片的近视眼镜，还有一只绣花鞋和一条皮领子，泥水的侵袭已难以分辨出皮领子的成色和品类了。

捕鱼人坐在船前认真地翻阅这些湿漉漉的物品，他的神情像一个七八岁的孩子。他把那副近视眼镜戴上后向四处观望，唯一的一块镜片闪闪烁烁，他不停地摇头晃脑。他拿起那只绣花鞋看了一阵后，又重新扔回了河里。接下来，他将几顶裹着污泥的帽子、手套和皮领子一一地在水里漂洗干净，都放进了那只藤箩里。一只鹈鹕围着藤箩走来走去，捕鱼人挥动棕色的手臂，鹈鹕窜进了船舱。

“对面过来一个人。”广春说。

捕鱼人摇着船，戴着缺了一块镜片的近视眼镜离开河面的时候，从铁桥的对面走来一个头戴草帽的人，他用一根绷带吊着一只青色的沉重如铅的手，桥上的风使他沾满血污和尘埃的身体变得扭曲而吃力。

他摇摇晃晃地向我们跑来，他看见了我和广春。桥上的一块活动的木板突然将他绊倒了，我听见广春情不自禁地叫了一声。

“七郎，我可找到你了。”

他操着一口干旱生硬的北岸方言，站在我的面前。他的锈发如草，衣服上暗旧的血斑像是几个世纪以前的一桩往事。

“七郎，你让我找得好苦。”他说。

“你认错人了。”我说。

“我现在成了这样，你还取笑我，这都是为了找你才弄成这样。”他说。

“你是谁?”我说。

“你不知道我是谁？你再薄情也不至于薄到这个地步。”他说。

“七郎是谁？我真的不是。”我说。

“七郎，你和从前大不一样了。”他说。

“可我不认识你，从来没见过你。”我说。

广春说：“走吧，回去说，桥上太冷了。”广春推着我往前走，陌生人跟在我们的后面。我对广春说，他要找的是一个名叫七郎的人，而我不是。广春说。他既然认定了是你，你就不能冒名顶替一下么，我敢说那个七郎长的就是你这个样子。

陌生人在后面对我说：“七郎，我身上有伤，我走不了那么快。”

我和广春都放慢了各自的脚步，我听到了从身后传来的哧呼哧呼的喘息声，他走起来的确十分吃力，像一个行动不便的老人。我回头看了他一下。从现在起，我就要充当七郎了。我感到我被这个猝然出现的陌生人轻而易举地虚构在一个从前的故事里了。

“七郎，我记得你从前不是这样的，一点儿也和现在不一样。”陌生人说。

“快说说他从前的样子。”广春回头对陌生人说，“他是不是每天都要尿床？”

“是的，有一次我和他睡在一起，差一点儿被他冲跑了。”广春的提问使陌生人来了精神，我听到他疲惫不堪的话音里出现了一丝活力。“他小时候很乖，很乖的原因是因为他那时候常生病，差不多八九天就要病一次，是吧，七郎，我没记错吧？”

“所以你们那时候就常欺负他，是不是？”广春对陌生人说，“他吓得像一只老鼠一样总不敢出门。”

“天，七郎把这事都告诉你了？”陌生人对广春说，“他可真能记仇。我一看就知道你们是好朋友，是这样吧？”

我们离开铁桥以后，桥上出现了巡逻队的影子，像一排漆黑的屋檐。陌生人和广春正在边走边轮流描绘着我的过去，他们的话像伸缩不定的弹力线，忽长忽短，时松时紧，听上去如同舞台上的双簧。我闻到了傍晚时分呛人而疏散的炊烟的气味。

我对陌生人说：“你还记得你在观音院里挨打的事吗？你

后来躲到了神像的腿下。”

“观音院?”陌生人愣了一下。

“我不记得这事了。”陌生人说。“我肯定是去看父亲他们试验火药去了。就是这样。”

广春说:“为什么要试验火药?”

“火药的用处多了。”陌生人说。“做地雷啦,做土炮啦,火枪队主要靠它,没有火药还能叫火枪队么。”

那天晚上我们谈了很多事情,阴错阳差的谈话居然使我们变得非常振奋。有人正在一旁熬制草药,清苦的药味源源扩散。这期间,司令部的两名侍卫官曾进来邀我和广春去打牌。在这个颓败而悠久的炮团遗址里,除了许多爱打牌的人以外,另外还有一些秘密的不为人知的骨牌制造者,他们的身份是多重的。

司令部的侍卫官们离去之后,陌生人向我们谈起了一些漏洞百出的城墙,还涉及到某一条人欲横流的内陆河,这条河流在后来的几十年中已接近干涸了,成了当地居民倾倒垃圾和污水的地方。它远在我的童年时期流着。

三分之二的话谈完以后,陌生人忽然想起了一件事情。他说他想起了二十八年前的黄村流域,河对岸的一座瓷器城像一座宁静阴凉的月光之城,其时的黄村流域繁忙而喧嚣,四面八方的人几乎都游荡在流域的两岸,事物滚滚,人命林立。那年中秋节的夜里,瓷器城里发生了一件与梅花有关的事情，一位长期寄居在城外落木庵里的道士从此名扬天下。

“七郎，你还记得那个道士吗?”

陌生人望着我的脸问道。

“是丁野鹤吧?”我说。

熬制草药的人这时突然被溢出来的药汁烫伤了手指，他的突如其来的惨叫声中止了我们的谈话。我看见了灶前的轮廓分明的药材和一只粉碎了的壶盖，滚热的汤汁星星点点，从那个人哆嗦的手指间四处滴答。

“谁病了?”陌生人问道。

“一个伤寒病人。”广春说。

陌生人嗯了一声。之后，他拿出几页折叠得很仔细的书目送给我。这份书页上比较真实地记载了当时发生在瓷器城里的那次梅花事件，道士丁野鹤的行为动作令人瞠目结舌，他的表情是古典意义的。我们先是注意事情的本身，之后才开始留意起文章所运用的语言——一种陌生的语言——好像麻烦就出在这里。那种语言，那种使人眼跳的叙述方法和风格终于又一次不可避免地中断了我们的谈话。

那天晚上，我们所谈的许多内容都因此而结了冰，永远地尘封在一种遗忘中了。

临睡之前，陌生人忽然对我说，他要寻找一种现象，这是他漂泊多年的唯一目的，至于那种现象能否如期再现，他对此毫不介意。

陌生人说：

“我曾经为无数的人查询过文字和姓氏，我以为这是一种有益的途径。”

一些黑体的黏稠的夜色正从他的一副表情里流溢出来，这种东西涂染了他的鬓发和伤口，影响了我们此刻所谈的事情。

他对我说，他老在回忆一个典故，不能完全肯定他要寻找的那种现象是源自于这个典故，但或多或少它与这个典故有关，我们其实至今都说不清山的颜色是一种什么，我想谁也不会阐释清这种现象，我们曾经居住过的那座山，就在天的附近。

第二天，他死了。

他的伤寒已病入膏肓，冯医官说他的寿命早在数月之前便应中止了，不知道他这些日子以来是怎么挺过来的。

在他的身上，我们发现了无数个细小的容量却很大的口袋。

“这是什么？记忆？储藏的暗语？昨天的符号？”广春说。

出于对神秘的追寻和对死者的安慰，我们拜见了一位典故大师。他在对我们阐释文字的时候，提到了那座人类居住过的山。那是一个异常寒冷的地方，草木和人的语气在四季里都呈现着白色，那里的人习惯赤裸着身体在各自的房子里走动，在他们的背后，生活着一群平凡而不安分的人。

白面黄须的典故大师坐在一张矮榻上持笏执笔。雕花的木榻，榻前的案几上有三足的圆砚台，砚台上放着丸墨，旁边有三足的水盂，另外还堆放着简牍。守门人戴着红巾穿着长衣，手持役杖，打裹腿穿便鞋，有风吹来，露出他们膝下的皂裤和宽大的束腰带，每个人都点着漫不经心的若有若无的红唇，四周禽鸟的羽毛、獐鹿的黄毛都异常茸厚。

典故大师平缓而安详地说，他们曾经用几百年的时间和心血培植了一棵枝繁叶茂的长寿之树，辽阔而密集的树荫常给无数的受伤者以极大的庇护和慰藉，但是后来他们很快就把这棵树毁掉了。砍伐的时候，许多身临其境的人都情不自禁地掉下了眼泪。叮叮咚咚的砍伐的声音和过程使他们难过，砍伐者的动作和表情更令他们伤心。接下来的时光里，他们看见了无数寄生在树上的虫类和它们的巢穴，虫子吃尽了所有的绿荫，只留下了满树萧瑟的风声。为什么要砍掉这棵树，因为树上出现了虫子，他们认为长寿会使大家的苦难和罪恶无穷尽地延续下去，而只有一种现象是最令人愉快而安心的，那就是死亡。

典故大师说这番话的时候，这个地区的气候始终十分恶劣，像一个出尔反尔、反复无常的人，天气忽风忽雨，雪还在有的夜间出现。典故大师曾经对漫长的日子忧心忡忡，他从昔日的一些高大的佛塔下走过时，有一天我梦见了一个花园，花园内布满了复杂而凌乱的曲线，所有应景的陈设和装饰都如同饱经风化的文字。在我的身体还没有进入到花园之前，我的眉毛最先获得了一种威逼和利诱的信息。

在典故大师居住的哀鸣山中，几乎很少能看到他的影子。那里的建筑一直无法兴建耸立起来，是由于他的神奇的叙述语言一直在山脉的四周缓缓盘绕，低低出没，语言粉碎了一切材料，湮灭了所有的念头。

我对典故大师说：

“我是一个牧羊人，可是我始终无法接近山，无法接近贮存草料的谷仓，以及所有长草的地方和一切河流。”

典故大师的表情有如传世的古董。

“我能为你呈现一个牧场，一个带有河流和谷仓的牧场，途径和手段是通过文字的叙述和运用。”典故大师说。“但着手之前我需要取得一些资料——只是基本的实况，让我看看你为什么总是这样心神不宁，总是这样耿耿难眠？”

他拒绝一切具体的实用的东西进入山中，他厌恶一切关注现实的利令智昏的小人，他珍惜山中的阳光和水流，他忠告的唯一的一件事情就是维护山中的一切东西，使它洁净，崇高。他吩咐家人为他弹奏一首属于从前的曲子，他躺在雕花的矮榻上，平静如水，目光远在这个无比恶心的现实世界之外。歌曲结束以后，他就微笑着走了。

语言表明他已经完全瞑目了，他只是有些累。昼夜的交替使他疲倦。

关于他的故事，我们只能简单地设想是一个巨型的圆环。

两年以后的今天，一位当地声名显赫的税务官骑在马上死掉了。

最初，他骑着别人进贡给他的一匹黄骠小公马，他沿着这个城市转了一圈后，最后回到了城里，他在马背上眺望城市，向行人招手致意的时候就死了，死亡的地点正好是这个城市的中心，一个很著名的广场，四周还有花园、碑林和风吹雨打的大理石像。

传说他是由于眼病复发。

税务官的眼睛几乎成了两条明火执仗的通道，从里面不住地流出铁青色的液体。

这件事发生在二月底，到三月上旬的时候，城市的中心广场仍被那种铁青色的汁液覆盖着，汁液有如稀释后的沥青一样，但更滑一些，行人走在上面就会被突然滑倒，鞋子一触即烂，鞋帮与鞋底生离死别。焦头烂额的第五纵队从广场上经过时，一位少尉排长嘴里哼了一声后便倒在了地上，他的两只手支撑着身体按在地上，手上沾满了铁青色的汁液。后来，纵队穿过黄村流域之后，在一个水气阴湿的黎明时分，排长死了。排长的尸体被扔在一条河汊子旁，他身上的气味使整个军营变成了一片沼泽，几匹战马如同被施了妖术，战马神经质的举动常常使骑在它上面的指挥官像沉重的麻袋一样突如其来地坠落下来。

这件事使广春经受了前后几年的漫长折磨．每天夜里入睡以后，广春都看见有两条铁青色的蛇由他的鼻孔里蹿进去，到黎明天亮的时候，两条蛇又一起双双出来，打着心满意足的嗝走了，它们几乎形影不离。

广春对我说：

“它们的情形使我想起了我从前认识的一对孪生兄弟。”

“一荣俱荣，一损俱损。”我说。

在战争的时短时长的间歇里，我们坐在一些废弃已久的炮台上，吸着烟，眺望对面的群山。在阳光照不到的山腰里，陈旧的积雪终年不化，山上看不到出没的野兽和樵夫。

到处都依稀是往日生活场景的旧痕：器具的残骸，微弱的氛围。面对一些字迹缭乱的镌刻在石器上的早年的家书，所有的人都感到难以辨认，束手无策。

山顶上在这以前曾经居住过一个十分淫乱的种族，广春所在的情报处里的一位上司喝了一只瓦罐里的水，不久便发疯而死。埋葬他的那一天，司令部的一位披着黑呢斗篷的少将对军官们说，你要是认不出石器上面的那些字迹的话，最好的办法就是把这块写满了字的石头扔掉，或者砸碎，这样一切的困难就都迎刃而解烟消云散了，人可以在石头上写字记事，人也可以把石头砸碎或抛弃。

丧事的风尘将挖掘土坑的士兵们吹得摇摇晃晃，东倒西歪，却吹不动少将的黑呢斗篷，优良的呢料使眼前粗糙的地面相形见绌。

一只狗叼着一只陈旧的毡帽跑来跑去。在一条污水横流的壕沟旁，我看到了表叔的尸体。表叔的身体蜷缩在地上，脸上保留着一种祭祖时才特有的表情。

四周空旷沉寂的景色使人昏昏欲睡。

几个农妇在水流的过程中停住了。

她们居住在黄村流域的两岸，大片的烟垄维系着她们的一切活动。我下了车。那时候正是傍晚时分，潮湿的夜鸟不时地贴着人的耳朵边沿一掠而过。后来我一直以为那天的时间不是傍晚而是一个黎明时分。时间上的错觉和方向感的迟钝常使我饱尝各种各样的苦果。

最初的某一天，这些收割烟草的身体健壮的农妇们从某一个声名狼藉的故事里走出来时，她们蓬松的鬓发和额前的刘海被扇得十分凌乱，她们浑圆饱满的胸前明显地呈现出丝丝缕缕的奶渍和汗迹，看上去如同残缺而斑驳的月色。她们后来坐在一个能够望得见寺院、榆树、月亮和河流的地方，她们伸出坚利整齐的牙齿咔嚓咔嚓地咬噬着手中通红的萝卜和滴着水珠的青菜，清脆的蠕动声时常会惊动附近的某些敏感而胆怯的东西。

善果寺层层的朱砂和金粉正在她们一览无余的视线里凋零、剥落。

收割烟草的女人们看见一只漆黑如炭的狗，狗脖子上戴着一只烙成圆环状的面饼。狗在田野里跑着，狗咬完一处以后就立即在脖子上转动面饼，重新咬出另一缺口。

山冈上竖立着一架年代不详的老式水车，一架不会转动的旧水车。

一些路看样子已经许久没有人走过了，现在的路上长满了草，都是一人高的棵子和半人高的沙蓬。风吹倒一片草以后，能看到露出来的风干了的白骨和木制纺锤。

田野里焦黄的烟叶在女人们阴性的视线里飘动起伏，荡漾如水。

所有的这些现象都像脆弱的茎叶一样差强人意地连结在异常寂寥的天空下。作为一种日常生活的细节，遇上风吹它们便顿时分崩离析，支离破碎，并没有触及到那个真正的包袱一样的故事。远处的山顶上常在风中裸露出纯粹的秋天的颜色，草很茂密很高大地摇来摇去。收割烟草的女人们躬身于田垄，将十分肥大的臀部呈现在累累的烟泡之上。烟叶倒下后，她们的结实的肉身就像饱满的石头或山顶一样裸露在某一种视线之内。至于故事本身，我一直不遗余力地探索了好多个年头，至今仍然没有任何结果，像一堵不透风的山墙。

第一个名字在很远的地方像昔日的磷火一样开始消失，这是我梦想多年的一次现实。

农妇们在坠满水珠的烟垄中脱下裤子后，我并没有停止对于几只废坯的摆弄。我在别人的一个故事外面坐了二三年，我伸出沾满陶泥和血迹的手抚摸那个时期的土漆的陈设，流泻在那些年代里的阳光使人感到炙手可热，目光肿胀。我看到一些离我很近的脸远在某一个风声鹤唳、草木皆兵的年代里背水而立。凡士林的味道和光泽来自一匹马的胯下。路上到处都能望得见某些已逝的模糊的背影，背影以一种很荒凉的物质的姿势伫立了很多年。

到了夜里，有几个面容枯槁的逃荒的人慢慢走上漆黑的山坡，他们在一个干涸的水洼里坐了下来，筹划着未来的生活原理和种种可能的去向，所有的举动和一切过程。守望在山顶上的秃鹰在这个时候突然俯冲下来，叼走了他们讨饭用的一只漆钵，漆钵的边沿上凝结着的几个干硬的米粒使饥饿成性的秃鹰误以为抢到了一块做工粗糙的家常糍粑。就在那天夜里，我的母亲被一种巨大的怀念弄得团团打转。面对眼睛里不断蔓延的青草和墙壁上升起的山川地理般的炊烟，她感到已无力再记住几十年前的一段历史，马车和村庄都已不再回来，晚炊的烟雾里出现了飘扬的旌旗，兽果寺的佛音青烟在朱红的檐角上缭绕四散。第二天，她发现那支军队已穿过了山谷中滚滚的乱石。晚些时候，在一片地堡似的瓷窑和烟窑之间，她才得悉军队是向流域南部的红色高原上开去了，天地之间的浓烟吞没了他们尖锐的哨声。在山冈上一个背风的草丛里丢弃着几块瓦片似的银元，这是一种伪币，一种被时间和经验识别出来的伪币。伪币的持有者已不翼而飞，下落不明了。另外的几个逃荒者在离去的时候，扔下了一个行将咽气的同伴，他的鞋子里藏着一封满是褶皱的家书。他的脸烂了，蔓延得像一个胸脯一样宽阔。这个故事从一开始就显示出它的牛皮般的表情和本质，最初的几个名字和最后的几个名字由于连年的战乱和灾荒而使它们变得微弱渺茫，黯淡无光，对于最初的那种冷静表情的缅怀一直使人难以适应。

杂乱无章的脚步声里注满了密集的雨点，雨点如催命的鼓，如冗长而难堪的梦境。这次极其麻烦的试验将成为一种难以磨灭的印记，甚至是一处伤疤。考虑到银元的去向，某人便要求我分一半给他。某人要求十分强烈，口气不容置疑和周旋。这后来，他的胸脯就死了。临死的时候，他反反复复地对我说："我一直在梦中经常见到你。""你是我的祖先，你常坐在我的荒凉的梦中独自喝酒，战争使你越来越不胜酒力了，多少次我看见你在我的梦境里发自内心地恶心呕吐。这个世界真的使你如此恶心？我相信你的一切感觉。我现在提前从这片紊乱了的大地上消失离去，也正是由于这个世界同样使我恶心。"

灰暗肮脏的雨水淋湿了他的生前遗言，霉湿的天气使他的形体和身上的各处器官变得越来越小，一切都在眼前突然之间紧缩了起来，直至最后化为一摊水渍。

我在水渍中依稀看到了他生前的一贯表情和声音。说话的时候，一名伪币制造者一直在场。伪币制造者的肩上扛着一把伞，伞布上的雨点如同细碎的银子。伪币制造者言说他的一切手段和心计都积贮在雨伞的重重褶皱里。

说话的这个地方一直有风，有众多的木柴和难以摩擦的火镰。

出于对事情的目击者的保护和隐匿，那几个月来，我始终坐在一辆马车上，河水一直在暗中猛涨。马车上拥挤的陶瓷制品遮挡着我的视线，也遮住别人的眼睛。

在关于黄村流域两岸的历史中，有人比较详细地记述了那次大雪封山的后果以及整个事件的全部过程和气氛。他们在阳光明媚、鲜花烂漫的山冈上写下了大量的闲适性的文字。记载里一再声称那个时候的确连一只鸟也很少看到，他们把遗失在草丛里的银元从字面上弄丢了，处理得干干净净，不留丝毫的痕迹。他们只记下了山冈上荒废耸立的旧水车以及悬挂在那只黑狗脖子上的圆环形的面饼，圆形面饼的色味由于被笔墨渲染得过于生动细致以至出现了不可弥补的漏洞和假象。至于那些满载陶瓷制品的马车和星罗棋布的地堡似的瓷窑、烟窑，都已不知去向，在字面上失去了踪影和意义。写作是一种毁灭性的日常行为。

风雨和文字常使一切都灰飞烟灭。

升起的月亮照见了那只轮廓空旷、骨质疏松的废旧水车，黑白交替流泻的月光使水车的四周出现了各种各样的奇形怪状的影子。影子是无声的，它们的姿势属于已逝的过去，所有的部件和机关在现在都寂然无声。

月亮是很红地从远处的那个山顶上慢慢地一寸一寸地拱出来的，它运行的过程常使人想起龟缩成一团的蜗牛。

一直传说那个山顶上有东西。

流域两岸的女人们在收割烟草的时期，经常抽空直起腰将手搭在各自的眉心处向那里做短暂而专注的眺望。山顶上变幻莫测的自然光晕常使她们头晕目眩，经血不调，她们的经期变得如期不至，不期而至，失去了正常的规律和周期，这种紊乱无序的生理现象又使她们常常束手无策，听之任之。一位怀有六个月身孕的妇女在对那个山顶做过一次短暂而专注的眺望之后，当天夜里便泥沙俱下地将一名耳目闭塞的死婴提前几个月小产了下来。

这个山顶，在某种时候它的颜色曾经是血红色的，这种古老的强烈的色彩使收割烟草的女人们深感不安，她们的眼睛常在日落黄昏之时被山上呈现的光影弄得忽明忽暗，看什么东西都是双的歪的，视线之内都有一种极为明晰的重影。山上有一些风化之后的木头，土黄色的木纹常在风中飞舞，旋转不止。女人们最初都以为这种朽木可以烧火，可以用来点燃众多的瓷窑和烟窑，以弥补材料的匮乏，因而在过去的一段日子里，她们都强烈地盼望能够到山上去捡回所需的木头。后来她们才发现这种废弃糟腐的木头如同浮泛而松散的土，如一吹即逝的粉末，根本烧不起来，它们不会自燃，更无法点引起其他的物质。事实上这是一种如同耐火材料一样的物质。

这事过去后不久，女人们就结伴相约到丛林里去，到河边去。为了获取一根木柴，她们几个人常常要齐心协力地搬开一些僵硬的士兵的尸体，将压在尸体下面的木柴抽出来。黄村流域连绵的淫雨和霉潮的气候常常使那些蜷曲的尸体变得像石头一样沉重不堪。在这种情况下，割草的女人们想出了许多种获取木柴的良方和妙法。两个女人扯着尸体的胳膊，两个女人扯着腿，另外两个女人使用两根杠子分别撬起尸体的头部和下部，木柴就这样被取出来了。遇到那些支离破碎、残缺不全的尸体时，她们干的时候就大为节省力气了。有时候，一条单独的腿. 或一个完整的胸脯，只要用脚轻轻地一踢，下面的木柴便轻而易举地抽出来了。那下面还生长着许多大小不一的蘑菇菌子，有的与死者的衣服长在一起，有的直接结成或寄生在尸肉上，成为尸体上的一个部分。那些日子里，疏密有致的丛林里经常回荡着吭哧吭哧的嗨哟嗨哟的劳动号子声和阵阵沉闷的扑通扑通的撞击声。

水中的部分东西有时也会漂浮到林中。雨水坍塌了黄村流域的部分房屋，在因此所造成的残垣断壁之间，某人一直隐瞒着他们家族的全部历史。告老还乡的那一年，我的表叔一瘸一拐地行走在故乡的天空下。老家的天空多年来始终阴暗而低沉。表叔漫无目的地走过一些开满紫花的苜蓿地，那些停火多年的瓷窑和烟窑使他感到自己衰败的腿部正在隐隐作痛。在一片堆满了残盒破瓮的苜蓿地里，他发现了自己从前的一段岁月。其时，那些密集的军队已在黎明到达之前全部消逝了，苜蓿地的尽头有马车停留滚动过的种种遗迹，缭乱的场面中闪现着少数漂亮的花纹，空气中缭绕不息的火药味使人臆想起不久前燃放过的大批红色的爆竹。这件事出现在一个节日里，我一直探索多年的那种东西原来只是一种颜色庞杂的光影现象。

在山冈上的水车旁边，乌鸦的顺序排列得就像某种令人不安的文字。

昔日里一望无际的烟草早已收割完毕，随同收割者的影子和工具一起消失得无影无踪，阴晦的田野里只剩下一些收割时期的杂乱的脚印和僵直的手势。

在西方的一种黯淡的夕照里，包含着一个人的一段历史。我后来终于证实到，夕阳与军队是难以区别的，其情调和意义使人无法辨认。广春他们家是在一次血腥的兵变中开始出现混乱的，并从此一直无节制地沦陷下去。我曾经较为仔细地观察过收割烟草的女人们在夕阳中的种种姿势和变化，我对那一段记忆一直非常清晰，这件事剩下的最后几个名字和部分的因果关系都像日常生活中的铁器一样使人肢体困乏，精衰力竭。四月份以来，我的父亲一共活了四十几岁。这位年逾八旬的老人后来的那出入很大的四十年就像人的尾巴那样奇迹般地消失了，连一个细节和符号也没有留下。在有关的记载中，只有几个地名是可靠的。对于十几年以前猝然出现过的一只青色的手，水边的人一直都刻骨铭心，难以忘怀。在流域的后半部分，由于连年的战火和灾荒，制造和出售铁锅及其他炊事器械的生意变得萧条冷落，一年不如一年。流域上下众多的手段悠久的作坊都失去了昔日的招牌和幌子，河水时常呜咽着将一些堆积已久的废铁卷走，又随意地丢弃在沿途两岸。

大量的红锈和暗沟星罗棋布，材料的渣滓使所有的视线凌乱而衰败。

为了杜撰一家正宗的历史悠久的名声显赫的制造和出售炊事器具的作坊，他们在烟雾弥漫的油锅前守候了整整一个春天。秤砣和天葵是四月初的时候突然从空中坠入油锅里的，其时暮色苍茫，人头攒动，沿途的河水里翻卷着浓郁的胭脂和血污，一只手从油中将半熟的秤砣打捞上来以后，这只手和秤砣都同时掉进了附近的一条沟里。手在当时是焦黄而酥烂的。事隔多年之后，我第二次看到当年的那只手时，手的成色已经与记载中的文字相符了，那是一只铁青色的手。

那时候，四周不断地回响着女人的笑声。

我后来回忆起那种十分肉感的困难重置的笑容的时候，是一年中乌鸦最多的一个傍晚。目光所及，到处都是尖利的嘴和密集的、翻手为云覆手为雨的羽翅，到处都回荡着那种圆润的呱啦呱啦的叫声，叫声漫过了山冈和树木，染黑了田野和流水。

流水是一种征兆。

我在那个时候没有看见一个收割烟草的女人，她们都龟缩在各自的家里，在男人漆黑的骨架下闭着眼睛，聆听自己心跳的声音。我只看到被割走烟叶的田野像剃刀犁过的头皮一样，一片青茬，一派暝漠。在山冈上，有几条同样漆黑的狗一声不吭地躺卧在那架废弃已久的水车下睡觉。

时隔不久，耕地里出现了晃动的人影。

瓷窑前，正在搬运泥坯的陶工们忙碌紧张的身影如同雨前的蚂蚁，纷纷乱窜。

神情古怪的窑师背着双手，仰望着一贫如洗的天空和远近的青烟，口中喃喃有词。

没有人过多地注意到耕地之侧的一具缺了一条腿的尸体，兢兢业业的农妇们只是对死者身下压卧着的四五根粗重的藏头露尾的木柴发生了兴趣。木柴的隐隐约约的长度和重量使她们来了精神。当她们使用手中的熟铁的撬棍将尸体的脸部摆正以后，先前的那个曾经小产过一名六个月死婴的妇女突然一手捂着脸一手捂着肚子尖叫了一声。

死者是她的丈夫。

他从军数年，如今人不知鬼不觉地死在了故乡的烟垄之间。他的两只耳朵一只都不见了，像是被什么东西啃去的，又像是遭受过一种钝器的磨砺和宰割。他脸上的情形仿佛被猫或类似的利爪动物抓过，他脸上的痕迹深刻如梦，如幽深莫测的社会原理和世事奥秘。

许多年，我曾经不止一次地梦见过这个雪耻的年代。

广春带来一封信。

一位陌生人寄给我的信。

几只黑狗的脖子上挂着圆环状的面饼轻轻地穿越附近的部分稀疏的麦地。这是某个年景不好的初夏的时节。

我对陌生人写信的这个年代和地点一直疑虑重重，感到有些不大真实。在我梦见那种困难重重的笑容的某个夜晚，广春在一堆破碎的钟表零件旁梦见了正在写信的陌生人，这事整整延续了一天。

陌生人在信中写道：

> 多少次我设法找你，可总是没人在家。
>
> 很多年。
>
> 多少次我设法找你，可总是没人在家。

几个月之后，我遇到了这个自称是我的兄弟的陌生人，其时，我们正在山冈一带日复一日地寻找司令官的那匹失踪的坐骑。就是这个陌生的写信者，我见到他的时候，他的手里有一块带有许多砂眼的成色不足的金石，还没有来得及进行打磨和雕琢。他是一位患有青光眼的首饰匠，但严重的眼疾对于打造出来的首饰并无多大影响，他数十年玩弄各种各样的金石珠宝，靠的是一只鼻子和两只手。

首饰匠精心而详尽地向我描述了我们家里从前的一切情景，包括住宅的坐落方向，宅中的陈设以及日常用语和一切行为习惯。首饰匠讲得真实而传神，使我哑口无言。他最后补充说，在西厢房的壁橱下挂着一只米黄色的草笠，草笠上的某一个窟窿用一根云罗红线缝过，一共有十七针。这只草笠已经在我们家的厢房里静静地挂了四十多年了，几乎谁也没有动过。在草笠上那个窟窿的四周有几片颜色焦黄的痕迹，那是对于曾经发生过的一场弥天大火的记载和回忆，从山冈上漫卷而过的浓烟烧去了附近的众多草木。

“你使我想起了我的失踪多年的舅舅。”我对首饰匠说。“只有他才能对我们从前的情形一览无余，包罗万象。”

首饰匠说：“多少年我设法找你，可总是没人在家。”

此时，在距离山冈不远处的一家草纸作坊的外面，我看到几个拆卸旧渔网的老人，他们的身边堆放着许多干湿不匀的树皮和布头，他们的动作迟缓而顾虑重重，旋转的石磨碾轧纸浆的声音如同轻轻拍岸的堤水。

在山冈的一个侧面上，坐着几个蓬头垢面的人。一个人拨开另一个人的乱草似的头发在里面仔细地寻找什么东西，山冈上飘舞着几张写满了字的纸条，但他们都视而不见。

一个没有裤带的人脸上挂着一缕永恒的微笑，自始至终都在与身边的人吃力地猜谜。

我看见我的影子像一头受惊的猪一样在岸边狂奔。妈妈，那里面有什么？他们正在来回翻腾，他们要找什么？一只贵重的盒子？一扇绘有芙蓉和牡丹的中国屏风？一把遗失在经卷中的梨木梳子？妈妈，今天是一个百年不遇的好日子，你该将门窗全部打开。多少次我魂归故里，可家里总是没人。

几个人都在用各自的乡音在一起困难而吃力地交谈。

首饰匠打开随身携带的行囊，仔细地抚摸里面的一套意境温馨的银器。首饰匠送给我一把小银壶，他只收下了我随身携带着的一本深蓝色的小册子。

一只小银壶，使我生平第一次具有了一种粗浅的圆的意识和概念。

茶楼酒肆的雕花木壁上贴满了通缉捉拿某某人某某人的悬赏告示。悬赏大洋三百元，悬赏大洋一千元，悬赏大洋三千元，悬赏大洋一万元，如同酒店里简明扼要的价目逐次升高的菜单一样，依次排列下去。这种通俗易懂、雅俗共赏的形式，粗通文墨的人谁看了都能明白。没有人会叫嚷说这种东西看不懂。它毫不隐晦，适合所有人的欣赏习惯和心理。

在众多的悬赏告示中，我看到了一则缉捕勤务兵小六子的命令，悬赏大洋五十元，另赏一匹纯种的蒙古马。

酒楼的一道山墙上绽开了裂缝，露出了搭在里面的木头框架和一个鹊巢。几名远道而来的工匠正在墙下摆弄手中的工具。工匠们仰望高高在上的墙缝，相互之间所说的是简短扼要的建筑用语。所有的词语都像浸在水中的砖头。

第五战区的一位行政长官化装成一名商人坐在这个人声清冷的酒店里，他的灰色长围巾里藏有一支手枪。

几扇绘有锦鸡和祥云的彩漆屏风摇摇晃晃。

我注视着那个油腔滑调的跑堂的伙计，他的一张熟悉的面孔使我突然想起了一个人。

行政长官饮过一杯之后，招手叫住了那个跑来跑去的伙计。

“这是什么酒?”行政长官说。

“好酒啊，最好的酒。”伙计说。

“味道不对。”行政长官说。

“好酒的味道都是这样。”伙计说。

伙计转身离去的时候，碰倒了摇摇欲坠的屏风。这时，我看到行政长官的眼镜突然从鼻梁上滑落下来。伙计蹲在地上哼哼了几声，起来后重新扶正了屏风。

接下来，伙计从店堂里面托着两个盘子走了出来，伙计走到行政长官所在的桌边，将盘子仔细地放好。伙计说：

“这是你的肝，这是你的肘子和蹄筋。”

行政长官放下杯子，看着伙计。

“这是假酒。”行政长官说。

“是的。”伙计说。

“我要喝真酒，真正的酒。”行政长官说。

“这里的一切都是假的，就像你满嘴的假牙一样。”伙计说道，“你一来这里，我就看出你是满嘴假牙。你从前的好牙哪里去了？”

“我花了钱，我要喝真酒。”行政长官说话之间用手指托了一下行将脱落的假牙，“不要问我的好牙哪里去了，我不会告诉你的。快给我上真正的酒。”

“你要喝真酒？”伙计说。

“是的。”行政长官理直气壮地说道，手指的力量使他感到假牙已经牢固了，它在短时间内不会再脱落下来。

“你不配。”伙计说，“你看看你满头的假发和满口的谎言，你只配喝假酒。”

“我是花了钱的。”行政长官说。

“你以为钱是什么东西？去你妈的臭钱。”

伙计说话的时候，手里举起了一只盘子。伙计笑容可掬地看着行政长官一丝不苟的假发，他感到手中的分量越来越重。

酒楼外面的山墙下。

远道而来的被雇佣的工匠们操纵起各自的建筑工具，进一步搅拌稀土的这一天，在田野里采摘烟泡的女人们发现一支没有番号的军队在一瞬之间毁灭了一座青砖的古塔。

天地间阴晦的气象使那些漫无目标的散兵游勇看上去如同一群雨前奔跑着搬家运食的地鼠，灰暗的自然背景烘托着他们种种毁灭性的动作和气氛，以及与之有关的声音和过程。

酒楼山墙下摩拳擦掌的工匠们呈现出一种心猿意马的表情，他们一面打量着墙下堆放着的几种建筑材料，一面长久地注视着田野里水纹一般起伏飘忽的摘烟泡的女人。

士兵们生硬而僵直的举动在女人们的视线里像一种走了样子的尺寸，仿佛神话故事里的一种情调。这件事发生在这一年的七月下旬，流域北岸的一片纷纷摇曳的烟草地里。

一名工匠战战兢兢地端起一只铁斛，里面晃荡着均匀地搅拌成糊状的稀泥，山墙下砖瓦混杂的声音使他的眼睛失去了聚光的能力，他视线里的重影越来越多，摇晃的烟叶、健壮的女人、光色黯淡的工具，一切的物象都是重叠的，密密匝匝层出不穷。

工匠满身斑驳迷离的泥水此时突然暴露在几个士兵潮湿

的视线之内。

士兵们捣毁砖垛的强劲动作使女人们在累累相坠的烟泡之间垂下了身体，烟泡和她们的手臂上都挂着灰绿色的水珠，士兵们异常干燥的呼吸声听起来像是正在发作的肺病。

茂密的烟叶遮住了工匠的眼睛。之后，他举着轻轻晃荡的稀泥开始往墙壁顶端爬行、攀登，灰色的泥水泥出铁斛，淅淅沥沥地出现在苍白而潮湿的山墙上，所经之处都留下了一连串十分难看的泥痕。工匠低头看到了溅落在白色山墙上的泥迹，技艺上的缺陷和漏洞使他如同看到了生活的真相和人的灵魂，他举着沉重的铁斛停留在逐渐升高的梯子和墙壁之间，他突然变得无精打采，心灰意冷。

工匠垂头丧气的样子激怒了此时从塔身里面走出来的一名表情阴冷的上等兵，空空如也的古塔内部使这位兴致勃勃的上等兵一无所获。他从塔中走出来以后，两手空空，只在他的牛皮武装带和肩头上披挂着一层薄如轻纱蝉翼的蛛网和尘埃。他一边咳嗽着，一边挥动手臂驱赶着荡漾在眼前的浮尘。

白色山墙上的垂头丧气的工匠就是在这个时候像一种往昔的记忆一样猝然呈现在他的视线里的，这使他颇感意外和惊异，他感到有一种尘封已久的东西在此时此地被一下子触动了，他突然举起了手中的枪。

上等兵专注的神情和极其投入的行为看上去像一个满肚子阴谋诡计的手段老辣而残忍的山中猎户，他扣动扳机的动作犹如天使在古老的岩画上反弹琵琶。

枪声使飞扬的尘埃又一次重新集合起来。

隐匿在烟垄之间的女人们像一张张被捕获的网，她们迅速地张开了潮湿的嘴和空洞无物的眼睛。她们听到了土布衣衫飘扬呼啸的声音和过程，看见了布面上条理粗疏的斜纹和一种夜以继日的手工织造技艺。

远处，白色山墙上弹丸似的工匠正在她们的视线里像一只贵重的包袱一样徐徐坠落，回归到粗糙的地面之上。

带队的军官和他们的士兵原来一直觉得这座式样雅致的古塔里会藏有某种什么东西，而当塔身在他们的动作中完全拆卸湮灭之后，他们发现里面原来什么东西也没有，空空荡的窟窿和隔层里积满了面粉般的灰尘。一座塔原来就是无数的砖石堆砌起来的一个空洞的东西，一件事实上等于零的事物，它的千古流传的宏伟神圣的形式像一个庄严而谨慎的玩笑，曾经在不知不觉中诱捕了那么多的人，它的一触即逝的核心使所有的拓掘者都一无所获而声名狼藉。晦暗的天空下，士兵们与他们的枪声一起随风而去了。

收割烟草的女人们从烟垄中钻出来，一边抖落着不久前的那种夸张的神色，一边沿着凌乱的残砖巨石走过去，她们发现塔身的下面长满了高大茂密的野草。她们用手中的镰刀在废墟中划拉出一部分沾满了白色鸟粪的木头支架和一只摇不响的风铃。

在此之前的那段时光里，时远时近的枪声曾惊飞了她们头上的草笠和蜡染布的头巾，弄散了她们的圆形的发髻。

古塔坍塌后，周围的地形有点儿像一个旧式花园，这个花园有一种难以言诉的氛围和气象，总之，很强烈。但青砖的尺寸和附近的苜蓿地以及烟草地的漫长耕作历史又表明这不是一个花园，花园的样子和位置似乎不是这样的。这几个终年出没在流域之侧的女人，她们在寻找旧木头的过程中都产生了一种眩晕而昏昏沉沉的梦游的感觉，视线中的面积肥大的烟叶飘然起伏，上下沉浮，仿佛一种缓缓飘动的丝绸或泄漏不止的云霞。

接下来，她们望见远处山顶上的颜色红了，又黄了，直至后来完全变蓝，成为一种情调均匀而纯粹的靛蓝。

几条四分五裂的路像日常生活中常见的悬念一样布置在阴晦的山冈上，乌鸦冰凉的翅膀从黑狗平滑如水的背上轻轻掠过。

一切的事物看上去都无情无义。

在山冈的另一面，出现了几个挖土坑的顽童。他们在寂静如初的冈上挖出了一系列星罗棋布的袖珍的洞穴，布置得如同某一个盛世朝代里的宫殿的群落。

潮湿的河风越过窗骨吹进了清冷无声的酒楼，吹乱了那顶一丝不苟的假发。

行政长官的尸体蜷缩在一张杯盘狼藉的八仙桌下面，他的假发被无情地打落之后，最终露出了一个平滑的秃顶。

酒楼里身穿蓝布对襟短衫的伙计此时正在通向仓库的一道门廊中晃动，他的手里提着一把砍肉的斧子，他的背影看上去迟疑不决，身上的颜色潮湿而斑驳。

“你看他是谁?”我说。

“跑堂的伙计。”广春说。

连日来的奔波使广春受了风寒，他说话时的鼻音十分浓厚。

“你怎么了？怀疑一切。”广春说，“你从前可不是这样的。”

酒楼里阴沉的光线压迫着我的目光。绘有锦鸡和祥云的彩漆屏风摊倒在地上，像一本被人打开后又抛弃了的书。

伙计的身体仍在门廊里晃动，像一摊欲流而不动的水或油漆。

我望着那个蓝色的迟疑不决的背影，久已涌动在胸腔间的几个字突然喊了出来：

“小六子!”

突如其来的喊声使我身旁的广春和门廊中徘徊不决的跑堂伙计都大吃一惊。我感到广春的一只手极其不安地抓住了我的身体，他手指上有一种巨大的力量在我的身上跳动，由此而来的回音迅速地传遍我的全身。

穿蓝衣服的伙计转过脸时，我看到了一张异常扭曲的脸和一双惊惧不安的失神的眼睛。与此同时，他手里提着斧子，突然转过身向酒楼的后面飞快地跑去。

“快跟上，小六子跑了。”

我的语言和奔跑的动作是在同一个时空里迅速完成的。在这个短暂而又漫长的过程中，我听到了那一堆彩漆屏风在我的脚下发出的一阵稀里哗啦、乱七八糟的声音。

我遗忘了广春的动静。

在通向起居室的一个门道里，我看见一个穿旗袍的女人仰坐在一把椅子上，她的旗袍被撩至臀部以上，呈露出两条白瓷般的大腿，一条腿上搭着的一小块手帕大小的布片是她的丝质内裤，乱草丛中的那只潮湿的独眼正在向外喷射着一种有气无力的水泡。她提在手里的一只暖炉倾斜着。这个女人半仰在椅子上，一只手捂在胸前，看上去像一个神情倦慵、行动不便的孕妇。她的一条腿上完好光洁，另一条则几近垂死，像一种有着皮肉形象的陌生之物，她精心染过的脚趾甲，依然猩红点点，瑰艳如初。

我在奔跑的过程中听到了随后而来的广春的巨大的呼吸声，我喊了广春一声，但没有人回答。四周一片死寂。

过道内难以适应的光线使广春在奔跑的过程中撞倒了那只椅子。椅子在寂静中突然倾翻了，椅子上的女人和女人手中的暖炉坠落在地上，我听到了那个女人的臀部落地时的那种沉闷而含糊不清的声音。

伙计蓝色的背影在我的视线里像一片树叶一样飘闪了一下。

我边跑边对后面的广春说：

“你撞翻了那个女人，她弄不好会流产的，你知道流产是怎么回事吗？”

“我不知道。”广春说。“她已经死了，死人怎么会流产。”

酒楼外面的地形一片废墟。

我回过头，看见广春此时正在酒楼一列苍白阴湿的山墙下艰难地滑动。白色山墙上的一扇高而窄的窗户在风中摇晃着，窗户四周有许多霉潮的斑痕和黑苔。

广春在喊我：

“等等我，我胃痛，不能慢一点吗？”

我停下飞奔的身体，顿时感到一种难以驱散的热气在脸前徘徊，扩散，如置身于苦夏之中。广春来到我的身边，他说：“你觉得有必要这样没命地跑吗？意义何在？”

“意义在前面，瞧。”我用手朝废墟之上指了一下，“那事会是谁干的呢？行政长官？跑堂的伙计？”

广春说：“我怎么知道，反正不是我，也不是你。”

这时，伙计蓝色的背影突然出现在河边，他围着河边的一座废弃已久的旧磨坊走来走去，东张西望，团团打转。

“小六子，你站住。”

我在呼喊的同时，与广春一起向河边跑去。伙计站在河边，涌动的河水湮湿了他的鞋子，他在河边奔跑起来。

八九个从南岸的战场上溃逃下来的士兵这时正从山冈上走下来，他们的肩上残留着第七战区颁发的星形标志，他们裸露着消瘦的腹部和畏惧不前的缩成一团的生殖器，眼睛深陷，目光枯槁。七零八落的行囊像一种抽象复杂的舞姿活动在他们伤痕累累的背上。沿路上布满了不计其数的红色沙漠似的山洞，黄材流域一带的反复无常的自然气候和饮食居所使他们不同程度地流露出一种水土不服、疾病缠身的样子。山洞在他们后来的经历中变得越来越多，无数相同的千篇一律的洞穴使他们意识到他们实际上一直都毫无进展地走在一条重复循环的旧路上，他们终于发现了他们是在没有意义地一遍一遍地兜圈子。此前所有的时光里，他们的目光和他们的身体始终都在这样捉迷藏，成人的游戏进行得一本正经，无懈可击，冷峻而严酷的运动形式容不得半点儿省思和猜疑。原路上的风光破败颓废，色彩黯淡，两岸的民舍建筑和风俗人情放射出陈旧的光线。

酒楼伙计蔚蓝色的身影跑动在这几个士兵的视线里的时候，他们一直无动于衷，仿佛一群走村串户的表演鼓词平话的盲人。

在他们的面前，我亮出了第五战区秘密颁发的 w 形标志，恳求他们给予援助，共同缉捕司令官的马夫——那个狂奔不息的穿蓝衣衫的酒楼伙计。我和广春望着他们，他们向我们翻着白眼，眼神衰弱而冷漠，没有一个人开口说话，只有一个发出了两声干燥无比的笑声。我朝这个发笑的士兵走过去，企图劝说，引起他的兴趣。接下来，我才发现我想错了，他并不是因我的话而发笑——或许他从来就没注意我在说什么——他是在取笑他的同伴，他身旁的另一名神情痴呆的士兵。他把一只脏手伸至同伴的面前，指着他的腹下说道：

“你的家伙露出来了。”

神情痴呆的士兵抬起了一张梦游般的脸，向四周看看，说道：

“什么家伙？”

“你的这个家伙。”

脸上挂着笑意的士兵说着话，伸手在他的下面打了一下，他的小腹立即收缩了一下，两条腿晃动了一下，周围响起几声同样干燥无比的笑声。我和广春都看到他的那个裸露在外的家伙了，它像一个衰老无力的大拇指一样毫无任何生气可言，畏缩可怜，灰暗而枯朽。他自言自语地说道：

“你不提醒，我还真忘了有这么一个东西还老老实实地挂在我的身上，我什么都没有了，就剩下它了。”

我告诉他说这是真理，真理就是一种赤裸裸的东西，是一种比较伟大的东西。

没有人回答，也没有人发笑。这几个神情暝漠而恍惚的士兵像一层无声无息的空气一样从我们的身边悄悄滑过。我在注视他们渐渐远去的背影的时候，突然听到不远处传来一种声音。广春对我说：

“他落水了。”

是那个四处奔跑的伙计，他蓝色的身影突然坠入了一个水塘里面，水面上咕咚了几下，荡开了一系列的圆圈。塘水漫过他的头顶之时，我和广春立即向水塘前跑来。

“这一回他跑不了啦。”我说。

“插翅难飞。”广春说。

“等着吧，用不了多久他放会露出头来的。得来全不费功夫。”我说。

我和广春坐在水塘边，等着他从水中站起来。这是一个沤麻的水塘，墨绿色的积水散发出一种强烈的肥料的气息。我相信即使他的水性再好，但在这个呛人肺腑的水塘里也绝对呆不了多久。坚持和忍耐是一种可敬的精神，但在某些环境里，这种精神往往只是一种徒劳无益的外在形式，毫无裨益。

先前荡开在水面上的一系列波纹渐渐消失了，塘中这时忽然冒出了几个水泡。我和广春警惕地注视着水面，摆开一副缉捕的姿势，我在这个时候听见我自己在心里咳嗽了一声，我的胸膛和胃有些瘙痒。

水泡消失了。

水面上平静下来之后，我看到池水中出现了附近的白色山墙和树篱的倒影。两只绿蝴蝶在水塘的上面飞来飞去。飞舞的蝴蝶是一种无声无息的不留痕迹的运动过程，远处耕田里传来的牛叫声单调而温热，给人留下的是一种缠绵悱恻、拖泥带水的感觉。

广春说：

“我怀疑他已经从水下游走了，咱们是不是到别处去看看，说不定在别的什么地方能突然遇到他。比如庙里。”

“不可能。”我说。

我对广春说他绝不可能从水下逃走。广春坐在塘前的一个树墩上，他的脸色很难看，像是又犯了病。这个面积十分有限的农家池塘，它的所有的边沿都一览无余地呈现在我们的眼前。无论他从哪个地方想逃上岸，他都会清晰无比地暴露在我们的视线里。

我对广春说：

“我从小就非常向往‘守株待兔’式的悠闲生活，现在机会终于来了，我今天就要把这个古老的寓言演变成现实，把这个千百年来被人蒙上贬义的成语变成千个褒义词。”

广春脸色阴郁地望着我，他目光中流露出的一种复杂的东西使我放弃了继续陈述的愿望，我想我的得意之色一定昭然可见。

“能修改历史的人的确不多。”广春说。

“算我没说。”我对广春说。他的话总是像一把把锋利的小刀一样，中刀的总是我。

广春笑了。他的笑容使我的精神重新明朗起来。我们点燃了两支香烟，坐在水塘边喷吐出一连串精致而完整的烟圈，时光就在我们共同制造的烟雾中一点一点地过去。远处有两个六七岁的孩子正在打架，一个孩子突然抢走了另一个孩子手里的一件什么东西，朝远处跑去。另一个孩子坐在地上哭了一阵以后，从地上爬起来向那个跑远了的孩子追去。

“都这么半天了，会不会出了什么问题?”广春狐疑地说道。

“他在水里都能沉得住气，你在岸上还沉不住吗?”我说，“等着吧，只要你耐心地等，一切都会出现，一切都会到来。”

“未必。”广春说。

水塘里微微地响动了一下。

“兔子”终于出现了。

“他出来了。”

我看见伙计蓝色的身体渐渐地浮出了水面。

“他已经死了。”广春说。

的确，此时漂浮在水面上的是一具尸体，一具失去了呼吸的尸体。

我对广春说：“是小六子吧?”

广春说："是他。"

"他真沉得住气，他为什么不上来呢？活活地在水下憋死了。"我望着水中的小六子，他的一身蓝衣服将他的脸色衬托得更加苍白，他所有的头发都聚集在一起。

"他怎么会知道你不杀他呢？换了我，我也绝不会上来，也宁可死在水里。"广春说。

"是我把他推到绝路上了。"我说，"他走投无路了。"

"你捕获了小六子，司令官会嘉奖你的。"广春说道。

我对广春说，我丝毫没有那种想法，我只是在完成上司派给的一种任务。

广春说："行了，你不用反省自己了，人已经死了，再说，小六子即使遇到别的那些搜捕他的官兵，也依然难逃劫数。对于小六子来说，他无论遇到谁，最终的结局都一样。人有时候是一种很奇怪的东西。"

我说："亏你还是情报处的少校，在此之前，你居然一直没有认出小六子来。"

广春笑了一下，他说：

"我敢肯定我要比你发现得早。最初一走进那个酒楼的时候，我就认出跑堂的伙计是小六子了。你别忘了我有十几年的情报生涯，它使我的目光里具有了毒，善于识别和发现。再说，我能不认识小六子么。"

"可是你当初在酒楼里一点儿反应也没有，是不是？"我说。

“我说过，人有时候是一种很奇怪的东西。”广春说，“我常有这种时候，自己连自己到底想什么都不知道。”

我说：“情报处的人要是都像你这样，都有你这种想法……”

我们赶回临时驻地时，时间已进入深夜。从一些帐篷里透出几道微弱的灯光，有的在玩骨牌，有的在行酒令。几乎所有的团以上的军官都携带着夫人或姨太太，巡逻队从他们的住处外面经过时，往往溃不成形。

漆黑一片的炮团遗址里，突然传来了哨兵拉动枪栓、询问口令的声音：

“口令？”

“伤寒。”广春回答说。

“霍乱。”

哨兵回答完毕之后向我们致敬。

在通向一片帐篷密集区的时候，从一只巨型车轮后面突然出现的哨兵又一次开始了例行公事的口令询问：

“口令？”

“三国。”我说。

“六朝。”哨兵答道。

一直传说那山顶上有东西。

二月里的一天，报纸上详细地介绍了一座著名的建筑物被盗的始末，以及坍塌的全部过程。这是一篇典型的扬物抑人的文章，盗宝者的动作和身影在高大宏伟的建筑面前显得异常模糊异常苍白，渺小而弱不禁风，盗宝者的罪行也因此而变得无足轻重。对于物质的过度张扬和文化遗产的迷信与崇尚，致使与之有关的人物和他们的行为像残存的雨水一样纷纷泄漏，并在流逝的时间之中蒸发得干干净净，一无所有。唯一保留下来的只是一种物质的形状和轮廓，一种属于从前的活动。

其时的风光料峭而紧张，窗外萧条的细叶日复一日地裁剪着倒春的寒流。

那时他正在整理一些战前的书籍。

很多年来，广春一直重复这样的习惯，犹如重复他昔日的呓语和动作一样，这种熟稔而重复多年的活动使他常常无比安心而又浮想联翩。他被由此而来的一切声音和气氛围困着，他的双手插在从前的那些气味和颜色中，他脸上的情调古色斑斓，悠久无比。

他动作迟疑地拉动一部分抽屉，抽屉里的复杂而感伤的内容使他久久不能自拔，雕花木椅上耐久的光泽和线条记忆犹新。许多的事物都如同无形的时间，一触即逝。

广春往前走了几步。那时候几乎谁也不认识他，长条桌子上日夜都堆放着垃圾般的书籍和笔记，有一个美丽的女人在他墙上的一面相框里温柔而善良地笑着，相框的四周镶嵌着金黄的铜质的边线与螺形花纹。

对于已逝的林小姐的漫长回忆，常常使他感到自己的肉体和精神都变得斑驳而残损。笔记里千头万绪，错综复杂的内容是他迷失方向的前提和先决条件。

若干年来，四周拥挤的面孔和形形色色的表情常使他坐卧不安。

广春认识她们的时候，她们是女师大西语系二年级的学生，她们是姐妹俩，一胞孪生，妹妹的形象与姐姐相比，如同一件仿制逼真而精良的无法识别的赝品，姐姐与妹妹相比也同样如此，姐妹二人互为对方的赝品。在已逝的那些年代里，无数个黄昏和夜晚，两位林小姐常常使年轻而粗心的广春张冠李戴，投桃报李。同样的肌肤和气息，同样的感觉和方式，同样的呻吟和呼喊，生活在这种原版与赝品双重会合之中，广春有时痛感力不从心。

她们是七月十五日，暑假开始的前一天夜里突然离开广春的。

我删掉了后面的两个章节以后，时间就变成了那一年的七月十五日。广春在一个夕阳流泻的傍晚时分敲开了她们的门。广春那天并不准备留得太晚。但是后来，突然降临的一场大雨使广春改变了初衷，广春那天没有带伞，这场雨对双方都有利，她们留他吃饭，广春当然也不会放弃这个良好的机会。那天晚上，他们谈了一些早已废弃了的建筑和伟人，后来，她们当中的一个又读了几首魏尔仑的诗给他听，温情的诵吟使他终生难忘。

她们的父母在南方的教育委员会和社会基金会任职，此前的一些时间里，委员会和基金会常有信札或礼物寄给她们，年年都如此，但后来却突然中断了。早年，她们曾迷恋于歌德叙述的那些神经质的故事，直到她们去世的前一年，一翻开她们的日常书卷和手帕，就有一种魏玛时期的香水味像疏松的阳光一样浮现起来，缭绕在阅读和倾述之间的空隙里。

七月十五日，广春在不知不觉中把自己从军营里带出来的伤寒潜移默化地传给了她们，她们留下了最后一抹笑容。

这天夜里，她们早早地黑了灯，她们看见昔日的高山的语言已完全消逝。

我在灰色的战地笔记里缓慢而安静地写作这一过程，背景是人烟萧瑟的战争遗址和冤魂遍野的黄村流域。笔记左边的一大段空白无疑是留给我的挚友广春的，辛未年四月二十八日，广春的死亡更证明了此种做法的必要。

广春：姓柳，名宅，字广春。

第七战区情报处少校军官。

生于羊年，卒于羊年。

终年三十六岁。

广春留给我和这个世界的唯一遗物就是一部经验如烟的《远征笔记》。它写出了各种各样的表情和记忆，各种各样的感觉和动作，这四个方面的文字几乎控制了笔记里所有的画面与场景，它的硬度不容置疑，它的声色气味陈述精确，黑白的光线均匀交替，它的柔软程度就是对于生命的反复抚摸和长久亲吻。

广春接到司令部的秘密潜伏的指令之时，正是一个蝉声密布的夏日的午后。

透明的起舞不休的蝉翼和四野里一起一落的蛙声为他此行的意义蒙上了一层异常原始的色彩和情调。

南宋。

这就是广春受命前往的那个地区。网罗一切有价值的情报是他此行的主要目标，也是他一生的天职。

广春在这个天气闷热潮湿的午后，化装成一名三代祖传的牙科医生，他从昔日的废墟般的炮团遗址里出来，开始穿越沿途一系列的陈旧而古老的农事耕种制度、手工作坊时期和几个著名的疟疾流行区。

当我坐在参谋部里，在一份军政地图上找到那个名叫南宋的地区，并用一支红笔将其圈起来之后，广春已如期在那里潜伏了下来。开始的时候，他的牙科诊所门庭冷落，就医者稀稀落落、寥寥无几，像罕见的珍宝。

广春在给我的一封信中提到，南宋地区充满灵秀之气的自然风水使当地的百姓每个人都拥有一副坚实而耐久的雪白的牙齿，偶尔的几个牙病患者纯属凤毛麟角。由此看来，当初选择牙科医生作为秘密潜伏的屏障缺乏周密的调查和深入的分析。我看见了设想中的窟窿。

大雨中的南宋。

这个手工业异常发达的农业地区，更确切一点来说，它只是一个人口复杂、幅员辽阔的县份，有几任行政公署专员先后在这里干过几年，但虚幻缥缈的民风使权力难以得到正常的施展，繁琐而细腻的养生之术在不知不觉之中悄然地影响了一切，幻化了一切。

每年入夏以后，面对燥热潮湿的气候，南宋地区几乎每时每刻都有人在树篱和纱帐内用黄连水洗胸，用莞花水拍胸，或用石膏和旧年的雪水在胸背上整日长敷。许多的室内都日夜不息地焚烧着艾叶或幽兰，青烟熏绕着居室内的衣帽和被褥。各种鎏金的、铜铸的、陶制的麒麟熏炉内熊熊燃烧着茅香和沉榆之香，洁白芬芳的茅香花笼罩着铸制在炉体之外的大小麒麟、苍龙和兽面。在贮有清水的圆形底盘上点燃炉中的香药之后，熏炉喷云吐雾，有如幻化的梦境和海中仙景。

在南宋地区一带广泛兴起的熏香炉，刺激了此地烟熏消毒风气的盛行和制炉工艺的日趋精湛，精益求精成为所有工匠的梦想和夙愿。炉火纯青，不再是一个空洞的概念。臆念和幻想正在许多人的手中逐渐展开，逐渐袒露，无数幻化成具象物质的词语和典故的标本在这里脱颖而出，突兀如初。

遍地的熏香炉促使大量的铸铜、错金、制银和烧瓷的手工作坊破土而出，应运而生，昔日的星罗棋布的作坊现象和手工时期重新呈现出来，再现了多年以前的某种久远的历史风光和闻鸡起舞的民间景象。

不计其数的制炉工匠看上去如同大地上四处奔走的蜗牛或跳娃。

广春踏上南宋地区的土地之时，一只年纪很大的鸟嘴里衔着一枝奇形怪状的白草，正从这个香药经验异常丰富的地区上空匆匆飞过。这最初的空气和印象使他的肉体和精神都突然变得轻飘飘的，有一种类似羽化成仙的味道。广春行走在南宋地区烟熏香药的风光中，昔日的军营和红白相间的武装生涯离他越来越远，多年缠绕的疾病也在这个时候边走边忘，一种能够消融一切的气息向他扑面而来。

在一条河边，广春看见一位丰腴妖冶的女人正在家门外白色的山墙下守候着两只蒸汽升腾的砂锅。女人伸手用乌木筷子搅动砂锅里的东西的时候，露出了一截白藕般的手臂。屋前的雨檐下吊着几串风干了的木贼、鸡冠花、五味子和肉豆蔻，琳琅满目。

“锅里煮的是什么？”广春问道。

“香砂六君子汤，苏子降气汤。”女人说。

“谁病了？让我看看。”广春说。

“没有谁生病。”女人说。

“我是医生，看牙科的。”广春说。

“医生？没看出来．你不像一个医生，你在河边一出现，我就看你不像个医生。”女人说。

“这汤的味道真好，老远我就闻到了。”广春说，“是这汤的味道把我引到这里来的，你说怪不怪。”

“不怪。”女人说。

“味道好不好，只有尝过以后才能知道。”女人透过白色的水汽说道。

“是的，不尝不行。”广春说。

“谁来了？”

从屋里走出一位红光满面的老太太。

“一位客人。”

搅动汤锅的女人对老太太说道。

老太太看见站在一旁的广春，微笑着施了一个礼，广春也拱手作揖。老太太对看守汤锅的女人说了句好生招待，不敢怠慢之后，就返身进屋去了，临走时又朝广春笑了一下，老太太一口雪白洁净的牙齿使广春的心头不禁下坠了一下，他似乎看到了从此以后在南宋地区的一系列景况。最初的假设里出现了出人意料的阴影，臆想与现象错落凸凹。温火上的汤剂无声地翻滚旋转，有如暗中流淌的时光，锅中的气息使他想起了山中的空气与流水。

“这位老人家是令堂吗？”广春问道。

“是的。”女人说。

女人的脸偏离了弥漫的蒸汽以后，广春不禁后退了一步，他此时猛然发现眼前的这个女人酷似几年前就已逝的林小姐。这个发现使广春一时变得有些局促不安，他的神色上的反差引起了女人的注意与关切：

“你怎么啦？不舒服？”

“没有什么。”广春说，“大姐贵姓？祖上在哪里？”

“贱姓梅，土生土长。”女人说。

“你需要什么东西吗？”女人说。

“我该走了。”广春说。

“走好。”女人说。

“还会来的。”广春说。

这是广春进入南宋地区后，遇到的第一个女人。人生地疏的局限性使他在最初的时光里，忽略了许多极为重要的东西。

走过苍白的山墙，他看到几个收购桂枝和丁香的人像晃动的葵花。

河边有猪，山上有马。

广春在农历六月初六这一天，举步迈出一座门庭的时候，看到了南宋地区著名的“赛脚会”上的千万条熙熙攘攘的烦躁不安的腿和无数形形色色的表情。

视线中沿两边排列整齐的雪白的小脚使广春在门槛上绊了一下，之后，他在锣鼓和丝竹声中站稳了身体。这一天，南宋地区所有已婚和未嫁的女人都携带着一高一矮两只凳子沿街排开。她们坐在高凳上，将一双双白莲似的素足裸露在那只矮凳上，听凭观赏。行人只能驻足俯首赏看，不得用手揣捏。

南宋地区的妇女素以小脚、白嫩肌肤和重门叠户三件绝技著称于世，名噪一时。一双小脚被文人墨客和破落户公子称之为“追魂夺命镖”，有关玉笋尖尖、金莲娇娇的诗歌词赋大量风行：

……

五月端阳三角粽，又是香来又是甜，

六月之中香佛手，还带玲珑还带尖。

……

南宋地区农事活动的间断间歇使无数多如牛毛的草台班

子应运而生。半农半艺的乡人常在风中扯起一片片膨胀如鼓的染布帷幕，在幕前表演掌握三寸金莲的十一种方法：正握、反握、顺握、逆握、倒握、侧握、斜握、紧握、横握、前握、后握。这是一种楔子。楔子过后，正式演出《品花宝鉴》《贯月查》和《金莲杯》。

水绕山回的自然风光滋养了南宋妇女如花似玉的肌肤和温良旷达的性情。

水边的一系列作坊几乎夜夜都灯火通明，人影闪烁。正在作坊内研制中的用以敷面和美容的矿物白粉、豆粉和蛤粉纷纷扬扬。每当冬日来临之时，南宋地区的妇女们的面部便都涂上了防冻防风的栝蒌油脂。

有关增白皮肤、健美肌体的各种民间秘方常在这个地区的上空迎风飘舞：

黑面转白方：

白冬瓜一只，竹刀去皮切片，酒一升半，水一升，煮烂去皮，滤去渣，熬成膏，瓷瓶收贮，每夜涂之，次早洗除。

又：天门冬曝干，和蜜捣烂为丸，日用洗面，即转白。

又：栝蒌粉三两，杏仁一两，猪胰一具，同研如膏，每夜涂之，令面光润，冬月不皱。

肌肤洁白莹泽方：

人乳、象精、白蜜、藕汁等分熬膏，加苏合油调匀，浴后满身涂之，一月之后，遍体嫩滑香润。此杨妃宫中日用之方也。

又：沉香、丁香、降香、乳香、藿香、茴香、砂仁、甘松、山奈、白芷、细辛、川芎、蒿本、桂心、潮脑、当妇、百药煎、肉豆蔻、豆粉（各二两）、麝香（一钱）共为末，炼蜜丸，如弹子大，每早用水漱口，入舌根下含化一丸，一日口香，五日身香，十日二十日床被香，一月后洗面皆香，二三月后面如童子，身软如绵。兼能起阴壮阳祛风去寒，闺阁不可不知之秘方也。

《康氏锦囊》美人方：

冬瓜仁五两，白杨皮二两，桃花四两，合研成细末，日于食后服三次，每次一茶匙；欲面莹白者，加冬瓜仁；欲面粉红者，加桃花。十日而面白，五十日而手足皆莹洁如玉，诚不可思议之妙术也。

不久之后，广春就发现南宋地区的妇女在沐浴之时，惯使一根三寸的五棍在皮肤上反复地滚动按摩，直至全身通红。

这个地区一向是一个太平无事的地区。守夜人的脚步声懒散而拖沓，犹如闲云流水，犹如落花和枯枝败叶。

广春在南宋住下后才发现他对这个地区的不断重复运行的时间形式感到难以适应。一代又一代的南宋人在这里建造了一大批数量惊人的建筑和一系列人为的距离，包括众多的轮廓模式都极为相似的手工作坊，而时间就总在这种相似的形状和数目中不断重复出现，并在反复运行的过程中繁殖增加。

广春在他的《远征笔记》里，曾经真实而感人地叙述过这一现象。

他在笔记里这样写道：

梯级和廊柱，悬空地围着高大的墙壁，在圆顶上部的暗处转了两三圈后，没有通往任何地方就消失了。

除此之外，他经常在白日里听见有一只遥远而无形的狗在这个地区以外的另一种时间和空间里时叫时停。狗吠的声音失常而惊惧万分，它似乎看见了什么东西，它的视线里出现了某种令人不安的现象。这常使广春感到外面有游荡的亡魂或是其他类似的可怕的事物，虽然他从不相信时间之中会有亡魂的影子和声音，他只知道时间中有人的残骸和记忆的尘埃，有化作烟云粪土的欲望和思想，有转瞬即逝的信念和随风而去的真理。

多年缠绕他的疾病退去之后，广春对自己的奇异的听觉和视觉产生了怀疑。

那些空空荡荡的日子里，疑惑和忧虑的阴影一直笼罩在他的脸上，他几次去河边找到那个煎煮汤药的女人，还有她的母亲。

这个梅姓的女人，孀居在娘家。

她和她的母亲都吃素念斋，广春到来后，老太太为他准备了两碟甜食，米糖粘的茶叶。两碟细果，龙眼核桃。另有四大碗素菜，一碟油醋烧的白菜，一碟酱泡面筋、一碟油炸的水茄，一碟炒香椿，两盘油馕卷子，一竹屉蒸的粳米饭和一道粉汤。

屋内终年香火不绝，檀香的气息袭人肺腑，发人深省。

晚间突如其来的一场大雨滂沱而下。在广春有限的生涯中，类似的雨水常常不期而至，淅淅沥沥，长漏不止。

广春在他的《远征笔记》里这样写道：

> 梅经常为我表演南宋地区的歌乐和舞蹈，她的头发挽成一个流行的苏髻，她常在晚间卸去白日里的淡妆素服，重新对镜梳妆。她有一百零八颗西域胡殊，裙铃玉鱼错落有声。那时，我们经常在她的红炉暖阁里横渡一些绚丽的节日夜晚，她在帐外点起幽兰和熏香炉。

在她的那张螺甸绣床上，她用舌头舔着我的脸说你的舌头绯红绯红的就像秋日成熟的晚霞，那时我对她总是不满足的，她对我也有同感。她每次用探寻的目光望着我时，似乎总能从我的身上发现一种以前所没有过的东西。她说你有迷人的黑色的皮肤和铜质的骨骼，这肤色和骨骼能使人销魂失魄，以致不守贞操。

夜晚的逐渐深入，常常使他们变得异常蓬勃而狂妄无比，所有的语言都因此变得简短而稀少。一句话在说过之后便开始节节败退，迅速地自动湮灭，不再回味，不假思索。

夜晚的体验边经历边遗忘。

“你以为这样就能吓住我？”

她这样说着，卸去了白日里的一整套淡妆素服。之后，坐在桌前开始对镜梳洗，敷粉点脂，顾盼流连。

广春拥被坐在她的螺甸大床上，一副坐以待毙的样子。

广春在这个风雨交加的夜晚，谛听着窗外错综交织的南宋地区的雨水，许多的东西都随同满世界流淌的雨水一起消失了。他在她的身上寻找那种残余的一去不复返的时光，但所找到的只是一些分崩离析的词语，一种含混不清的断断续续的音节和呓语。对于已逝的林小姐的深切缅怀与追忆，使他对眼前的这位孀居数年、眉目传情风致娇然的梅姓女人变得更为亲近。他多年来渴望的正是这样一个使他安心而温情的可以供他养修精神之伤的地方。

她梳妆之后，开始洗濯她的三寸金莲。之后用绸条束脚，再缠上绫罗，又从一只衣箱中取出一双大红睡鞋穿上。广春看见这双红缎的绣鞋尖秀无比，比她白日里所穿的鞋更为窄小，鞋帮上绣着细花，中嵌一幅工致玲珑的春宫图，柔软的鞋底，入握如绵。

在那窗纱上，广春恍惚看到上面织绣的孔雀在移动，在展翅开屏。

广春在她的一起一落的两条腿旁，看到了一种颤抖着的东西，那是她的两只无力地垂落下来的手。

“你丈夫是怎么死的？”

“你有必要知道这些吗？”

“我随便向问。战乱？灾荒？疾病？”

“这对你很有用吗？”

“没用，我只是随便问问。”

“没用就算了。你在想什么？”

“想你。”

“我知道你想什么。别胡说。”

“你让我害怕。”

“你能不能再实在一点？”

“我不实在吗？”

“是的，这算什么？”

“我正在逐渐灭亡，不断消失。”

“那是错觉。”

她的身体像一只果实或花蕾一样正在逐渐绽开、扩大，他手中的一种犹如紫色的衬里或折边一样的东西使他有些忘乎所以。她的体内流淌出一种明亮的油脂。

他听到了她的声音，沉闷而遥远，仿佛刚从梦中醒来：

“你在干什么?”

“没什么。”

“捣什么鬼?”

“没有，只是有点儿湿。”

“你在哪里?”

“我在，我在这儿。”他把一只手放到她的腿上让她初步感觉了一下，之后又在她的眼前晃着。“睁开眼，看着我，这就是我。”

“这是什么？仙人掌?”

“见鬼，这是我的手。”

“什么是你的手?”

“这不是吗？这不是我的手吗?”

“对不起，我没看出来。”

“你怎么啦?”

“你太像一只蜻蜓一样呢。”

“别闭上眼。你闭上眼后，我感到这房子里只有我一个人。”

“你有疾。从明天起我为你配药制汤，我有一剂祖传的良方。”

“你懂医道吗？你在嘲笑我？”

“在南宋，人人都精于养身之术。你只是心神不宁，经验夹生而已，别担心。”

广春在一个阳光罕见的午后走进一家熟制皮革的狭小作坊，这里同时还兼造假发、假牙、假髭和面具，门外高高耸立着的广告招牌上彩绘着防冻防皱油和粉面霜。

作坊里除去强烈的火碱的气味之外，还有另一些乱七八糟的气味。泥土的墙上钉挂着十几张湿漉漉的正在熟制中的兽皮，所有造好后的假牙都浸泡在一个石头池子里，池子里盛着浓黄的碱水。“浸七”，是造假牙的最后一道工序，七日以后便可以脱离碱水，全部售出了。但要经过清水的过滤和漂洗。

几个徒工都在埋头做活儿，每个人的手里都拿着一只木梳子，还有的拿着一把剪刀。经过徒工们仔细梳理后的假发和假髭都变得飘逸而传神，庄重而大方，使人看后爱不释手，恨不得将自己原有的头发和胡须一齐废除，换上这里的精品。遇到那些七长八短的毛发之时，老板便郑重地令徒工们用手中的剪刀和梳子像理发店的大师傅那样剪修得整整齐齐，一丝不乱。作坊老板积累了大量丰富而有价值的技艺和经验，多年来经久不衰的制造生涯使作坊的名声与日俱增，他们的假发和假牙越来越漂亮。精益求精的古老风尚和炉火纯青的制造手段广受瞩目和推崇。

广春注视着徒工们的种种手段，手段是多种多样的，但每个人的表情都千篇一律。广春在这间气味复杂的手工作坊里咳嗽了一声，有一个正在梳理假发的徒工抬起一对苍白的眼珠子看了一下，又低头继续梳理。作坊老板用一种漫不经心的神情看着广春。

“您需要什么?”老板说。

“每样都来一种。有现成的货吗?”

“有。”老板说。“只是皮货需要提前定做，五天内就可以交货。”

“就这样。”广春说。

“我什么都想到了，就是没想到牙科大夫会来买我的假牙。”老板得意地说道。

“你应该想到，你的牙好。”广春说。

“是的，我总是容易忽略一些东西，尤其是生活中的细节。”老板说。

“万万不可粗心大意。”广春说。

“您随便挑，看不中的都给我放下，本店的作风在南宋地区有口皆碑。”老板说。

“价钱呢?”广春说。

“价钱好说，可以商量。”老板说。“您是牙科大夫，我可以白送您一副假牙，你只要在外面多替我宣扬宣扬就很好了。”

“这个自然。”广春说。

“您知道您为什么门庭冷落吗?”老板说。“让我来告诉你，无数的人都佩戴着我这里的假牙，他们根本无须去看牙科。假如有人去您那里求医就诊，我敢说一定是我的徒弟们在制造假牙的过程中毛手毛脚、一心二用而出了岔子或纰漏，我敢说实情准是这样的。”

“我总算明白我为什么会门庭冷落的原因了。”广春说。

出于对手工技艺的倾慕和气候因素的考虑，广春在这个作坊里定做了一件镶有玉色线罗银京红绢的皮坎肩，此外还挑选了一副浸泡在碱水里的假牙和一副带有永恒笑容的陶塑面具。面具将送给一位朋友的孩子，作为生日礼物。假牙是作坊老板白送的，这副雪白的糯米状的假牙将孝敬一位善良的老太太。

临走之日，作坊老板对广春说道：

“在这个世界上。我敢说像我这样仗义疏财的人并不很多，我敢说没有几个。除了从我这里无偿地得到一副上好的假牙之外，在整个南宋地区，您将一无所获。”

广春被一只温热而多情的手从越来越远的梦境中拉回到现实中之时，他看见梅姑的母亲，那位面如满月的老太太正站在他的床前，深情地凝视着他。接连不断的昏睡使广春弄不清现在的时间是一天中的什么时辰。

“还睡呢，该醒了。”老太太说。

“是你。”广春说。

“我在这里站了很久了。”老太太说。

“现在是什么时候？半夜？中午？”广春向老太太说。

“打听这些有什么用呢？这对你很要紧吗？中午和半夜不都一样么。”老太太说。

“我睡过头了。”广春说。

“昏睡使你养足了精神，你该醒了，我在这里等了好久了。”老太太说。

“什么意思？”广春说。

“没什么。”老太太笑着说，“新的一天到了。”

“新的一天？”广春这时看见老太太穿着一件半透明的丝质睡裙，睡裙敞开着，有关的带子都垂落在地上，致使一半以上的身体都裸露在外。她的身上搽满了南宋地区特产的矿物白粉和幽兰之香，香气袭人。

老太太微笑着说道：

“打起精神来，小伙子，南宋不同于别的地方。”

广春疑惑地说道：

“老人家，您——”

老太太嗔怒地说道：

“别这样叫我，我不喜欢你这样称呼我。老人家，我老吗？我的心和你一样年轻，你完全不熟悉这个地方，我会让你慢慢熟悉的。”

“你……”

“你了解这个地方么？你不了解。外面的人进不来，里面的人出不去。”老太太说着，扭动了一下身躯，睡裙无声地滑落到地上。

“我已有所感觉。”广春说。

“感觉到了什么？”老太太说。

“其中包括一种沉醉。”广春说。

“就这些？你太嫩了，嫩得让人浑身打战，你初出茅庐。”老太太说。

“我不嫩，我并非初出茅庐。”广春语无伦次地说道。

广春的话使老太太笑得前仰后合，她身上的肌肤像水中的涟漪，一波未平一波又起。“南宋这个地方可不是你想象的那样。”

“我会慢慢了解的。”广春说。

“慢慢了解？几年？一年？十年？”老太太说。

“也许用不了多久。”广春说。

“你看到的只是一种表面。”老太太说。

“我也看见过她的深处。”广春说。

“什么深处？杏花的深处？”

老太太带着满身的脂粉芳香来到广春的身边后，用一种近乎命令式的口气说道：

“你这个外乡人！”

“除了杏花的深处，我还看到过桂花的深处。”广春说。

冬季的景象在南宋地区以外的时间和空间里徘徊运转。

十二月里的一天，南宋地区降落下第一场纷纷扬扬的鹅毛大雪的时候，一群被时间和战火烧焦了头发和眉毛的衣衫褴褛的士兵像病菌一样从北部溃退着进入了南宋地区。坐落在河边的一系列手工作坊都蒙受了不同程度的洗劫。

士兵们打开作坊里的朱红色木制壁橱，每个人都得到了一副假发和数张兽皮，弥补了在时间和战火中失去的损失。他们戴着漂亮的假发和假牙，在南宋地区纵横如织的大街小巷里东游西荡，其乐无穷。

带队的指挥官是一位秃顶的中年军官，职务之便使他一个人挑选到了十一种不同造型的假发。指挥官站在一家裁缝铺里的落地穿衣镜前，耐心而细致地一顶一顶地在头上试戴着假发，每一种发型都让他耗尽了心机，欲罢不能，拿起来后就再不愿放下。他的口中喃喃有词，造型各异的假发使镜子里的陌生人不断涌现，频繁变幻，犹如转瞬即逝的走马灯，指挥官最后命令他的勤务兵将十一种假发全部小心翼翼地收藏在一只皮箱里，他的脸上流露出难以抑制的喜悦和极大的满足。“这些我都要了，先带回去研究研究再说。”十一种发型将在未来的日子里使他重新得救，获得新生，并如虎添翼。他在心里很清楚这一点，在这个以貌取人、看人下菜的世界上，这十一种发型对他这样一个无发之人将意味着什么。“我再清楚不过了，我知道该怎样派上它们的用场。”戴其中的一种发型可以去晋见顶头上司，以获得垂青和必要的关怀；戴另一种浪漫主义情调的发型可以取悦于某一位美貌的太太和小姐；再一种发型可以面对所有的同僚和部下，重现昔日的风采，一改败军之将的晦气和霉头。

广春睁开惺忪的睡眼之后，视线中看到的第一情景就是梅姓女人的母亲，老太太的白腻的膏腴之躯裸露在床下。

接着，广春看到了正在一旁收拾包裹的梅姓女人。

“是你杀死了她？”广春问道。

梅姓女人没有说话，手中仍在慢慢地继续收拾着一些东西。

广春跳下床，突然奔跑起来。

广春在这个大雪纷飞的日子里四处狂奔，他身着毛革优良的皮坎肩，像一名来自幽燕地区的鞑子一样惶惶不安。

突然混乱起来的南宋地区使他失去了方向，他一次接一次地迷路。在全部的逃亡过程中，广春的背部患上了粉刺和冻疮。病情逐渐向他的下身蔓延。

广春戴着那只挂有永恒笑容的陶塑面具跑了一程，阴晦寒冷的天气使他的心情变得颓废紧缩，神伤无力。他感到他的身体正在风中如寒号鸟一样缩成可怜的一团，失去了呼喊的能力和勇气。

到处都是被战火烧毁了的城门和被夷为平地的垛口。视线中的一堆堆白骨尸骸看上去如同一些失散于民间野史中的珍奇的象牙制品或汉白玉器皿。参差错落的朱门碧楼都化作了随风而去的灰烬。

走过三街六巷，大道小桥，不见了昔日里亲戚故旧之间礼尚往来的陈情旧景，十室九空的现象中消失了鸡鸣犬吠和人烟灯火。围栏画屏从坍塌的庭堂前不断消失。大火烧毁了纱幔低垂的寝室和锦绣的床榻，昔日流芳溢彩的熏香炉中盛满了泥污血水。

在那些花园的角门和亭台上，脚下常看见有形状不规则的人头在风中骨碌碌地滚动。厨房灶前焙满了干燥的马粪和尖利的瓦砾，干草掩盖了炊事的锅灶。

村落只剩下发黑的山墙。

城郭已失去了原样，失去了充塞在其中的内容，只剩下空洞的轮廓和概念，剩下一种简明的城防知识和市政尺寸。

面具上突然绽开的陶质裂纹弄疼了广春的眼睛和脸，他解除了面具，把它扔向路边的一条壕沟中，在此以后的逃亡过程中，他又扔掉了那副无偿得来的假牙。“都见鬼去吧。”

对于面具和假牙的逐渐放弃，使他不禁如释重负。

纷扬飞舞的大雪使天地间的一切都变得生疏而难以接近，天空里一只鸟的影子也看不到，原野里偶尔可以望见几棵裹着积雪的枝丫肥胖的枯树，像几个风中行乞的老人。

夹竹桃腐烂在冰凉的雪景中。

晚些时候，辽阔雪景里猝然出现的一辆马车结束了广春的逃亡过程。

马车的出现像是一出旧戏里的一个情节，马车更像一种徒有其表的不堪一击的道具：木制的轮子，纸糊的篷子，单片的木轮看上去荒唐而可笑，纸糊的篷子一触即碎，一捅一个窟窿。纸糊的鞍子在风中呼呼作响，马腿里像是安装了橡皮。马尾上下摆动的时候，暴露出了马胯里塞得满满的棉花和渔网。

广春上了车。

车上载着一位奄奄一息的烟花女子，这是广春见到此情此景后陡然萌生出来的一种直觉。广春觉得她是一位烟花女子。

烟花女子的身下铺着一层晒干的稻草，垫着败絮和一张羊羔皮子。风吹稻草的声音听起来干燥而响亮，犹如口袋里细碎的银子在哗哗作响。广春在这个时候不自然地朝烟花女子笑了一下，他的笑容看上去像是假的，像那种烧制在陶瓷面具上的经久不变的恒定表情。

这辆马车行驶的状况，像是一次黯淡无光的两头茫茫的迁徙过程。

稻草的枯枝败叶纷纷簇拥着烟花女子的脸，她的嘴里吐出了一串含混不清的语音。广春将头贴过去，看到了滞留在她脸上的斑斑驳驳的粉痕霜迹。许久以后，广春才发现这个烟花女子其实自始至终一直都在昏睡着，她吐出来的那一串含混不清的语音只是一阵暗无天日的呓语。她的脖子上戴着一条镀金的假项链，一部分金箔已出现了难看的剥蚀后的伤痕。项链的坠子是一幅装在袖珍的有机玻璃中的男人的头像。

雪路上颠簸起伏的马车左右晃荡，广春在马车的晃荡中碰到昏睡不休的烟花女子时，感到她浑身上下瘦得皮包骨头。

接下来，广春告诉赶车的人说，有一个地形狭长、空气靡艳的地区名叫南宋，那里的风光和时间犹如伸缩不定的弹簧，到处部是形神柔软的棉花和永不腐烂的瓷器，华丽而瑰艳的魏晋骈文在大街小巷经久不息，涂染并主宰了那里的风物和人心，几乎每个人都能用自己的肉体和精神有条不紊地弹奏一首靡靡之音，感官上的享乐妇孺皆知，家喻户晓。

赶车的人坐在车前，怀抱着颤动不止的鞭子，像一个聋子，始终没有回头，在距离一个旧式花园不远的地方时，广春下了车，赶车的人和车上昏睡的烟花女子毫无察觉。

在花园里，广春首先看到了那块著名的上面镌刻着棋谱和阵图的青石，棋谱上隐隐地有低远而清澈的溪水声流过，间或还传来一两声老态龙钟的叹息，叹息如烟。他感到旧年的青烟正由棋子的四周慢慢随风散去，善果寺浑厚苍郁的钟声像道道纹理明晰的树轮一样在四周回荡，盘绕。

广春挪开几把蒙了水的斧子，揭起一块面目峥嵘的太湖石，下面埋着一个瓷缸，上盖铁犁一面。他用手在里面摸索了一阵，从里面掏出了一个沉甸甸的黄油布包。

“这一次你可完了。”

由于激动之情难以抑制，他不禁有些结结巴巴地说道。

流动在这个花园里的气息和视线中各种一成未变的设施使广春产生了一种魂归故里的感觉。他不停地呼唤，重复童年时的种种愿望和声音，但花园里平静得出奇，预料中的人语和脚步声都没有出现。

这以后，他就死了。

他是在一张椅子上死去的。

他是在突然听到沉寂的花园里响起一种窸窸窣窣的脚步声，送茶的人渐渐向他走来时，突然死去的。

窸窸窣窣的脚步声在门口消失后，送茶的人进来了，送茶的人发现那张雕花木椅上的人已经不见了。过程如此短暂，消失得十分迅速，有一种不容分说的意味，只在木椅的扶手上留下了一滴颜色黯淡的冷血。

在此之前的一个时辰里，送茶的人曾经应召进来过一次，托盘里盛着他平素最喜欢的一只素窑茶碗和一个装有点心的描金漆盒，但广春说他不想喝茶。广春感到送茶人身上的气息、说话的声音和走路的姿势及影子，都酷似从前曾经辛勤服侍过他的一位姨娘。广春坐在椅子里显得异常颓躁不安，突然出现的姨娘和一条来自司令部的黑影使他颓躁不安，心灰意冷。木质的椅子在他身下发出一阵吱吱嘎嘎的声音，椅背上的花纹龙飞凤舞。

送茶的人临出门时，听到广春坐在繁花似锦的椅子里开始反复朗诵一首诗。

一首诗就可以使一座花园、一个时期永远地从时间中完全消失，泯灭得无影无踪，不留丝毫的痕迹。那一夜，山顶上不断地变幻着各种各样的令人眩晕的颜色，对于视线两侧的东西，我们一直感到难以把握，感到无法把握，使人束手无策的不全是工具的丧失。

我想起广春生前曾经不止一次地对我说起过那个从来都无人攀越的山顶，他每次眺望山顶时，都感到山上的一切仿佛被施过某种妖术。在他去世之前，他曾经写过几封心情和颜色不尽相同的信，背景是质感如沙漠的微微发红的秋季天空，这几封信后来由一辆运送香料和紫檀木的马车带出了南宋地区。

在长达数百页的《远征笔记》里，有一段文字像留声机那样比较详细而真实、声情并茂地记录了广春短短一生中的几个主要阶段，包括三次失败的婚姻和他在一座疯人院里接受治疗的一段时期，包括被他酒后误杀的几个华而不实的集谎言和虚荣于一身的浮躁不安的女人。在另一段文字里，广春集中地叙述了自己的身世和相貌、品行和遭遇。笔记的结尾写了一场梦。这个梦形成并出现在很多年以前的手工时期，广春后来经历的一切事件以及他涉足过的部分地方，都曾经在那一场芜杂而广博的梦里不止一次地呈现过，呈现在梦中的年代和生活细节使人不寒而栗。

那场漫长而艰辛的梦临近尾声时，山下耕地上的烟草又一次变得郁郁葱葱，青翠欲滴。风中的烟叶时常互相牵连，互相攀援，不停地摇荡。烟叶成熟的前夕，流域两岸的烟农们计划着搂到更多的草和木柴，用以烘燃烟窑。但埋藏在土中的地雷又使他们举步不前，取消了一个又一个的计划和没想。

几乎到处都能随意地挖掘出比较完整的地雷和那些贮存着火药的罐子，包括水中的河道里，这情形使人想起蕴藏在地下的丰富而取之不尽的矿产资源。

有一天，几个站在烟叶地里的女人无意间抬起头后，她们突然发现山顶上站立着一个孤立无援的石人，风吹不动石人的表情和衣袖，只能使四周的光线不断变幻。这种现象只持续了很短的一段时间，以后就再也看不到了。

所有的细节，包括一开始的预言、笼罩的气氛以及将要来临的某种现象都使人惴惴不安。从倒伏后的烟垄到不断消失的军队，山冈上没有可疑的情节，只有哗变的草木。夜里，我梦见无数的距离都在忽长忽短地伸缩，飘移不定，那种现象犹如寒暑交替之下的植物，犹如不断凸起沦陷的人心。

在一个云开雾散的日子里，有一个人的身体突然暴露在巡逻队的视线之内。

这个人的身体被团团的藤葛和树须紧紧地不容分说地缠绕着。这是一名锡兵。他战死的时间远在几个世纪之前，一场盛大的庆典仪式之前。谁也不如道这名锡兵在这里被捆绑了有多少个年头，他的姿势和临终的表情像一个替身，像一名陪葬者。时间把从前的一座山磨砺得平滑而和蔼，一条阴道的四壁被潮湿连绵的水珠挂满，紫色的沟水日夜从脚下流过。

巡逻队站在山下，一无所获。在流域两岸的耕地里收割烟草、搬运泥坯的女人们认得出他们，他们灰色的身影出来进去，重复着若干年来的种种现象。

寒冷的富人和穷人，同样都渴饮着时间之河的污水。

一位陶工仿照锡兵的模样，将捏好的一个泥像偷偷地塞进了即将点火的瓷窑。

春天一开始，在窑前空地上捏制泥碗和酒杯的女人们便提早目睹了无数人为的洞穴和尸段。她们在灰飞烟灭的瓷窑附近再也找不到一处水草丰茂的地方了。她们曾经想到了山，但山顶上反复变幻的靛蓝色光线使她们畏惧胆怯，不敢贸然跨上山腰一步。她们记起了水边的风景，但流域上下的裸露如初的月光总是真实而恶毒无情地丑化着她们的容颜和身体，丑化她们手中所有的陶瓷制品。她们的一切活动都被映照得很糟，蒙上了来自自然方面的不可抵御的阴影，烧制出来的太妃图或仕女像失真而粗糙无比，不是缺少必要的高髻和眼睛，就是忘记了勾点朱唇，人物的衣饰佩挂松松垮垮，倦慵消沉，萎靡不振。

有一天，一位高级军官突然出现在对面的螺形山冈上。

不久之后，又来了一群军官。他们斜披着战时的麦尔登呢军大衣，观察一种美丽而空旷的战争间隙现象。随行的马匹用蹄子掠过下面的耕地，刨着冈上的疏土。炮团的遗址坐落在他们的背后。

那条不息的河流使观察地形的军官们感到事情十分棘手，弊多利少，与他们臆想中的结果更是背道而驰。他们观察了整整一天以后，毫无任何进展和启示。就在他们阴沉着脸准备离去的时候，他们发现了山冈上的那几只黑狗。那几只原始而纯粹的黑狗都已上了年纪，老得再不愿四处跑动了，带着一身稀疏的黑毛蜷卧在废弃的水车下，神情漠然地打量着鱼贯而行的军官们。挂在狗脖子上的圆环形的面饼早已吃完了，只有一圈淡淡的白印显现在军官们的视线里。其中一位三十出头的军人激动不已地说，瞧那几只狗，像神话中的信物。一位年纪很大的白发苍苍的军官冷笑着说道，那不过是石匠的手艺——一些石头雕成的狗而已，中尉，你的幼稚和无知，你的愚蠢和不成熟，将使我们军人的形象和荣誉一落千丈，变得一文不值，狗屁不如。

军官们陆续走上山冈，认真地伸出戴着雪白手套的手，抚摸那架古老的水车。

飘扬的马尾扫过流域的天空和大道，扫落了众多琐碎的日常生活场景和一部分简单而复杂的婚恋情节，亲戚关系。一切的事物都零碎如沙土，如油盐不进的瓷质器皿。

在失去草木的那些日子里，我身着便装，我几乎无处栖身。当我后来奉命赶回参谋部，偶尔出现在捏制泥碗和酒杯的女人们的视线里后，我的疲惫的身影和绝望的表情使她们把我认成是一株石器时代的草，她们手中的泥模仍在平滑而飞速地旋转着，她们激动不安的吵闹和日常的俚语使我一直无法入睡，夜夜失眠至次日天亮。

其时，山顶上又一次出现了一尊岩石的头像。头像的两个侧面，在靠近耳朵的地方刻着一种枯朽而沉默的语言，部分文字的偏旁部首已遭受了时间的风化和剥蚀。这种没有声音的语言使所有的眺望者在这个时候都不可避免地丧失了判断上的功夫和幻想方面的能力。女人们手中的泥模正在徒然地空转，山顶上高耸的石像使她们忽略了周围的一切，那时候她们根本分不清她们手里摆弄着的是陶泥的模具，还是死者的骨肉。

这种现象持续了一瞬间，之后，石像又一次彻底消失了，山顶上只留下一片耀人眼目的积雪，看上去像是遗漏在从前某一个丰收年景里的一堆稻米。

在她们恢复正常视力的最初的那段时间里，我已越过了一条比较著名的河流，正在循序渐进地向一道阴暗的城墙下靠近——我听到从城内的司令部里传来了哗啦哗啦的洗牌的声音，她们只看见我的一条跑得不太及时的腿和缠绕在腿部的凄厉的风声。

她们在群鸟飞翔的过程中发出一种妩媚而温情的语音，泥模上清晰流动的鱼尾纹呼之欲出。她们站在河流的上下，饱含阳光的身体表现得有些过于丰腴，她们的手指甲和脚趾甲都没有用鸡冠花染过颜色，身上飘散出青草、肌肤和流水的三合一的气息。

军官们会在临终之前真实而明断地回忆起她们，回忆起她们颤动的双腿和坚挺的腹部，她们仰卧在一堆堆乱七八糟的军用物资上，前后夹攻，腹背受敌，披散的长发与绝望的呼喊一起随风而去，闪着寒光的瓷器留不住她们的一丝回音。军官们将在各自的墓穴旁将她们扑倒，作为替身，以便自己再能苟延一二年。

琐碎的手工技艺和窑中的火光演绎了一切：变质的泥土，薄情的瓷器。

冬季战争结束后的最初几个月里，我读完了突然中止的《远征笔记》：

> 时间以外的地方是无比洁净的地方，一群品行低劣的人世代都无法从时间之河里跳出来。就是这些人，他们永远都那么自以为是。
>
> 环绕在这个故事周围的一条河流，实际上只是一种能够缓缓运行的文字。战争使人们的记忆不断倒退，支离破碎。春天的一个早晨，他们看见一艘来自冥国的船出现在远处的水面上，船工用一种简单易懂的语言招呼他们。他们听不懂更为详尽复杂一点的语言，虽然组成这种语言的文字他们自小就身居其中。
>
> 我见到司令部的太太们的时候，她们正在为一只公羊涂脂抹扮。战争使她们的男人不断打仗，使她们自己却无所事事。她们显得十分冲动地说，这显然是一篇很有趣的文章。说起战争，她们就想起炊烟，她们许多人都

一致回答说她们正准备团圆吃饭的时候突然听到了枪声。对于我们的故事来说，他们的情况并不完整。他们并不是某人花费了几百年的精力要寻找的那种现象，而仅仅是一群废杂无比的乌合之众，他们所有的人都从头到脚一身黑，只有不礼貌的眼珠子是白的，我从古到今听到过无数关于他们的寓言和笑林故事，他们喜好高谈阔论，自以为是，他们捕杀敌人又互相摧残，认贼作父，一副遗传多年的奴才嘴脸。

建筑、伟人、不朽的功绩，一个一个地接踵而逝，消逝如烟。水是不动的，比起猥琐而庸常的生，死更令人感到快慰，想到温暖如初的洁净天空。

回忆多年以前，在一座高而窄的背水而居的房子里，我缓慢而安静地写作了为数不多的功能貌似齐全的文字。我写了有关石头城堡的故事，早晨夜晚的故事和上山砍伐的故事。在流域的附近，我曾叙述了一些神话给他们，以眺望他们每天日出而作，日落而息。

那一天，我似乎理解了他的语言。所谓的建筑世界就是指一条静止不动的河流。他运用了文字以后，就再不会看到这个无比具体无比枯燥的世界了。

到了郊外，我看见肮脏的水轮回着流动。

某年某月的时候，我也是军官。我手里的弹壳相互磕碰有如医生在用斧子拔牙，有如嗷嗷待哺的婴儿，我背靠着地图上缓缓起伏的大好河山，相当于写了一封语言流畅、心情愉快的书信。我贪污了中尉们的部分军饷，批判了他们的言辞华丽、离题万里的书面报告，我望着士兵们走向傍晚时分的麦地，坐在全书的第一百零四页开会，原地等待命令。

我晚年以及早年的秋天一直比较凉爽，白天总是连着黑夜，几乎所有的行政图和地形图都用红笔精心地勾画过，运笔的手势蓄谋已久，不可告人。在地图最为发黄的一角上，大量地繁殖着耐力强久的骆驼和驴，孤单而寂寞的炊烟从它们的背后无声无息地升起来，化入秋天的山中。在人口密集的绿色地区，纵横如织的鱼米之乡像多棱的镜子一样映照出无数拥挤不堪的脸和下流的表情。

我站在十几年前的一个军用粮草垛旁，白发从耳朵背后不断生长出来。太阳照亮了瓷器上老式的舞姿，我大衣的下摆和领子，被一根朱红色的毛笔不止一次地描过。

士兵们站起身，悄悄地走向第二十章的结尾处，在一个黑暗的拐角里小便，互相借火点烟。由阴冷潮湿的文字组成的句型使他们手中的“炮台”牌香烟不断受潮发霉。士兵们手提着裤子，望着晚风中时起时伏的麦地和烟草地，诅咒着天气。

在这个异常安静的深夜，我从一个老市区里出来。那时候基本上没有看到什么灯光。虽然是这样的一个季节，但天空却红得有些过于夸张。第二天，我了解了时间。军官们蒙着面，裹着雪白的绷带，身上盖着军大衣，安静无比地躺在担架上，等待汽车从远处开来，将他们运走。

回家的时候到了。

脱下制服，结束表演，我要回家了。

担架抬离城门后，我看到有人正在古老漆黑的城墙上放箭，但只是一种无的放矢的游戏行为。

第二卷

屋顶上的玩具

我有一套珍贵而难忘的幻灯资料，资料中叙述的是一系列有关童年时期的生活场景和种种臆想出来的画面。每当我独自翻阅它们的时候，窗外的一片屋顶总引起我不安。

由地毯商人和铜匠共同策划的几次暗杀活动，都在自卫团的强大攻势下被先后粉碎了。血腥的活动导致了黄村流域农副业的歉收和衰败，刺激了各种武装力量的发展。几乎所有的高墙上都重新设置了用作瞭望和射击的垛口，长枪和大刀如雨后的竹笋一样遍布于三乡四镇。制铁业和锻造业的熊熊炉火引来了众多无所事事的人，哧啦哧啦的淬火的声音昼夜不绝于耳。在研制火药和地雷的人中间，有改门换庭的中医郎中和还俗后的僧人，有破落户公子和珠宝商人，有倒了嗓子的旦角演员和当铺里的账房先生，有被解雇的银行职员和乡村知识分子。

舅舅牵着我的手，他身上暗藏着的一种深长的羊皮味传到我的手里。我们站在谷仓的一侧，头顶上面铅灰的天空像一层密不透风的瓦脊。舅舅说是带我出来散心，可我们始终站在谷仓的附近，哪儿也没去。我的另一只手插在裤兜里，里面有太一长老给我的两颗檀香胡珠。

那辆奇怪的马车仍在我的视线里原地奔驰。

在这个冬天的清冷的早晨，我望见有一辆马车出现在那道黑黑的斜坡上，马铃声在风中时断时续，马头一直朝着谷仓的方向。我觉得马车一直都在朝我们这边走，可时辰过去了很久，马车与我们和谷仓的距离仍和最初的时候一样，既没有拉长也没见缩短。我看见马蹄始终都在向前移动，马车的影子轻飘飘的，它不像是在兜圈子，它一直都在向前行驶，它的速度是在疾驰，而距离却丝毫没有进展。没有人在后面拽它，黑黑的斜坡上空荡荡的，吹着风，除去移动的马车之外，再别无他物。“舅舅，马车为什么走不过来？它已经走了整整一上午了。”

舅舅朝斜坡上望去，舅舅狐疑地说道：“马车在哪儿啊？我怎么没有看见?”

“就在那道斜坡上。”

我说话的时候，看见坡上的冷风使马的鬃毛飘扬了起来，我听见前面的那匹白马忽然嘶叫了一声，它的前蹄抬起来又迅速落下，将坡上的浮土刨起一阵烟尘。

“坡上不是什么也没有么，谁说有马车？连一个影子都没有啊。”舅舅说道。

我望着那匹奋力扬蹄的马，飞起的尘土使它突然打了一个响嚏。我用手推了舅舅一下。

“你这回总该看见了吧，你还敢说没有吗？”

“什么？”舅舅说。

“你没看见它打了一个喷嚏吗？”

斜坡上的冷风吹下来。舅舅的脸朝着风。舅舅向坡上望了一会儿。

舅舅低下头对我说：“你冷不冷？你要是冷，咱们就回去吧，我看你有点儿冷。冬至快到了，你不想再病一场，是吧？”

我看见一个人远远地朝我们走来。我对舅舅说我不冷，我不想回去。

舅舅说：“你已经十二了，该懂事了，我十二岁的时候已经定亲了，有些东西不能玩就是不能玩，那胡珠是送给你妈妈的，她有用处，过几天我逮一只黄鹂鸟给你。”

舅舅的话使我感到裤兜里的那两颗檀香胡珠已不翼而飞了，我用手死死地捏着它们，将它们摁在我的身上，檀香的气味使我的肚子突然有些隐隐作疼。风中的羊皮味越来越浓。我挣脱了舅舅的手。不知为什么，他的手在风中一直都湿漉漉的，像是刚从水里捞出来的，从他早上带我出来的时候就一直都是这样。我的脸从他的身上移开，他身上散发出来的烟雾似的羊膻味使我恶心，头晕。

那匹马依然驾着车在那道黑黑的斜坡上向我们这边毫无进展地扬蹄疾驰，它肚带上悬系着的铜铃铛在风中发出阵阵清脆悦耳的声音。我看见了那几只钟鼎形的铃铛，是蒋尚武的铜器店里打造的，这一带所有的各种风铃几乎都是那里打造出来的，还有门环和水壶。

“太一长老亲口说这是送给我玩的，他没说要给我妈妈。”我说。

舅舅说：“那是逗你，你不是死活都不肯吃贾先生开的汤剂么，总得想个办法哄着你把药喝下去是不是，是吧，当初就是这样。”

我说：“珠子是我的，谁也别想拿走。你们要是再逼我，我就拿石头把它砸碎了，要不就扔到井里去。我敢说我一定能把它扔到井里去，你信不信？”

舅舅说：“信，我信，我怎么不信呢，是不是？我敢不信吗？我要是不信，你就会马上把它扔到井里去。”

我说：“你信了？”

舅舅说：“我太信了我。真是没错了种，和你爹的德性一模一样。”

那个人越走越近了，我看见他的狗皮帽子的耳朵在风中一扇一扇的，像两只上起下落的翅膀。藏在裤兜里的那两颗檀香胡珠在我的手里变得汗津津的，像是粘了一层胶水。冬日里黑白分明的光线在谷仓的附近形成了许多块几何状的阴影。我望见了在烟窑前烘烤烟叶的人，他们跑来跑去的身影使我感到他们很忙，似乎有很多事情都等着他们去做，去投入，他们在烟窑四周的蒿草和旧瓦之间反复出没，看上去如同一些惊走疾飞的玄猿雪兔。去年夏天我和广春曾经打那里经过，站在窑前，只能望见黄村流域的部分残垣断壁。

“我就是不吃贾无忌的药，他卖的都是春药。”我冲着舅舅说道。

“闭上你的嘴！”舅舅说，“你小小年纪，懂得什么叫春药！你还敢再说？你知道我会怎么样吗？我要把你送到庙里去，让你每天给人挑水劈柴，扫院焚香，怎么样？”

那辆马车仍然在斜坡上向我们这边原地奔驰，马车的影子轻飘飘的孤零零的，车上的帘子翻飞飘舞，里面像是有人，又好像没有人，铅灰的天空低垂阴暗，近在咫尺。

“谁告诉你的？”舅舅问我。

那个人终于走近我们了，他站在舅舅的旁边，一扇一扇的帽耳子下是一张黄铜般的脸。在我的记忆中，他好像就是那位大名鼎鼎的铜匠蒋尚武。他就是蒋尚武。

这时候，我听见舅舅和铜匠蒋尚武开始在风中说话。冷风吹拂着铜匠帽子上的团团茸毛，他细长的眼睛睁着一只闭着一只。

“真不走运，风沙刮进我的眼睛里了。”蒋尚武用手捂着一只眼睛说道。

“土漆和木器的时期即将结束。”舅舅说。

铜匠蒋尚武的一只眼睛里忽然挤出了一滴泪水。我站到舅舅的左边以后，就再也闻不到回旋在风中的羊皮味了。可是我站到了蒋尚武的下面，随之而来的顺风使我清晰地闻到了多年蕴藏在铜匠蒋尚武身上的火焰的气息和金属的锈迹。我把另一只冰凉的手也插进了裤兜里，裤兜里先前那只手很温热。铜匠蒋尚武注视着我的两只耳朵上戴着的两个拳头大小的兔皮护耳，他声音沙哑地说道：“真像个小掌柜的。”

舅舅说：“他病了，别跟他说话。”

蒋尚武说：“我看见贾无忌了，就是来给他诊脉的，对吧？”

眺望风中的那辆马车，我看见白马的鬃毛又在黑黑的斜坡上飘扬。无论什么时候看上去，那辆原地不动的马车都在疾驰。飞转的木轮，辚辚萧萧的车声，它总给人一种仓皇逃命的印象。我伸出手指着灰暗的斜坡，我让铜匠蒋尚武看那辆马车和辕前的白马。

蒋尚武朝坡上望了一会儿，忽然说道：“你看它跑得多快呢，它正在朝我们这个方向跑来，是吧？我没看错是吧？”

“你看对了，你总算看见了。”我说。

蒋尚武说：“制铜的烟火熏坏了我的眼睛，我看什么都不如从前灵了。我猜这马车一准是奔这谷仓来的，它从远处运来了粮食，要不就是要把谷仓里的粮食运走，是这样吗？可是它要把粮食运往哪里去呢？”

“我不知道。”我说。

舅舅对蒋尚武说：“你在说什么呀，你疯了么，马车在哪儿啊？”

铜匠蒋尚武对舅舅说：“他不是病了嘛，我这不是逗他让他开开心嘛。”

我把目光从蒋尚武的脸上移开，我听到有一种东西在风中传出呜呜咽咽的声音。

我转身面对着地堡似的谷仓。

几只鸡在谷仓的前面走来走去，鸡啄食地上零散的谷物的时候，风把它们的羽毛吹得十分难看，我看到了隐藏在羽毛下面的那些不计其数的鸡皮疙瘩。

舅舅与铜匠蒋尚武正在交头接耳。舅舅说：“我不能再去他那里了，他好像对我已经起了疑心，我的眼睛这些天老跳。”

“难道真的要出什么事情啦？即使出事也不会是这几天，是吧？有些征兆挺灵验的，可有些就不那么准了。”蒋尚武说道。

棱角和轮廓在漫长的风雨中渐渐磨蚀掉之后，众多荒芜衰败的草从那些残垣断壁之间滋长了出来，在看不到鸟群和云彩的时候，天空里总是清晰而安安静静地浮现着另外的一些东西，一些使人陌生而难以理喻和亲近的东西。许久以来，我们一直不明白那是什么，有时只感到像是太一长老身下的那些扁圆扁圆的草蒲团。有许多东西都是属于永远也看不懂弄不通的东西，它似乎从来就没有打算要取悦于谁，它就是那样，与谁也没有任何关系。

我注视着斜坡上那辆在舅舅和铜匠蒋尚武眼中并不存在的马车，我听见蒋尚武对舅舅说话，蒋尚武的一只眼里还在流泪。

“我去的时候，他们正在吃饭。满院子里都堆着乱七八糟的瓷器和木椅，连下脚的地方都没有，我只从门口朝里面看了一下，我怕站得久了给他们发现了。”蒋尚武说。

“这么说你没有进去?”舅舅说。

“是的。”蒋尚武说。

“你看到什么啦?”舅舅问道。

“就是院里的那些乱七八糟的东西，瓷罐啦，木椅啦，香炉啦，就是这些。”蒋尚武说。

“你觉得这些东西对我们有用吗?”舅舅说。

“我看到的就是这些，没别的啦。”蒋尚武说。

“你知道吗，这一文不值。”舅舅说。

“一文不值?”蒋尚武说。

“你以为这算什么，这什么都不是。”舅舅说。

“我知道这不是什么，可站在大门口只能看到这些了，我还想看到人家的卧房，看到他们绣床上的盒子，可这根本不可能，是吧？再说，你也知道我的眼睛不大好，是这样吧？谁不知道我的眼睛让铜熏坏了。”蒋尚武说。

“亡羊补牢，你至少应该进去看一下才对，是不是？”舅舅说。

“你说我应该进去看一下？瞧你说的，我能进去吗？我不能进去，我进去算怎么回事？这不是不打自招吗？”蒋尚武说。

“铜是一种有毒的东西，这我知道。”舅舅说。

“可懂得这事的人没有几个。”蒋尚武说。

舅舅穿着一件蓝色长衫，外罩一件做工精良的羊皮马褂，谷仓附近的冷风吹动马褂上雪白的羊毛，我闻到了羊皮的气味。

我看见蒋尚武脸上的铜晕锈迹斑斑，阴沉晦暗，不再灿烂，不再熠熠生辉。

“我们现在该干什么？”蒋尚武说。

“守株待兔。”舅舅说。

“守株？”蒋尚武说，“还要待兔？大悲先生，我不知道这是怎么回事？”

“你会知道的。”舅舅说，“你没事最好不要到处乱窜，谁不认识你。”

“咱们走。”舅舅牵着我的手向家里走。铜匠蒋尚武一个人在风中站了一会儿之后，也转身走了，风很大。

风中的房屋高低错落，歪歪斜斜。

在这个世代种植烟草棉花和织造丝绸的地方，所有的河水都一直无声地流淌着一种尿一样的颜色，茂密而辽阔的苔衣镶嵌在水的两边。流动的河水使人想起垂悬的中堂。瘦小而敏捷的烟农在田野里忽隐忽现，像黄鼠狼一样在耕地的边缘跑动乱窜，他们举起木制的罗盘和风铃，一遍又一遍地测试风向和雨量，观察天气的变化和植物的成色。

天上有移动的云彩和固定的雀巢。

透过瓷窑里冒起来的阵阵烟雾，能看见牛畜的躯体上滚满了泥水和一部分乱七八糟的脚印，弯曲的牛角犹如古代的兵器。

我的舅舅徐大悲他心不在焉地领着我在这个风声凄厉的上午东游西荡。我跟他说话时，他总是颠三倒四，牛头不对马嘴，他的这种语无伦次的样子使我相信他的心里正在运转着一种不可名状的意图，或一种计谋。

我们的面前出现了一道整齐的栅栏。风把栅栏上枯干的叶子都吹光了，只剩下了一些赤裸裸的藤条。红色的藤条像铜丝。

舅舅对我说：“就站在这儿等着我，哪儿也不要去。”舅舅说着就向栅栏后面的那座红瓦的房子前走去了。

我看见镇长太太正站在门口望着我们。

镇长太太穿着一件缎子旗袍，肩上围着一块毛茸茸的披风，她的头发都在脑后挽成了一个很大很圆的髻，一张白脸看上去就十分醒人眼目。一只灰鸽子落在她身旁的一根绳子上，羽毛上均匀地点缀遮白色的斑点。这是广春喂养的一只鸽子，广春以前告诉过我说，这只鸽子的名字叫“雨点儿”，广春是镇长的小儿子，我们都十二岁了。

我慢慢地走到栅栏的外面。站在栅栏前，镇长太太身上的香粉气味顺着风传过来，我看见舅舅正在与她说话。

舅舅说：“今天不行了，这孩子病了。”舅舅说着，一回头，看见我站在栅栏外面，风吹裂了一根藤条，我的手正在剥着行将脱落下来的藤皮。藤皮很干燥，像柴草或布条，像一种人的乱蓬蓬的头发。

舅舅冲着我说：“你怎么过来啦？我不是让你站在那儿不要乱跑吗？”

镇长太太的目光越过舅舅的身影，看见我站在她家的栅栏外面。她对我说道：“这不是四平么，快进来，别站在外面。”

我没有动，也没有说话。栅栏太高了，正好与我的鼻子相齐。

我从栅栏外面望着镇长太太的白脸和舅舅的一只苍白的耳朵。镇长太太手里拿着一支烟，好半天才吸一口，动作看上去十分虚假，轻飘飘的，总是那样象征性地吸一口。

这时候，“雨点儿”飞过来了，它刚才落过的那根绳子在风中晃了一阵。“雨点儿”落在栅栏上，咕咕咕地叫了几声。我伸出一只手小心翼翼地抚摸它的灰色的羽毛和白色的“雨点儿”，它很听话地让我抚摸，一点儿也没有惊慌，没有展翅离去，这使我异常感动。“雨点儿”把我看作是朋友了，看作和广春一样的朋友了。我这样想着，从口袋里掏出一块酥松的饼干，在手里捏碎了，伸到它的面前。“雨点儿”低头看了看，没有吃，又咕咕地叫了两声。“吃吧，和广春的一样。”我的手一直伸在它的眼前。“雨点儿”咕咕地叫着，先把头转向一边，之后又垂下脖颈，将自己的头埋在灰色的羽毛中间。

我缩回了手。风吹散了手中纷纷扬扬的饼干末之后，我突然闻到我的手上有一股深深的檀香味，就是那两颗胡珠留下的。“雨点儿”不肯吃我的饼干末，是因为它不喜欢檀香的那种气味。广春也不喜欢檀香味。

舅舅这时与镇长太太说完了话，他们正在朝栅栏这边走来。“雨点儿”听到脚步声后，立即将它的头从灰色的羽毛中抬起来，两只圆圆的小眼睛像两颗豆子一样叽里咕噜地转来转去。风把它背上的羽毛吹起来，像一把半开半合的扇子。我闻到了羽毛的气息。

镇长太太站在栅栏的里面，面对着我。我望着她的脸，听见她对我说：“常来玩，广春今天正好跟他爸爸出去了。”

舅舅从栅栏的出口处走出来，伸出手在我的头上拍了一下。

“走吧。”舅舅对我说，“你现在是越来越不听话了，哪儿人多，你就往哪儿凑合，我对你一点儿办法也没有了。”

镇长太太对舅舅说：“废话，谁不是这样的！是人都这样，你不也是吗。”

“得，算我不对，就当我没说。”舅舅说。

我们在街上顺风而行。风把舅舅的皮坎肩上的雪白的羊毛吹得如同飘扬的棉絮和云彩。镇长太太站在栅栏前，她身上的香粉味顺风而来，总是像一个武艺卓绝的剑侠一样施展着超凡的轻功，随时随地会出现在我们面前。

“她的身上真香。”我对舅舅说道。

“别胡说，说什么呢！”

舅舅立即沉下了脸。舅舅说：“她对你不好吗？我看她对你够好的了，你怎么还能这样在背后说她。在背后说谁都不好。”

“我是说她真香，一个人很香，难道不好吗？我又没说别的，你是不是要我说她不香？”我对舅舅说道。

“好啦，好啦。”舅舅说，“我是说以后最好不要在背后谈论别人，不然会吃亏的，会有许多吃不完的亏。你真是个饶舌的孩子。”

我撒开舅舅的手，边跑边说：

“我以后再不跟你出来了。”

风中的黄村摇摇欲坠。

我回到家里后，中医贾无忌正在为母亲诊脉。母亲躺在她的睡榻上，伸出手臂。中医贾无忌坐在离病榻不远处的一只紫漆方凳上，一副水晶石眼镜已滑落到鼻梁上。

我的义父周永稚正在屏风前走来走去，他穿着一件团花灰色绸的单袍，黑纱的曲襟夹马甲，脚上是深口圆头的骆驼皮底的缎鞋，他往日里一丝不苟的头发现在有些凌乱。我进来后，看见一种焦虑不安的表情正停留在他微黑的脸上。他拉住了我：

“先别过去，你母亲正在诊脉。”

我站在义父的身边，他的一只手抚摸着我的头顶和耳朵，以使我感受他的仁慈与厚爱。贾无忌用一指按在母亲右手的尺脉上，闭着眼睛。之后，又忽然睁开眼睛，看看母亲的关寸二部，一会又取右手心脉肝脉三部都仔细看完，笑着说道：

“太太原是受了惊吓，又偶感风寒，两下相夹，就上了虚火，静养三五日就没事了。”

贾无忌开了方子：麻黄一钱，桂枝一钱，杏仁二钱，炙干草一钱，水煎，二次分服。他伸手扶了一下滑落下来的水晶石眼镜，摇头晃脑地说道：“太太外感风寒实症，恶寒重，发热轻，头痛身疼，无汗而喘，舌苔白，脉浮紧，本方是一个发汗解热剂。”

贾无忌收拾包裹要告辞，义父周永稚将他让至外间厅堂上，捧来热茶一碗。

我倚在母亲的床榻上，外面的寒风使我此时忍不住咳嗽了几声。母亲说："你的脸又红又涨，又不对了。你病刚好了，又野到哪里去了？舅舅呢？怎么没回来？"

"舅舅老骂我，我以后再不跟他出去了。"我对母亲说。

"他还不是为你么，他是你的亲舅舅。"母亲说道。

"舅舅这些天总是鬼鬼祟祟的，干什么都心不在焉，他肯定有什么事情。"我说。

"别胡说，小小年纪。"母亲说，"他能有什么事情，他心情不好。"

一条扎在额前的黄绫丝绢衬托出母亲脸上的病情。她的两只手苍白而消瘦，青筋若隐若现。"给我倒一杯水来。"

我将水端至床前，母亲问道：

"贾大夫走了吗？"

我听见外间的屏风后面传来茶杯与杯盖相磕时的叮当声。

"还赖着呢。"我说。

母亲说："怎么这样说话？"

我说："妈妈，你为什么总是让这个贾无忌看病？别人都说他的医术纯属骗术，他卖的药都是春药。"

母亲急忙伸手掩住我的嘴，向外面看了看，她在我脸上拧了一下，我咧了一下嘴，她又松开了手。她怕我突然叫喊起来。

母亲声音低沉急促地说道：

“小祖宗，你想气死我？贾大夫还没走，你成心想让他听见吗？”

“好多人都这样说。”我说。

“别再胡说了，快闭嘴。”母亲说道。

“妈妈，什么是春药？是不是春天里才能吃的药？”我说。

“你还不闭嘴？”母亲说，“你是不是想让我打你的嘴？你这个没调教的东西。”

我闭上了嘴。我听见中医贾无忌此时正在屏风那面的厅堂里抱拳施礼，义父寒暄着送他走出门庭，到了门外。

“他走了。”我对母亲说。

母亲说：“以后不许乱说，你一个小孩子这样说会让人以为是大人教唆的结果，这叫我的脸往哪儿搁？”

义父走进来，对母亲说：

“休养几天就好了，我先回去了。四平，不要让妈妈生气，知道吗？”

“知道。”我说。

“真是个乖孩子。”义父说着，与母亲相视笑了一下。

义父走后，母亲对我说：

“过几天我要去落木庵还愿，你要是听话不捣乱，我就带你去。”

“我听话，我不捣乱。”我说。

母亲的病态里流露出一线笑容。

下午以后，天空变得阴沉起来。

长生老爹是天黑之前才回来的，几匹马浑身冒着热汗，马蹄和几辆马车的轮子都泥泞不堪。长生老爹的灰色棉袍上溅满了泥点，他的神色疲惫困乏。长生老爹奉母亲之命去方圆几十里以内的几个村子里收粮。我的祖父陈通在世之时，置下良田千顷，租押给方圆的一些佃户。马车上躺着几个装着粮食的口袋。长生老爹以一种极其沉重的姿势从马车上跳下来后，对正在院里铡草的大丰说：

“把马车卸了，把粮食扛进谷仓里，把马饮了，水不要太凉。”

大丰说：“瞧你的口气，比老太爷从前还要威风。”

长生老爹说：“少废话，让你出去收粮，你能收回一颗米来吗？”

长生老爹站在庭院里，用一条毛巾上上下下地拍打身上的尘土。大丰丢下手里的铡草刀，站起身，嘟嘟囔囔地走上前去卸马车。

“磨洋工，你就好好给我磨吧。”长生老爹对大丰说。

“我不是正在卸吗？我又不是神仙，我只能一下一下地来，可不能两下两下地来。”大丰说着，摘下了鞍子和辔头。

长生老爹说："你半下半下地来也可以，你来吧，来得挺好。是不是，四平少爷？"

我跟在大丰的身后，看他卸完马车后，又开始往谷仓里扛粮食。车上的口袋之间有几件精巧的小瓷器。

"这是什么？"我说。

长生老爹说："这是一家佃户送的，说是用来顶粮食。是他们干活儿时从田里挖出来的，我估摸着这东西年代久了，有些价值，就带回来了，就不知太太满意不满意。"

"满意。"我说。

"但愿如此。"长生老爹说。

大丰往谷仓里扛了一遍粮食，扛第二遍的时候，他自言自语地说道："穷诈唬半天，就弄回这几颗粮，还居功呢。"

谷仓里的灯亮着，是大丰进去后点亮的，我闻到了光亮中谷仓的气息。

长生老爹转过身对大丰说：

"我不跟你计较，我这就去告诉太太，下一回收粮时派你去，我看看你能收回多少来，我看看，我看看。"

"你看吧。"

大丰扛着粮食走进了光线蒙蒙的谷仓。接下来，我听到谷仓里突然传来一阵扑打声。两只老鼠吱吱地尖叫着，从谷仓的隔层里夺门而出，大丰呼喊着追出来：

"走着瞧！"

母亲在屋里叫我，让我点一支檀香在她的屋里。母亲说刘嫂这会儿正在准备晚饭，腾不出手。我点燃檀香后，放到烛台上，却在这个过程中碰翻了一只洗手的铜盆。铜盆铮明瓦亮的响声在屋里慢慢消失之后，刘嫂甩着两只沾满面粉的手跑了进来：

“太太，出了什么事?”

母亲叹了一口气，用手指着我对刘嫂说：“没事，你忙去吧，是他毛手毛脚。”

刘嫂把地上的铜盆捡起来重新放好后就出去了。长生老爹进来了。

“太太，我回来了。”长生老爹说。

“老爹，辛苦了，快坐。”母亲说。

“太太病了吗？大夫来过了吗？不要起来，快躺下。”长生老爹说。

“没什么，只是受了点风寒。”母亲说。

“哦。这就好。”长生老爹说。

“老爹这一次下去，事情顺利吗？家里实在再没有合适的人，要不然你这么大年纪，我是不会让你去遭罪的。”母亲说。

“太太说哪里话，这算什么，这活儿我干了一辈子了，我熟，佃户们都认识我，换别人恐怕还不行呢。”长生老爹说。

“我也是没法子。”母亲说。

“世道变了，一切都不比从前了，以前的一些办法不那么灵了。”长生老爹说。

“遇到什么麻烦了吗?”母亲说。

“一言难尽啊，太太。”长生老爹说，“刁民，都是些刁民。”

“兵荒马乱的年头。”母亲说。

“他们也不说不交，只是一口咬定没有。任凭你怎么说，他就是没有。”长生老爹说，“有的还用别的东西充粮食，下河湾的一个佃户从田里挖出了几件早年间的瓷器，我估摸着有些价值，就斗胆带回来了，我一会儿拿进来请太太过目。”

“不必了，交给刘嫂吧。”母亲说。

“太太生气了吗?都怪老奴一时糊涂。太太要是不高兴，我明天就给他送回去。太太安心养病，千万不要生气，一切有我呢，请太太尽管放心。”长生老爹说道。

“看你想到哪里去了，我怎么会生气呢。”母亲笑了一下，对长生老爹说。“老爹办事，我没有不放心的。瓷器还不比粮食吗?再说，家里像样儿的古货也没多少了。”

“太太真是菩萨心肠。”长生老爹说。

“老爹，咱们如今还有多少地?”母亲说。

“只剩下一百多亩了。”长生老爹说，“太太的意思是?”

“我想了很久，家里人手少，很多事情都顾头顾不了尾。老爹，我想再卖掉一部分地，你看如何?”母亲说。

“太太要卖地?”长生老爹摇晃了一下。

“既然家道如今成了这样，就索性再做一回不肖子孙吧。偷一次是贼，偷两次也是贼，这样大家都好一些。”母亲说。

“太太这事考虑很久了吗?”长生老爹说。

“是的。”母亲说。

“太太应当与其他人再商议一下，比如周先生他们。”长生老爹说。

“自己的事，为什么要别人参与?你我还不能做主吗?四平是个孩子，不懂事，老爹在陈家快一辈子了。”母亲说。

“可还有平子的父亲。”长生老爹说。

“他还能算这个家的主人吗，还能算平子的父亲吗?这十多年来，他活不见人，死不见尸，谁知道他在哪里?”母亲说，“老爹，以后再不要在我面前提起他。”

“一时失言，请太太宽谅。以后不再提就是了。”长生老爹说。

母亲这时对我说：“四平，去看看刘嫂准备好晚饭没有?吃过饭，你就去睡。大人说话你不要站在一边。”

“我要听父亲的故事。”我说。

“他死了，你还听什么?”母亲的话近乎于呼喊，她的脸色因愠怒而变得通红，接着便咳嗽起来。我躲到一边。

“我总有一天要让你们父子俩活活给气死了。”母亲边咳边说。

“太太，太太。”长生老爹趋步向前。之后又回头示意我出去。

我慢慢地往外面走。我第一次见母亲生如此大的气，她平素的温文尔雅、通达贤淑此时都已荡然无存了，变得和街市上的那些女人十分相似。母亲对父亲的仇恨使我在这个寒风呼啸的夜晚里感到异常惊惧而不安。我走到母亲的门口时，听见母亲在说：

“陈雪泥，我咒你不得好死！”

陈雪泥就是我的父亲。

“太太息怒，平子已经出去了，他还只是个孩子。”长生老爹说。

“气死我了。”母亲说道，“老爹，我们刚才说到哪里了？”

“太太要卖地。”长生老爹说。

“是的，我要卖地。”母亲说。

“太太要三思。”长生老爹说。

“我不三思。我要把陈家祖上剩下的地全部卖光，一分一厘也不剩，我要让陈雪泥死无葬身之地。”母亲说。

“太太息怒。”长生老爹说，“您这会儿就是把陈雪泥骂死，他也听不见，是不是？不伤他一根毫毛，伤身子的倒是太太您，到头来遭罪的还是您自个儿，是不是？您千万不能动怒，您这不是还病着嘛。”

母亲这时突然呜咽着哭了起来。我站在门外，冷风穿堂而入，不断地袭击着我的两腿。我缩着身体，我感到又冷又困。

“太太，太太！”长生老爹说。

“老爹，我一个妇道人家，操持这个家容易吗？”母亲哭着说道。

“太太，这有目共睹，谁看不见呢，每个人心里都有数。”长生老爹说。

母亲的呜咽之声伴着檀香的气息不住地从屋里流泻出来。

“太太，可不敢再哭，哭坏了身子可不得了。”长生老爹说，“我去叫刘嫂来，让她过来服侍您，您别再哭了。”

母亲停住了哭声，说：

“老爹，地的事还没说完呢。”

“太太，您先休息吧，地的事以后再说，地是咱家的地，又飞不到哪里去，等您病好了再从长计议。”长生老爹说。

“今天要定下来，不然我睡不着。”母亲说。

“太太，您……”长生老爹说。

“老爹，你看卖多少合适？”母亲说。

“太太的意思呢？”长生老爹说。

“我的意思，先卖五十亩，剩下的等以后再说。”母亲说。

“五十亩？太太，五十亩？”长生老爹说。

“怎么样？是多还是少？”母亲说。

“太太，卖掉五十亩，剩下的可就没多少了。那样一来，咱们可就跟一般的小业主没什么两样了。”长生老爹说。

“你以为咱们是什么？整天打肿脸充胖子，硬撑出一副大户豪门的样子来。”母亲说。

“可陈家毕竟是这一带的富户，太太您不记得了吗？当年良田千顷，奴仆成群，‘谈笑有鸿儒，往来无白丁’。”长生老爹说。

“我当然记得，但那是过去。”母亲说，“已经过去了。”

“是，那是过去。”长生老爹说。

“就先卖五十亩吧，你着手找买主，谈价钱。我们要的是现钱，不要东西，这兵荒马乱的年月，所有的物件都是累赘。”母亲说。

“价钱偏高还是偏低？”长生老爹说。

“不高不低，公平合理就行。开价高了，无人敢买，开价低了又会让人觉得是带着肚子出嫁，便宜没好货。”母亲说。

“五十亩啊，太太您要三思，四平少爷转眼也就大了。”长生老爹说。

“我早看出来了，他不是那种能治家立户的人。”母亲说。

“太太您过于苛求了，有他那样灵秀的孩子您还不称心吗？”长生老爹说。

“老爹，灵秀和治家是两回事，读书靠的是幻想，治家要身体力行。”母亲说。

我吃过饭，一个人坐在花园里望着天空，一颗一颗地数星星。一只狗围着刘嫂转来转去，刘嫂不断地将狗赶开，狗又不断地跑来。最后，刘嫂扔了一块骨头，狗叼着骨头跑了，轻车熟路地消失在夜色中。

谷仓里的灯还亮着，大丰的手里操着一把扫帚，正在唰唰地清扫谷仓前的门道。扫帚所到之处，荡起阵阵尘雾，大丰站在黄色的灯光和尘雾里，看上去灰蒙蒙黑绰绰的，像一个舞蹈的影子。

夜晚的空气里到处都飘荡着火药和硝石的气味，沉闷而短促的爆炸声时响时停。镇子里有人正在一遍一遍地试验新近造置的土炮和地雷。铜器作坊里的锻打声持之以恒，单调而悠远的回声几十年如一日，构成了日常生活中的一支力量，紫红的和靛蓝的烟雾从烟窑和瓷窑的气孔里冉冉上升。

母亲出来催我上床睡觉的时候，天上下起了小雨，母亲身上披着一件红丝绒的长衣，夜色的衬托使她的表情更加苍白。我对母亲说："你不是病了吗？怎么又出来了？"

"我睡不着，不放心。"母亲说。

刘嫂站在母亲的身后，说道："太太，您这就吃饭，还是等一会儿？"

"我不想吃，你收拾了吧。"母亲对刘嫂说，"刘嫂，睡前把各处都看一看。"

"是。"刘嫂说，"太太还是多少吃一点才好，太太想吃什么?”

“我什么都不想吃。”母亲说着，又对我说，“回你的房里睡觉去，天下起雨了，越到晚上你就越精神。”

我回到自己的房里，迅速地爬上床，头挨着枕头躺了下来。

母亲说：“晚上不要蹬被子。我听刘嫂说你每天睡着以后，就把被子全蹬到了地上，这能不生病吗?”

“为什么让我这么早就睡觉?”我说。

“我想和你义父谈谈。”母亲说。

“义父来了吗？他今晚是不是就住在咱们家，他不走了吗?”我说。

“好好睡觉，这不关你的事。”母亲说。

“你们要讨论卖地，是吧?”我说。

“你还不到需要过问这种事情的年龄，你太小了。”母亲说。

“你和他会吵架吗?”我说。

“你今天这是怎么啦?”母亲走过来伸出一只手在我的额上摸了摸，“你没发烧啊，为什么这样喋喋不休？赶快给我睡觉。”

“闭上眼睛，赶快睡觉。”母亲说着，带上我的房门出去了。

我翻身下床，从床下的一只漆盒里拎出几本旧书，放到枕边。春天以来，我开始阅读金圣叹批点的《水浒》和《西厢》。有的书是广春从他们家里偷出来的，广春每读完一本之后就立即向我推荐一本，有的是我的义父周永稚悄悄借给我的，背着我的母亲和舅舅。

夜晚的风雨敲打着冰凉的窗骨，黄村流域多年来叮叮咚咚的雨水一直长漏不止。镇子里那些铭刻在青石上的古老而耐久的棋谱，每逢雨天便呈现出一种苍茫遥远的绿意。每到夜里，所有的虚空万分的棋子便如同山冈上璀璨的星斗一样闪闪烁烁，不可捉摸，不可理喻。棋子与棋子相互磕碰撞击，仿佛遇寒受惊的牙齿。河流的上下游荡着一些会唱歌的守夜者，种种七长八短和弱肉强食的鼻音使流域的夜晚频繁更换，到处都有死去了的红润的翅膀，到处都有奇形怪状的物质和它们的声音。

我的父亲陈雪泥，从我出生以来，就只给我留下一段空洞无物的回忆，一段难以弥合的距离。我只在家里的一只抽屉里见过他与母亲的一张新婚照片。照片上的陈雪泥表情恍惚，眼睛里的神色有如梦游，又有一种受惊后的不安。照片上的陈雪泥西装革履，梳着中分头，擦着发蜡，头顶上的一撮宁折不弯的头发直直地站立着，给人一种受惊的感觉。他的面部表情紧张而又松弛，只在他的嘴角一边挂着一丝极其不自然的尴尬而荒唐的笑容。

很长时间以来，陈雪泥新婚之时的那种荒唐的笑容在我的记忆里变成了一种难以驱除的印记，它似乎伴着我的出生和成长，鲜明耐久的程度日盛一日。

陈雪泥对我的母亲——那位紧贴着他的脸上流露出淑女闺秀新婚燕尔时幸福表情的美貌新娘仿佛并未察觉，仿佛整张照片上只有他一个人站在那里，他丧失了所有的感觉。

美貌的母亲，荒唐而冷漠的父亲，这使我多年来百思不得其解。

我的父亲陈雪泥在他新婚之夜的黎明时分突然逃离家乡，从此下落不明。

有人说他是去投奔他早年认识的一个黄脸黄发其貌不扬的女人，他在新婚之夜听到了那个女人对他的遥远的呼唤。而他在新婚之夜的仓促与紧张，甚至虚晃一枪的做法使我自出生以来一直多灾多病，他的稀里哗啦的动作赋予了我一个耽于幻想、敏感多疑的心灵和一具无法向世界索求的弱不禁风的肉体。

很长时间以来，对于父亲陈雪泥的反复想象，以及对于这种想象的不断修订与校正，几乎构成了我夜晚里的所有内容和空间，并成为我睡眠的形式和一个部分。由此而来的往事与臆念像无声的雪片一样纷纷降落在人间，装点了我成长中的距离和背景。

梦中的家乡潮湿而狭窄。

迎面而来的一名早起的窑工使我的父亲陈雪泥稳住了正在倾斜的身体和视线。窑工绾着裤管戴着草帽，向迎面跑来的陈雪泥抱拳施礼，恭贺洞房花烛，新婚之喜。

陈雪泥身上的西装已脱落了全部的纽扣，此时，他乱蓬蓬的头发与空荡荡的西装正一齐在黎明时的风中飞舞飘扬。质地优良、款式时髦的西装使布衣赤脚的窑工丝毫不敢怀疑这是一件失去了纽扣、挂破了袖口的新婚礼服，窑工只是被眼前的陈雪泥的这种潇洒而旷达的风度给迷住了，倾慕之情油然而生。

窑工信誓旦旦地说道：

久旱逢甘雨，

洞房花烛夜。

陈雪泥面对满脸堆笑的窑工注视了片刻，他看见窑工的上下嘴唇都在同时翕动，他知道眼前的这位笑容可掬的窑工正在对自己说话，但他不清楚窑工在说什么。陈雪泥的表情有些走神，有些魂不守舍，致使窑工一时难以理解。这以后，陈雪泥一声未吭，突然从窑工的身边擦肩而过，狂奔起来。

黎明时的田野里到处都挂满了湿漉漉的水珠，晦暗的天色下陈列着空寂无声的大道和水沟、磨坊和野渡。

近处山墙逶迤，乱草如麻；远处风声鹤唳，坟茔如碗。

窑工远远地注视着越跑越远的陈雪泥。陈雪泥的西装和头发如鼓胀的羽翼，陈雪泥在风中的姿势看上去像是一卷正在逐渐展开的布匹。在这个过程中，陈雪泥曾经在窑工的关注的视线里突然扑倒在地，过了没多久，又重新奔跑在窑工的视线里。

窑工看了一会儿，之后便向瓷窑的方向走去。窑工在这个早起的黎明时分脸上一直挂着一种可触可掬的笑容，他一边朝瓷窑的方向走，一边自言自语地说道：

“妈的，富人和穷人就是不同。”

我的舅舅徐大悲是三天以后才回来的，自从那天在镇长家的红色山墙外分手后，他就一直没有露过面，谁也不知道他去了那里。他穿着一件我从未看见过的青布长衫，一缕一缕的血丝在他的眼睛里缓慢而安静地游动着，眼眶下布着一圈乌影，形同大病缠身。

“大悲这是谁的衣服？你的那件皮坎肩呢？”母亲问道。

“跟一个人换了，他喜欢那件皮坎肩，我就换给他了。怎么啦？”舅舅说。

“换了？亏你做得出来，那个人是谁？”母亲说。

“一个朋友。”舅舅说。

“你知道给你做那件衣服花了多少钱吗？你竟然随随便便地跟人换了？我不知道你现在为什么变成了这种样子。”母亲说。

“我对此毫不介意。”舅舅说。

“是的，可我介意。”母亲说，“我的病刚好了，你又来气我。”

母亲将手里的茶杯放到桌上，她的额上残留着一个紫褐色的火罐印记。与舅舅的争吵使她再无心喝茶，她的脸变得很白。

“姐姐，你何必发火？我再去要回来不就行了么，这是一件很简单的事情。”舅舅说。

大丰从外面进来，对母亲说：

“太太这就起身吗？我已套好了马车。”

母亲说：“不必了，我们走着去，我想活动活动筋骨。”

“是，我这就把马车卸了。”大丰走了。

“你们要去哪儿？听戏？我怎么不知道？”舅舅问道。

母亲说：“听戏？这从何说起？我还有那心情么。”

“我们要去庵里。”我对舅舅说。

“大悲，你不跟我们去吗？”母亲说。

“我是不信佛的，不过，我可以考虑同你们去。”舅舅说，“在家里也没什么意思，我听说落木庵里有几个姑子长得还挺标致，正好去见识见识。这很好。”

“你当着孩子的面说这样的话，你不感到羞耻吗？你哪一点儿像个舅舅的样子？算了，你不用去了，你生了是非，我可经不起折腾了。刘嫂。咱们走。”母亲说。

母亲带着我和刘嫂出了门，刘嫂的手里提着还愿的供品。走出没多远，见大丰从后面跟了上来。母亲停住，问道：

“大丰，你怎么来了？”

“太太，长生老爹让我在后面远远地跟着太太，他说现在的世道人心叵测，不怕一万只防万一。”大丰说。

“不用了，你回去吧。”母亲说。

刘嫂说：“太太，就让他跟在后面，这样我们更安心一些。”

大丰走上前来，用手撩起衣襟，对母亲说道：“太太请看，我带着家伙呢。”

大丰的腰间斜插着一把盒子枪。

母亲一惊，问道：“枪？哪来的枪？”

“是大悲先生的，他让我带着，一路上保护太太。”大丰说。

母亲仿佛是在自言自语地说道：“他怎么会有枪呢？”

我们走在路上。

几乎到处都能看到山羊的梅花形蹄印和黑枣似的粪蛋，疏松的浮土有如丰收年景里四处飞扬的米面。

母亲仍在自言自语：“他怎么会有枪呢？我以前从未听说过这事。”

岸边一个小小的尼庵，枕着流水，绕着柴扉，门前屋后的古柏乔松攀炎附势。三间方丈，三间韦驮殿前经幡飘扬。

我们走到庵前，只见庵门紧闭，一只小哈巴狗汪汪地叫着。狗叫声使庵门从里面开了，落木庵庵主郭姑子的徒弟妙香看见母亲，急忙施礼："太太来了，快请进。"

母亲说："你师父在吗？"

妙香说："在。太太请。"

穿过几间玲珑小巧的僧房，一只乌鸦落在院中的一只铁鼎香炉上，炉中积满了残香灰烬。落木庵庵主郭姑子整衣而出，见母亲满脸堆笑。母亲先在正殿上拜了菩萨，将带来的供品一一摆在香案前。郭姑子将母亲从蒲团上搀起。这个五十多岁的尼姑眉开眼笑，引着母亲到她的禅房里净手休息。房中布置着禅床、经卷、香炉，挂着一幅《达摩渡江图》，她每天在此宣卷，在正殿上安禅讲经刻像做道场。几乎每天都有送油送米的信徒前来。

我从郭姑子的禅房里出来后，看见大丰一个人坐在庵门口的檐石下逗蛐蛐。我问大丰为什么不进来，大丰说庵里全是女尼，历来都没有这种规矩，不能进去。

"太太说过了，就让我在门外等着，我不能进去的。"大丰说。

"我也是男的。"我说。

大丰一笑，"你是小孩，等再过几年，你还会这样吗？不会了。"

"她们此刻都在房里，没人会看见，你跟我进去到处看看。”我拉着大丰，大丰从檐石上站了起来，看了一眼脚下的青草。

“太太知道了，会骂我的。”大丰说。

“她没长那么多眼睛，咱们神不知鬼不觉地进去，再出来，还坐在门外，谁也不会知道。”我说。

大丰朝四下看看，周围一片寂静，只有母亲和女尼们说话的声音远远地从禅房里传出来，听上去微不足道。

殿内的韦驮还没有贴金，看上去可怜而可笑。一尊佛像只有佛头和手脚，中间的身子放在一边，佛身上绕着几缕五色丝线，肚子里充塞着稻草，麻绳和石灰。

香案旁有一朵巨大的莲花。

殿内幽暗的光线使大丰在慌乱之余扑到了莲花上面，我听见大丰哎呀了一声，他的胸脯触动了一瓣叶片，大丰刚要站起的时候那瓣被触动过的莲叶突然转动了一下。

莲叶后面露出一扇小门。

“这里有门。”我对大丰说。

大丰转过身，也看见莲叶后面的小门。“奇怪，莲花后面会有门，这真叫人想不到。”大丰说着，他的身体摇晃了一下。

门里的冷风正在吹我的裤子。

大丰打了一个冷战。

我问大丰：“这是干什么用的？”

“我也不知道。”大丰说。

“是不是地道?”我说。

“对了，我敢说这一定是庵里的仓库，没错，就是这样，许多值钱的东西说不定都藏在这里面呢，是吧?”大丰说。

“进去看看。”我说。

“能进去吗?有宝的地方可不是能随便进去的。”大丰说着，抽动了一下鼻子，吸了几口气，“从这门里吹出来的风有一股香味，就是太太常用的那种香粉气。”

“门上没有锁子。”我说。

大丰说:“我先进去看看，我看看里面都有些什么，我看看就知道了。我一会儿再出来叫你，你在这看着人，万一有人来了，你就咳嗽一声，或者敲一下木鱼。”

“你快点出来。”我说。

“等着瞧好吧你。”大丰说。

大丰回头朝我笑了一下，笑容惨淡而虚乏，看上去疲惫不堪，劳困已久。大丰小心翼翼地绕过香案旁轻放的莲花，走进那扇小门里面以后，我听到殿外突然响起了一片嘈杂的蝉声。

蝉声如麻。

一阵细碎而轻盈的脚步声从殿外一路进来，郭姑子的徒弟妙香来到我的身边。

我咳嗽了一声。

“小施主，在这里看什么呢?”

“我没看莲花。”我说。

妙香笑了，她说：

“这么好看的莲花你不看?我可要好好看看啦。”妙香盯着莲花看了一阵。

我又咳嗽了一声。

妙香说：“你是不是受凉了?你一定受凉了。走，咱们该吃饭了。”

妙香领着我走出大殿，走进一间向西的方丈里。母亲和郭姑子已坐在里面，桌上摆着两碟红枣，两碟柿饼，两碟糕干，两盘炉饼。郭姑子取了几个红枣放到我的手里。

“野到哪里去了?吃饭还得让人到处找你。这可是佛门净地，不是你往日里胡闹的地方，越来越没规矩了。”母亲说。

“他在殿里看莲花来着。”妙香说。

“我没看，我没看莲花，我就是咳嗽了一声。”我说。

“是两声，我记得你咳嗽了两声，是不是?”妙香说道。

郭姑子对妙香喝道：

“又耍贫嘴了，还不快端饭来?弄哭了小公子，看我收拾你。”

妙香出门去了。

郭姑子对母亲说：

“你家小公子越发标致了，将来不知何等样的天仙才会配他呢。”

母亲说：“哪个会看上他，你可别尽着兴夸他，我恐他日后越没规矩了呢。还不跪下，给郭师父叩一个头？”

我叩了一个头给郭姑子。

“快起，快起。”

母亲说：“改日把你舍在庵里，跟郭师父讲经吧，省得整天累我气我。”

“那我这小庵可就蓬荜生辉了。”郭姑子笑着，将我拉至她的身边。

我闻见郭姑子的身上有一种很奇怪的香味，她的皮肤白腻而虚浮。

妙香这时从外面端来了饭菜。米饭和油饼，一大碗椿菜油炒面筋，加糖油碟豆腐皮，一碟脯笋，一碟盐茄子，另外还有四碟时鲜小菜：萝卜、豆荚、香椿、腌椒。

吃过饭，妙香端来一杯苦茶，递给母亲漱了口。刘嫂这时也从灶厨那边吃过饭过来了。郭姑子再三挽留母亲到她的禅房里歇息半天再走，母亲说家中有事，巨细事务都靠她一人操持。郭姑子就不再勉强。

来到庵门外，母亲突然说道：

“大丰呢？大丰哪里去了？”

郭姑子说：“大丰是谁？是与太太一起来的吗？怎么没看见？”

“是我家中的一个下人。”母亲说。

妙香对母亲说：“想必是不忍挨饿，已提前回去了。”

母亲说：“不会，我吩咐他等在这里的，他人老实，不会一走了之。”

“妈妈，我知道大丰在哪里。”我说。

母亲说：“我问了半天，你才吭声，快说，大丰在哪里？”

“在正殿里。”我说。

母亲说：“这些人，都变着法子气我。我告诉过他不能进去就在这里等我的，他跑到正殿里干什么去了？快领我去。”

我跑进庵里，又进入正殿。

香案前那朵巨大的莲花没有了。

众人一齐走进来后，母亲说道：“大丰呢？大丰在哪里？”

“吃饭以前，他就在这儿。”我站在原来莲花的位置上对母亲说。

母亲说：“这里？他站在这里干什么？这是香案的一侧，又不是跪拜的位置，他站在这里干什么？他呢？”

“这儿刚才有一朵莲花，现在没有了，大丰就在莲花后面。”我说。

“莲花？莲花在哪里？”母亲说。

“我不知道。刚才就在这里。”我说。

妙香指着正殿上面的雕梁画栋，对母亲说：“太太，他说的是殿首上的莲花。”

母亲顺着妙香的手指，抬起头看见了许多绘在梁栋上的莲花。母亲说："我说呢，害得我找了半天，我还以为真有什么莲花。"

"我说的不是那种莲花。"我说。

母亲说："我不问莲花，我问的是大丰，大丰在哪儿呢？"

"莲花后面的墙上有一扇小门，大丰进小门里去了，他说一会儿就出来。"我说。

母亲说："瞧瞧，事情到了这时，还在胡说，墙上怎么会有门呢，小小年纪，不知从哪学来的，这可怎么得了？"

郭姑子说："太大，让妙香看看，墙上是不是有门。"

妙香抄起一只铜烛台，在墙上咚咚地砸了两下。墙上全是砖木，只落下一两块泥皮。妙香将泥皮放在手里，微微笑着：

"请太太和师父过目。"

众人走出正殿。母亲指着我，对郭姑子说："你看这孩子，简直没救了。"

郭姑子说："孩子还小，你何必动真气，世上没有不淘气的孩子。"

"等回头我再收拾你。"

母亲对我说了一句，之后，又对众人说："大丰说不定真的回去了，我们走吧。"

我们走出庵门，我看见郭姑子的长袖在几间玲珑的禅房之间飘扬了一下，如一片转瞬即逝的云彩。妙香站在门口望着我们。我们沿着倾斜的石级一路下去，庵门夹住了妙香灰色道袍的一角，我听到背后传来一声喊叫，是庵里的那只小哈巴狗在吠叫。

大丰在这个蝉声鸣放的午后如一缕青烟一样突然消失了。

重叠的石级层出不穷，不断涌现。我望着母亲的背影，闪闪发亮的头饰和拂地而过的绛红披风使她看上去变得偏执而不可亲近，我轻轻地在后面喊了她一声，她没有回头，绛红色的披风继续窸窸窣窣地拂地而过。我看见在母亲经过后的石级旁，一朵黄色的小花在她的皮鞋下变得四分五裂，溅出了几缕黄色的汁液。我的身体摇晃了一下，刘嫂抱起了我。

“刘嫂，把他放下来。”母亲继续往前走。

“太太，我能行。”

“你这样宠他是在害他，懂吗？”

刘嫂放下我，我望着滚滚不尽的石级，大丰失踪的阴影使我产生了一种昏昏沉沉的睡意。

回到家里，看到墙上有一扇门，我走过去，它很像是大丰走进去的那扇门。我用手去墙上摸，但不是门，只是一摊黑影。

我看到我的父亲陈雪泥隐蔽在一座年久失修的大桥下，

两眼紧盯着对面的一道窗户，小桥下淙淙的流水和此起彼伏的蛙鸣他仿佛毫无察觉。流水将一只包袱冲至他的脚下，包袱借助于流水的力量在他的小腿上撞击了一下。他并没有低头去看，只是将腿移动了一下，挪向了一边，他望着视线中的那道窗户，看见了窗户里面的那个黄脸黄发的其貌不扬但使他魂牵梦绕的女人，他的表情变得急躁万分而忐忑不安。小桥下潮湿的地气正在一点一点地吸取着他身上的热量，黄脸女人身边的另一位男人使他很长时间以来一直蹲伏在这里。他看见黄脸女人和她身边的那个男人在房子里时走时停，两张脸时而正面相对，时面又侧向一边，女人的身体和男人的身体如同漂浮在水上的木头，不断地变换着新的姿势和方向。他看见那两张嘴在一起一落地翕动，说话，有时又沉默不动。桥上的浮土被风迎面刮来时，他闭上了自己的眼睛，他感到不能让尘土蒙住自己的眼睛。风尘消失之后，他感到一条腿由于受力太久而变得麻木沉重，他吃力移动着身体，将身体的重量调换到另一条腿上。他身上的西装已经不在了，现在穿在身上的只剩下一件衬衫和一件马甲。他的裤兜里鼓鼓囊囊的，但不清楚装的是什么。一些屋顶上冒起了白蓝和浓黄的炊烟，炊烟中传来妇女、顽童的声音和铁器与瓷器的声音。一群鸟突然从一棵树上飞到另一棵树上，后来又全部落到一片高高的瓦脊上，看上去如同晾晒在屋顶上的薯干菜团或中草药渣，一个挑着灯笼的人突然从梯子上坠落下来，像一件沉重的棉衣一样贴在地上。

黄脸女人在窗户里突然倒下去了。

陈雪泥这时看到黄脸女人身边的那个男人这时变得紧张而忙碌，他的头在窗户上忽上忽下，影子在房子里来回乱窜，有一阵，陈雪泥看到那个男人的影子忽然不见了，但过了一会儿，又重新出现了。男人的手里出现了几件东西。陈雪泥认真而仔细地盯着望了许久，也没有分辨出男人手里的东西。

黄脸的女人一直没有出现。

陈雪泥感到黄脸黄发的女人此时正躺在地上，窗户的高度和位置使陈雪泥确信黄脸的女人没有坐在床上，也没有站在窗前。他不知道他们在干什么，凌乱无序的身影和许多不连贯的、莫名其妙的动作看上去像一场游戏，而久未露面的黄脸女人又使他疑虑丛生。

男人手里的那些东西正在逐渐减少。

陈雪泥望着窗户里那个事务缠身的男人。他听见自己情不自禁地“哼”了声，他感到自己的裤子里突然湿漉漉的。

我的小便失禁了。陈雪泥想。

我的膀胱烂了，出了问题。

那男人的影子在窗户里消失之后，陈雪泥吃了一惊。一只水淋淋的青蛙突然爬上他的脚踝，他甩了一下脚，青蛙被一下子甩出去了，落到了河里，溅起了一阵短促的水声。过了一会儿，他感到脚踝上又凉又痒，那只青蛙又跳上来了，正在舔他的踝骨。

门响了一下。

那个男人将门开了一半，探出头向左右张望了一下，又缩回去了。

陈雪泥重新将贴在他脚踝上的青蛙扔到河里后，那个男人又出来了，背着一个鼓鼓囊囊的口袋，一溜碎步向远处迅速地跑去。背上的口袋的重量使他不可能跑得飞快，只使他像一个腿脚灵便敏捷的跛子一样一瘸一瘸地跑着。陈雪泥看见途中的一道障碍物将那个男人突然绊倒在地，背上的口袋滚到了一边。男人从地上爬起来，将口袋重新背好，他沿着一溜低矮的土墙跑了阵以后，突然从陈雪泥的视线里消失了，像一片飞越墙头的树叶。

矮墙那面荡起了一股尘土。

陈雪泥从小桥下爬起来，飞快地向那幢房子前跑去。在这个过程中，他在跨越一个枯树桩时，听到自己的裤子“哧”地响了一声，他感到一条腿突然变得很凉。

陈雪泥跑近房子前，喘息了一下，拉开屋门冲了进去。

“云漪！云漪！”

“我是雪泥，云漪。”

屋里没有人。

屋里空荡荡静悄悄的，陈雪泥所到之处，都是他呼喊的回声。

陈雪泥感到自己的声音变得失真而异常夸张，赤裸裸的，这使他立即产生了一种羞愧难当的悔之不及的感觉。

他看到屋里的一张床上扔着几件潮湿的衣服，还有一本摊开后的线装书。他抓起一条柔软无形的白绸裤时，他感到自己的手抖动得十分厉害，几乎难以抑制。他在这间空无一人的房子里无所事事地转来转去，像不久前的那个男人一样在四壁之间来回乱窜。

床头上滚落着几丸药。

陈雪泥站在床前，将一只药丸拿在手里。这时，他闻到了从被褥之间散发出来的麝香和沉香混合的味道。

被口上露出一点红色，陈雪泥伸手一拉，拽出了一条红绫抹胸。他掂量着手里的药丸，红绫抹胸使他的眼睛不自然地猛跳了几下，他转身离开床前的时候，床下的一段丝绢使他的脚底滑动了一下，他碰响了床。

陈雪泥站稳身体，看到了地上的一摊血迹。血迹中支棱着一把被染红了的斧子，还有一节支离破碎的麻绳。

广春站在我的床前，笑眯眯地看着我。

“你终于醒来了，你知不知道，你已经昏睡了一天一夜了。”广春说。

“广春。”我说。

“你睡着的时候，我来过一次，你老不醒来，我就回去了，我这是第二次来了，你要是还不醒，我就又要走了。”广春说。

广春戴着一顶崭新的人造革皮帽子，这是时下最流行的一种帽子。中等家庭以上的孩子差不多每人都有一顶。我的义父周永稚曾经给我买过一顶，我的舅舅徐大悲也给我买过一顶，但被我随母亲外出观灯时丢掉了。

我躺在床上，听到前厅里乱哄哄的，人声鼎沸，嚷叫不休。

“我听见好多人都在说话。”我说。

“你义父和你舅舅正在吵架。”广春说。

“为什么?”

“不知道。”广春说，“我第一次来时，他们还没吵，都在说话，我第二次进来，他们正在吵，已经好半天了。”

“还有谁呢?”

“我爸爸也来了，还有太一长老，铜匠蒋尚武，还有孙武的弟弟，他是一个地毯商人。太一长老今天手里拿了一串很漂亮的珠子，我敢说你从来没见过那么漂亮的珠子。”广春说得眉飞色舞，将帽子晃到了地上。

“是红颜色的吧？我见过。”我说。

“我就知道你又要来蒙我，你根本就没见过，根本就不是红颜色的。”广春将帽子捡起来，提在手里，“你想知道是什么色的吗？让我来告诉你，是黑颜色的。”

“你以为我不知道？我只是故意说错罢了，我就是要看你说不说实话。”我说。

“我说的可全是实话，我要是有一句假话，你是我大爷。”广春说。

“这么多人都在我们家干什么？一定是在商量什么事情，是这样吧？”我说。

“不知道，他们都在那里坐着，有的喝茶有的不喝茶。”广春说。

“我们要是出去，肯定没我们的座位了，都坐满了吧。”我说。

“要是能把太一长老的那串珠子弄到手，可就太好了。”广春说。

“我妈妈会打死我的。我身上还有两颗呢，她不许我玩。”我说。

广春将一只手伸至我面前：

“把珠子给我，让我替你藏起来吧，我有一个最保密的地方。”

“我已经藏到一个连我自己也找不到的地方了，我这几天老在想。”我说。

“想起来了吗？在哪里？”广春说。

“还没想起来。”我说。

“你总是信不过我，你要是给了我，还能出这样的事吗？”

广春说。

“我会想起来的。”我说。

我和广春出门后，穿过前厅。

“到哪里去?”

我看见镇长柳北亭坐在一把雕花木椅里，他身旁的一只几案上摆着一盆剑兰。镇长柳北亭穿着一件墨绿色的缎面夹袍，缎面上黄色的花朵又大又圆，含苞欲放，看上去像一只只精巧的茶碗。广春听到喊声，磨磨蹭蹭地走到镇长面前，叫道：

“爸爸。”

母亲对我说：“你发了一天烧，又要出去，我看看烧不烧了。”

“不烧了。”我说。

“不许打架。”镇长对广春说。

母亲给我加了一件衣服，我和广春走出前厅。这时，背后突然响起“砰”的一声，我的舅舅徐大悲失手坠落了一只茶杯。

天空里长满了茸厚的乌云。

仰望雨前的天空。我看到团团的乌云在上面无声无息地狂奔不止，策马而行，茸厚的云彩使我想起了河边那些制造和出售皮毛的手工作坊，想起了家中厨房里水发的银耳。

广春把帽子拎在手里，望着天空。

“什么时候一个人能跑得像云彩那样快，就不得了啦。”广春说。

“那是神仙。”我说。

“人也有那样的本领，我爸爸说我表爷爷从前就那样，跑起来像飞一样。”广春说。

“你表爷爷是谁?”

“我也没见过，早死了。”

“没见过就不能算数。”

“白玉堂怎么样？展雄飞怎么样？还有欧阳春、黄国公。”

雨前的天空和大地阴晦低暗，到处都能看到那些湿漉漉的米粒一样的水珠。黄村的牛羊都散落在流域的两岸。

一位牧羊人在自己的脚下用羊铲掘出了一只褐釉的罐子和一枚十分罕见的戒指，戒指上面镂着一架袖珍的算盘，紫红色的米粒大小的算盘珠子可以随意地上下滑动，在十进制内连续运算，手指能感觉到那种低远的貌似静止的运动过程，但旁观者却对此一无所知，牧羊人在这个阴暗的时辰里一直蹲守在岸边，摆出一副认真洗刷罐子的姿势，久久不愿起来。

流动的水使他五体投地。

穿过风中的栅栏，我与广春走进他们家里。镇长太太与另外三位太太正在桌子前玩牌。屋里燃着一枝茅香花，雪白的香烟芬芳袭人，每位太太的手边都放着一只苏制的榼盏，广春的姨娘何碧云——镇长柳北享有一妻一妾——坐在镇长太太的下手。女佣人阿环取来一只龙泉窑豆青骰盆，摆上六个红绿的象牙骰子。太太们取在手里开始滚动骰子。

何姨娘手里捏着骰子，引而不发，微笑着问众人：

“谁有什么好令？让大家先睹为快。”

镇长太太说：“我有一个好令，是双生会苏卿的故事。苏卿本是个美人，能够得上一个红四，双生呢，是一个才子，可算一个六点，两人对掷，有了四六。”

众人齐声叫好。

广春在家里翻出两块木片，我们来到后院。后院里站着一匹栩栩如生的大理石马，马肚子和马蹄下的芳草萋萋而生，蜂蝶乱舞。我骑在石马的背上。广春吃力地在那两块木片上凿孔。道人丁野鹤手中的那副简板使广春极为着迷。“看着吧，我要亲自动手把它制作成功，跟那人的一模一样。”

“干这事情得有耐心，不光需要技巧，还要有毅力。”广春说。

“好啦，马上就要凿通了。”他说。

广春把木片贴在地上，用一只脚踩着一头。“这儿的地有点软。”他把木片往前移动了一下，“这下好了，再用不了一分钟，它就见底了。”广春说话的时候，一直低头面对着脚下的顽固的木片。

石马的背上光滑如冰，我骑在上面，我的身体不住地往下出溜。

“还不到一分钟，是吧？”广春说，“一分钟其实是一段很长的时间，可总有人以为它很短，就小瞧它，我从来不这样。我干活儿够快的了吧，是不是？”

“十分钟都过去了。”我说。

“别打扰我，我需要安静。”广春抬起头，颇为不满地看了我一眼，又低下头去面对木片，弄出一种很难听的声音。

“这声音让我牙根发酸。”我说。

“就好了，差不多已经见底了。”广春说。

这个后院里养着一些好花好树，冬青石楠，紫竹黄杨，奇松古桧，野菊山花，都是镇长柳北亭从别处连根带须地移回来的，还专门雇了一个园工日夜看守。后院里峥嵘的山石垒成曲涧，清水像一条条带子一样绕来绕去。

“一分钟到了。”

广春说着，望着木片上穿通了的一个孔眼。他用一根链子将两块木片穿在一起，在手中晃悠着乱敲起来。木片相互撞击的声音听起来无力而松散，像时走时停的木屐。广春停住手，皱着眉头问我：

“像不像那个人敲的？”

“不像。”我说。

“哪儿不像？我知道我的动作没他熟练，谁开始的时候都这样。”

“声音不像。”我说。

“那个人也就是这么敲的，我只是没他敲得响亮是不是？是这样吧？”

“他用的是竹子，是用沸水煮过以后的熟竹子。”我说。

“谁说的？你怎么知道？”

“我表叔告诉我的。”

“他说的可不一定对，他也只是瞎猜罢了，他又没敲过。”

春天以来，我们经常看见在流域的上下游荡着一个古貌长髯的道人，他戴着一顶箬笠，身穿百衲道袍，黄绦草履，腰间悬挂着一卷残损不齐的《南华真经》，手执一副渔鼓简板，边走边唱着道情。许多的顽童时常纷纷簇拥着他，有时跟在他的后面摇旗呐喊，有时会将泥团或牛粪掷在他的身上。这个名叫丁野鹤的道人寄居在郊外的一座旧磨坊里，他与善果寺方丈太一长老常在一起聊天，下棋，许多人都知道他们交情笃深过从甚密。

广春把木片放到一边，“我不跟他比了，他是专靠以此为生的，我即使做得再像，也还是不像，不如他的。”

前边传来一阵哭声。

“何姨娘又在哭。”

广春对我说这话的时候，脸色变得很白。我们走出后院，屋里的牌局已经散了。

大雨滂沱而下。

春天以来，他开始致力于民间风光方面的描写。他描述了流域上下一百年间的人文风光和种种的自然现象。

在一个行人稀少的黄昏时分，他绞尽脑汁涂改一行行的文字。

我站在行人之外，家乡的门大开着。最初，我以为他写的是一种抒情性的文字，但他多年来沉默不语的姿态又排除了我的设想。由此看来，他的沉默多年的姿态显然是要努力忘掉一些什么。他想把已经发生过的已经遥远了的和正在发生的事情，通过文字来化为乌有，只留下一种模糊而短暂的面目全非的印象在跳跃，他想建造一种没有记忆没有时间的世界，他觉得只有文字才具有这种非凡的可能性。

时间已经过去很久了，学生们冒着雨从学堂里回来，一张张面孔在伞下晃动着。婢女们在暮色初降的时刻第一次忐忑不安地在街上迈着新来的步子，踽踽而行。

我从门外走进来的时候，他刚从一堆手稿中抬起头来。一只飞蛾落在他的白纱灯罩上，他删除了一段语焉不详的文字。

“义父。”我看着他的脸。

“快进来。”他站起身走过来，几页白纸在他的身后飘落到地上。

对于文字的装置和语言的长期实验，使他的脸变得消瘦而苍白。我的义父，他从十八岁开始研读《落日传》，中止于他的第一次婚姻破裂之时。当他在白话运动中徐徐而行之时，他常恍惚看见亡妻的面容和飘扬的黑发。

一些书报杂志散落在他的案头，《新月》《创造》《礼拜六》《红》，新文化运动作家和鸳鸯蝴蝶派作家几乎每天都在有关的报章上舌枪唇剑，相互攻击，直至最后使出吃奶的与生俱来的看家本领，运用最原始的方法：谩骂与侮辱。

我站在他的案前，对面墙上的一幅《孔子见老子图》看上去苍凉萧条，风声鹤唳。画面中有七个人，两辆车和三匹马。孔子面向右贽雁，老子面向左，曳曲枝杖，中间有雁一只。一个人俯首在雁翅下，一物拄地，形状像一把扇子。孔子身旁有一名侍者，侍者身后有两匹马驾着一辆车，有一个人坐在车上，马头向着画面之外。老子的后面有一匹马驾着一辆车，车子上面也坐着一个人，那人在车上将头也偏向画面之外。

我望着荒凉的画面，问他：

“为什么叫‘孔子见老子’？他们两个人都互不理睬？”

“也许是该说的话都已经说完了，再没有什么可说的了。”义父说。

“他们是在道别吗？”我说。

“是的。”他说。

“他们要去哪里？”我说。

“各回各家。”义父说。

“他们应该长期相处，永远在一起。”我说。

“所有的话都已经说完了，话有说够的时候，再在一起就毫无任何意义了。他们哪里也不去，孔子回孔子的家，老子回老子的家，他们知道长期在一起是荒唐的，毫无意义的，永远在一起更是愚蠢的，不可能的。”义父说。

一年前，在一次为期冗长的大病之后，义父重新操起了久违多年的《落日传》，抖落了上面的灰尘和蛛网。这部书从头到尾自始至终都浸透着一种茶叶的气息，但它不是一部《茶经》或《茗谱》。全书每逢单页，便用黑体的魏碑书写着一些巨大的名字和姓氏，重叠的字体像漆黑而沉重的翅膀一样在所有的章节里令人不安地飞来飞去，它们投下的阴影使得书中的风格和情调受到了程度深浅、远近不一的波及和影响。书中罗列有二十四件著名的瓷器，每一尊瓷器上的图案都用一种连环彩绘的形式叙述了一个发生在久远年代里的故事。故事中的风俗温馨而明亮，发人深思。一些房子里住着人，房子在天空下形同一只只渺茫而不堪一击的木碗。在某一章节的一片青草地上，一阵清风徐徐而过，风吹动林中空地间膨胀而辽阔的吊床，几个浮躁轻佻的脑袋正在逐渐地显露出来，在此之前的一段文字里，只能隐约含糊地望见竖立在民间里的几只苍白失血的耳朵。许多个自然段落里，长短不一的句子犹如姿态各异的十八般兵器，每一行文字的手工气息都力透纸背，坚晰可触，犹如浮雕，犹如质感粗粝的树皮或蜡染工艺。

甲骨文的手段秋毫可鉴，淋漓尽致。

我看见文字的黑脸和短腿正在缓慢周旋，原地奔驰同半坡时期沉默不语的农人。

运行在书中的那些令人难以把握的农历民谚常常被提前置于案头，斑驳迷离的烛光使先前的那些巨大的黑体的姓名停止了重复的滚动，与四周的岩石唇齿相依，千丝万缕。在文字覆盖下的一个月黑风高的夜晚里，几个巨大的名字将一只蜡染布包袱从书中的某一章里排挤了出去，沉重的包袱沿着山冈上的舞蹈般的纹路一直向山下滚去。

那下面是一个精巧玲珑的尼姑庵，庵墙上的几枝消瘦的红杏如同握之无骨的三寸金莲。包袱的突然闯入，使庵中门户大开。

很多年，义父的手中一直呼啸着一种骨架疏松的事物。

在这个夏天的某个日子里，义父第一次让我看到了《落日传》里的一百零八幅绣像插图。书的每一页的右下角都不同程度地描写了人们常见的那种质感粗糙的人生和冷漠的情怀，在全书的背景和气氛中潜伏着某种危机。自始至终，在这件事情中，几个健壮豁达的农妇都在日复一日地抢收着属于她们的烟草和棉花，但烟农的影子却很少在耕地上暴露。一段时期，十几名技艺精湛的窑工也突然不知去向。在一间锻打烟具的耳房里住进了一窝鸟，除去一公一母两只老鸟外，剩下的是几只浑身还未来得及长出羽毛的幼鸟，它们嗷嗷待哺的样子使人垂泪，使人心酸。

他打开《落日传》，迅速地翻至第三百九十页，又返回扉首。他记得《落日传》先后有七八种不同的版本，它来源于繁重的简牍，最早的古老版本有如小型的墓碑一样大小，而眼前的这种由八公堂书社刻印的版本，从方寸和重量上来看，都酷似城墙上的一块砖头。

兵匪、霍乱、墓穴、诗歌、金珠锦缎、苏木胡椒，记忆是橘红色的，残片只是一些干硬的陈皮。一切都远去了，琼瑶细剪，银妆玉砌，碧碗烹茶，金杯度曲，羊羔乳酪，兽炭沉烟，红袖围屏，慢嗅梅花，屋梁上的横木在当初运抵的时候，上面还带有一些状如耳朵的绿色叶片，山冈和山顶在接下去的时光里反复出现，许多个残损的夜晚过去之后，是古老的森严壁垒的瓷器城。阴暗的城郭里望不见一线生机。最初，那里有符号城，出于一种需要，他们全都裸体。每一块石头上都风化出舞姿般的诺言，都有神写下的文字和传达的声音，大批神圣的建筑上浮落着阳光和白色的鸟类。在这个地方，城墙几经坍塌，风俗几经流失。城墙倒下后，常有一些嵌有鸡血宝石的年代被发掘出来，无数的鸟如同珍贵的稀世瓷器一样，鸟背上演义着各种记事符号和有关的叙述文字。鸟翅下潜伏着的光影使人生疏而难以理喻，这种无情的隔膜和迷离为时越来越远。在某一天的某一页里，我们会发现阳光表面上所呈现出来的劳动的花纹和曲线，理解一部简明的属于衣食住行日常生活的暗语，但对于鸟背上展示给人们的供他们阅读和使用的文字及其相关的符号，永远都只是一种死谜。人人都是手持声音和言辞的聋哑人，几支彩色的笔在记载中同时缓缓行走，归宿就在背后。

有关统一战线的一段文字写得振振有词，不容置疑。女人们总在山下的耕地里抢收烟草，她们的全部经历与报纸无关。

一个在书籍里沉睡了四十年的风瘫病人并不是这部书的初衷，清晨的阳光和露水透过时间和树丛洒在他的脸上，这是一张在时间中早已烂掉了的脸，像一个结构松散的饭团。这个口音南腔北调的人，似乎是一切事件的目击者，他梦想将一些有关的人化作梦。

在一个不劳而获的年景里，他手持一束金黄的麦穗，在城下祈祷，人们全都出神地凝望着他，之后，他穿越无数的蛇罐，与那些失灵的文字一起开始马不停蹄地日夜运行，途中的碑文记述了多年以前的一个暗渡陈仓的凶险场面，怪牛的草同鱼群混在一起，还有精致的器具和彩陶，城郭半隐在夕照中，上面落有他们的题词，与自己儿媳乱伦者将被处以投河，叛逆者将被永远逐出家门，与建造神殿的木头一起漂流着到达山中。

这天夜里，一个跛腿的铜匠夹着一名早产的弃婴，推开了一户烟农的家门。

四月上旬的一个黄昏时分，表叔的瓷窑开始点火。他们在耕地之侧燃放了一串鞭炮，几个窑工正在搬运木柴，传递点燃不久后的火种。窑工们钻木取火的古老方式和陈腐套路使正在仓库前认真挑选瓷器的老中医贾无忌爆发出一阵疏朗的笑声，笑声充满了揶揄。

我站在人影飘零的瓷窑前，流域左右的灌木乔木郁郁葱葱，充塞在许多人家中的日常用品粗粝但得心应手。

一名窑工举起一只空坛，说道：

“你笑什么？”

“我笑这瓷器，它的样子让我情不自禁。”贾无忌笑着说道。

“是真的吗？”

“是的。”

“你看这是什么？”

“坛子？”

“它能使你笑得更开心。”窑工松开坛子。

我看见我的表叔从怀中掏出一个迟到的泥人，不声不响地塞进了行将点火的瓷窑，他的一整套鬼鬼祟祟的动作使我体察到一种无形的凶险和灾难。我想起表叔曾经对我说过的一句话，他说所有的泥人一旦从窑中烧出来之后，便都改变了身份和容貌，乞丐会变为皇帝或官僚，皇帝也会化作歌伎或武士，直至最后重新沦为乞丐，火焰锻冶着一切血统。生活上的松懈和对技巧的过度偏爱，使前来投奔他的烧瓷的人越来越多，以至于他叫不出他们的姓名，弄不清准确的人数。

瓷窑里出现了火光。

一名腹泻不止的窑工提着行将脱落的裤子，神色慌张地从青蓝红紫的烟雾中窜出来，窑前的浮土上出现了一连串梅花形的图案。

没有人注意到窑工细碎的足迹有如山羊奔跑时的蹄印。

腹泻的窑工越跑越远，看上去像一件小孩的衣服。表叔从烟雾中揉着红肿的眼睛走出来，一名跛腿的铜匠端着一支火枪迎面走过来，枪身上红铜的包皮犹如均匀的枣泥。铜匠微笑着，伸手拉动了一下枪栓。

“好大的烟。”铜匠说。

铜匠将火枪平行着伸过来，表叔望了一眼乌黑幽深的枪口，将枪管推至一边。

“发生了什么事？”表叔说。

“有一点小问题。”

铜匠说着，又一次将枪管移到表叔的鼻子底下，枪膛里的火药味使表叔禁不住打了一个响亮的喷嚏。

“这药味可真让人受不了。”表叔说。

“你伤风了。”铜匠说。

表叔再次将枪管从鼻子下推开。

“别这样，这样不好，走了火可不得了。”表叔说，“到底出了什么事?”

铜匠说：“没什么，只是我们的两个人被你们装到瓷窑里去了。”

铜匠望着浓烟滚滚的瓷窑。

“别开这样的玩笑，这玩笑让我害怕，我今晚又会被噩梦折磨到天亮。”表叔说。

“我没工夫开玩笑，我只是想让你闻闻空气里有什么味道。”铜匠说。

“烟雾。”

“除去烟雾，我说的不是烟雾。”

“什么？你指的是什么?”

“我指的是人，我手下的两个人，你没闻到焚烧人肉的气味吗?”

“凭良心起誓，我一点儿没闻出来，与以往任何一次烧窑一模一样。”

“我说过你病了，你的五官失灵了。”

“我没病，你的话听起来让我很吃力，我身上好像扛着一块石头。”

“这就对了，人负罪的时候总是这样。”

“我看出来了，你是想让我吃官司。我想知道我在什么地方得罪了你？”

“你闻闻，空气里到处都在冒油。”

“此言差矣，眼下正是灾荒年景，连雨水都不多见。”

“可这窑里的油水依然旺盛得惊人。”

“我承认有一种火燎毛的味道，我在窑旁的近火处烤了两只麻雀，连续多日的装窑、点坯，使我一直腾不出吃饭的时间。麻雀不大，又瘦又小，根本填不饱肚子，我只是想尝尝它们的味道，回味一下从前的感觉。”

“我会给你腾出时间来。”

“把你那玩意儿拿开！别这样，小心走火。我不知道这是怎么回事，这是谁干的？你的人是什么时候被装进窑里去的？我一直守在这里清点进入窑中的数量，我事先丝毫没有察觉，我对此一无所知。你的人身材和相貌是不是像一种坯子？让装窑的人看花了眼？”

“他们是人。”

“这很怪，他们为什么没有呼喊？”

幽深漆黑的枪口使表叔节节败退，不断地后撤，他的身体表现出一种逃跑的姿势，脸上的神色古怪而罕见。

“你要是想跑你就跑吧，我倒要看看你和火药谁跑得最快。”铜匠说。

“你看走了眼，我没有要跑的意思，我为什么要跑？我不跑。”表叔说。

“你丢不下这一窑瓷器。”

“是的，我不会上你的当。”

表叔在后退的过程中突然被绊了一下。他哼哼着从地上站起来，“这是谁啊？怎么躺在这里？”他定睛一瞧，看见了躺在他脚边的一动不动的中医贾无忌。

“他怎么躺在这里？”表叔说。

“你的窑上有人病了。”铜匠说。

“不对，他好像是来购买瓷器的，他挑了一只坛子，就死了。”表叔说。

“他用头把你的坛子撞碎了。”铜匠说。

“你放心，我不会让他赔偿损失的，他是有名的中医。”表叔说，“为我治过盲肠。”

“问题是你的坛子太软，像纸糊的帽子，这种货色你也敢拿出来兜售？”铜匠说。

“好一个名医，你看他生命已止，微笑却经久不散。”表叔说。

“他很得意。”铜匠说。

“是因为我不让他赔偿坛子？占了我的便宜，是不是？”表叔说。

“他在你的窑上投了毒，用不了多久，一半以上的窑工都会中毒死去，你就等着倾家荡产吧，我不准备杀你了，我的火药在将来还会有更大的用处。”铜匠收起了火枪。

“都疯了。”表叔说。

“是心血来潮。”铜匠说着，扭动一只跛腿，敏捷地窜入烟雾之中消失了。

铜匠是在听到不远处传来了自卫团的枪声之时突然窜进烟雾中的，接下来，有人在耕地的另一头踩响了一颗地雷。

受惊的耕牛越过田野，狂奔不止。

蹲伏在草丛中的一名窑工提着裤子站起身的时候，耕牛踏着他的腰部一跃而过，窑工的身体重新躺回到草中。

烟雾使我迷失了方向。

一只冰冷的手突然拉住了我。我仰起脸，舅舅正在东张西望。

“乱窜什么？一家人都在没命地找你，没听见打枪吗？”舅舅说。

“舅舅，出了什么事？”我说。

“少废话，快跟我走！”

舅舅不容分说地拉起我向回家的方向跑，他的另一只手在腰间来回不停地乱摸，一种烦躁而绝望的表情浮动在他的脸上。

枪声如豆。

到处都飞奔着栩栩如生的腿。

从空旷到空旷，寂寥的天空里回响着土炮沉闷的声音，天空里飞翔着生锈的农具，飞翔着善果寺音色苍凉的佛号钟鼓。

脚下是蜿蜒的河流和丛林，是奔驰的牛车和神色不安的接生婆。崎岖坎坷的山冈上颠簸着接生婆苦不堪言的小脚和阵阵呻吟，紫花的斜襟大褂迎风飘扬。

自卫团在缉捕漏网的铜匠之时，封锁了河边的几家作坊。

地毯商人孙美的首级被悬挂在一根旗杆之上，引来了众多的苍蝇。我望着旗杆上毛发丛生的头颅，如同重读了一遍《虬髯客传》。

一筹莫展的长生老爹出现在我们的面前时，舅舅松开了我的手。

“把他领回去，我还有事。”

舅舅对长生老爹说完之后，就走了。长生老爹带着我疾走如飞。“你跑到哪里去了？我几乎找遍了整个镇子。”

远处。

铜匠蒋尚武一瘸一瘸地跑到一棵树下，他的前胸后背部镶嵌着他自己亲手打造的仿古的护心镜。眺望浑身披挂整齐的蒋尚武，他的身上闪烁着一些正在剥落的金箔似的模糊往事，铜的气味灿烂而令人眩晕，铜的光芒犹如恣肆怒放的葵花，在这个季节里旋转。

蒋尚武的脸与树干贴在一起，他的动作都是试探性的，不连贯的，看上去像是一个失明不久的盲人。他的小腹前垂挂着几根粉红色的带子，他的手来回抚摸着。

长生老爹眯起眼，吃力地望着：

“我老眼昏花，他手上拿的是什么？”

“几根带子。”我说。

“带子？”长生老爹继续望着树下的蒋尚武，“他绕来绕去摆弄几根带子干什么？他像是要寻短见。”

这时，我看见蒋尚武用力扯断了一小截带子，他把扯下来的短带子拿在手里看了一眼，扬起手扔到了路边的草丛里。

“老天爷，那是什么带子？”

流淌在路上的一种腥气使长生老爹的鼻子抽动了一下，一只布满皱纹的耳朵在不知不觉中悄悄地竖了起来。

“老爹，你的耳朵站起来了。”我说。

视线中的铜匠蒋尚武斜倚在树下，像一个手段诡异的江湖客人一样绕来绕去，不一会儿，那几根粉红色的带子突然不见了。

“快跑。”

长生老爹惊呼了一声，拉紧了我的手。“这回我可看清楚了。可不是几根带子么，几根热气腾腾的肉带子，像刚出锅的灌肠一样。那是他肚子里的带子，现在好了，他又把它们重新塞回去了。”长生老爹喘着气，“快跑，再晚了我们的带子也要出来了。”

跛腿的铜匠此时仿佛从天而降，他手持火枪突然出现在树下，接下来，他扶着蒋尚武向路旁的乱草中跑去。

“我以为你死了。”

“哪能呢。”

“我们完了。”

“出事前有人告了密。”

“谁？”

“还没弄清，我在尼姑庵前埋了地雷。”

“我的睾丸疼得钻心。”

“还有火药吗？一点儿就够了。”

“你的手什么时候成了六指？”

“没看出来？这是一只假手，皮肤和关节都是人造的。”

“这技艺真是鬼斧神工，连手背上的毛孔血管部和真的一样。安装它的时候，一定费了很大的力气，哎哟。”

“是又在疼吗？”

“是的。疼得我直想笑。”

“这很怪。”

我们跑到一片菜地边时，惊动了正在菜地里面狼吞虎咽的两只猪。它们的下巴上流淌着发绿的菜汁，嘴边遗留着半片菜叶。看到有人走过来，它们“哼”了一声，向菜地的另一头晃晃悠悠地跑去。

菜地一侧，黄村客栈的大门敞开着，从里面刮出来的似乎是一种秋风。客栈里玫瑰花的芳香几乎无孔不入。如同无形的易渗易漏的水。在整座客栈里，到处都堆积着早已过时的书籍和海报、邮包和信件。空洞的汽油桶到处轰轰烈烈地乱撞乱滚，隆隆作响。

很多曾在这里投宿过的人都在事后回忆说，黄村客栈里的被褥臭不可闻。

我在隐约之中看到了母亲。她站在客栈的走廊里，瘙痒不安的皮肤使她的脸上一直呈现着一种吃力的难以抑制的笑意。几个月前，她与镇长的偏房何碧云一同到这里接受茅香花在皮肤上的热敷，炙烤，治疗腰疼。一位岭南来的花柳病患者纵身跳进了客栈后院的一个浴池里，与她们共同沐浴至夕阳西下之后。现在，母亲尽力忍住笑意，她发现有一只手拔走了走廊墙上的一颗生锈的铁钉，一张云南竹纸书写的条幅垂挂在墙上。她从墙上收回目光，看见了走廊尽头客栈老板的一双不怀好意的眼睛。她往前走了几步，先前的那种难以抑制难以驱散的笑意又一次浮现在她的脸上。

“妈妈！”

“快走，太太在家里等着你呢。”长生老爹用力拉了我一下。

这时，潮湿的河风吹开半掩的廊窗，吹落了老板的白纱中裤。

一个肉红色的小东西在她的视线里突然呻吟着跳动起来。

长生老爹掌着马灯，修理被风毁坏后的栅栏和淤塞的水道时，我已躺在床上闭上了眼睛。周围一片黑暗。

风中的棉花和柳絮在空无一人的民间大道上缓缓飞行飘舞，飞散的棉絮装饰了所有的树木、房屋和河流。

沿途的风光被涂改得面目全非。

我的父亲陈雪泥，啃着从他自己的婚宴上带出来的馍馍，继续逃跑。

通往黄村的一条大道上，丧车辚辚，草长莺飞，车前齐唱着薤露歌，飘扬的孝幡在风中缓缓流动，乌鸦衔着片片纸钱频繁地来往于丧车和树巢之间，羽毛乱舞纷纷扬扬，像廉价的微笑和问候。

我注视着缓缓移动的丧车，广春的身影被夹在送葬者的中间，像一截短小的尾巴。镇长柳北亭悲痛欲绝，一身缓缓飘拂的黑绸衫使他显得举步维艰，万念俱灰。

一位僧人对镇长说：

“人死不能复生，请节哀。”

道士丁野鹤像从地缝里冒出来一样，突然出现在我的身旁。

他告诉我说他此刻正行走在他讨饭归来的一条路上，渺茫的道路使他失去了方向和归宿的可能，他向我打听四周的名称和前面的古典建筑。他用一根十分污黑的手指沾着罐子里的蜂蜜一遍一遍地喂我。他有一双类似玻璃珠一样的眼睛，皮肤上涂抹着大量的凡士林油膏。他站在路的左边，对出殡行列的注视，使他回忆起一种距离。他告诉我说那个四面吹着风的圆形水坛不见了，只要能找到那个圆形水坛，他便找到了方向，不再迷途难返。他的腿肚子上画着一个长满触角的面目狰狞的怪物，怪物的一只眼睛空荡荡的，像一口干涸的井。这是一条张牙舞爪的龙。

“车上拉的是谁?”丁野鹤说。

“一个女人。”我说。

“一个不贞的女人?”

“是镇长的姨太太何碧云。”

“听说她是突然暴死?”

“是的。”

“可又听说她在外私生了一名女婴，寄存在落木庵的莲花丛中。”丁野鹤喃喃地说着，一只手轻轻地抚摸路上那些杂乱而疯狂的触角，“可怜的人，纵使菩萨和玄妙的禅枝蒲杖也丝毫不能使她避人耳目，得以幸存，这世界已毫无任何秘密可言了。”

河风掀起僧人的袈裟，使丧车前正在吟唱的经文戛然而断。

一只俗艳的画舫坏在岸边。

几名修缮画舫的木工和漆匠在岸上互相乱窜，天空里移动的烟云和大道上辚辚的丧车使他们在仓皇之余不假思索地操起了对方的工具：木工的手里握着画笔和彩色的漆料，漆匠们操起了斧子和墨斗。

一个刀条脸的乡绅附在柳北亭的耳边，低声说道：

“镇长，好像要出什么事了。”

柳北亭挥动粗壮的手臂，赶走了盘旋在他头顶上空的一只聒噪不休的乌鸦，嗡嗡嘤嘤的诵经声在丧车前重新响起。

临河一带坐落着雕栏画屏的翠馆青楼，阴湿的小巷逶迤深狭，苔迹如墨，石板如龟。香椿树的浓荫里砰然传来破瓜的声音，黑瓦和兽面在斜阳中如重塑的金箔，变本加厉。有人正在松竹林中打造花板石墙，塑起细茅粉洞。几座倾圮的板桥上醉卧着落魄的儒生。一带曲折的树篱旁栽种着芦苇和香草，渔父酒家前的古木上架满了盘根错节的藤萝青葛。

到处烟笼雾锁。

到处莺歌燕舞。

所有的路和桥看上去都是歪的，斜的。

所有的人看上去都像影子一样。

走在最前面的一位正在鼓起脸腮吹奏笙竽的弥陀脚下一滑，踩响了一颗地雷。

爆炸声使灵车再一次停顿下来。

有人举起了枯枝般的火枪。

大道上突然混乱起来。

所有的胳膊看上去都像临时缩短了的腿一样，到处盲目地胡奔乱走。

眉毛遮盖着眼睛。

目光压迫着声音。

呐喊扼制着呼唤。

袈裟和布衣猎猎飘扬，火枪和地雷此起彼伏。灵车倾翻了，孝幡下晃动着和尚的光头和妇女的刘海。

木鱼在脚下反复怪叫。

纸糊的童男女笑容可掬，烂漫无邪。

我注意到丁野鹤的背上有一个古老的口袋，口袋里有许多吃的东西。一只黑色的狗穿过混乱的人群朝我们跑过来，丁野鹤从口袋里抓出一把淡红色的小麦撒在地上。望着黑狗，他说："这可恶的时间。"

小麦的顺序被他搞得十分复杂，形成一种迷宫般的图案。他激动地喊道："对了，这是可以突破的一点，这就是我们从前居住过的宫殿和花园，时间毁坏了它，但是我们现在可以在废墟上突破它了，是的。"

天空里流逝着的一些颜色吸引了他。他将一把淡红色的小麦放进手掌里，为我描述了一段往事中的一张脸。大道上蠕动的人潮有如梦游的灵魂，所有的脸都与身体背道而驰，路边山墙上的砖头在火药和风中轻飘飘地向下坠落，坠落的砖头使一些苍白的耳朵改变了颜色，一个总是自以为是的人被砸出了苦胆和胃，剩下的残砖纷纷乱滚。

丁野鹤注视着空空如也的灵柩，没有尸体的空车使他意识到这是一个手段拙劣的阴谋。铜匠们前仆后继的行为深深地感染了他，他喃喃地自语地咕哝道：

“一切都只是语言的燎泡。”

镇长柳北亭从大道旁突然消失的情形并没有使那些没头没脑的团丁们停下各自的动作，只有一名铜匠在人群中扬起了一张疑虑丛生的面孔。铜匠在道旁分岔的地方发现了一条开满了苦丁香的歧路。路上有一条飞奔的影子。

一名团丁提着一把大刀，对一头狂奔乱舞的耕牛穷追不舍。

透过铜匠疑惑的表情，一位战战兢兢的地保在转身之际猛然发现一个人正奔跑在那条歧路上，簇拥在路两边的苦丁香芬芳袭人，情意绵绵，紫色的花茎不住地颤动。

一名吹竽的僧人直挺挺地躺在一条水沟旁，两脚浸在水里。一只乌鸦蹲在僧人的脸上，伸出锐利的尖嘴在他的脸上到处啄食，渴饮他眉宇间的一汪血水。乌鸦在平静的血水中看到了自己的倒影：它披着一身紫红色的羽毛，仿佛一位衣锦还乡的贵妇。

第三个人出现在那条岐路上时，一群舞动在丁香丛中的蜂蝶追逐着他的飞奔的身体。第一个出现在岐路上的人这时朝路边的一座名为“都亭”的红墙碧瓦的楼阁前跑去。楼阁的上层有三间房子，每一间房子里面都坐着一名身穿白衣的人，分别在读书、饮酒、抚琴。楼下有一名头戴红巾的乡丁模样的人正在拱手作开门状。楼的右边有一个人身穿黑衣，手中捧着红色的一堆东西，正在打躬作揖。楼的左边有一个人，此人帽子上系着的一根红绳被另外一个手执长柄幡的人牵着。

听不见开门的声音，只望见那个人在楼下拱手作开门状。

丁野鹤注视着开门人的一系列虚拟性的动作，从口袋里翻出一本没有封皮的旧书，许多淡红色的小麦被夹在书页里面，他捏起书的一端轻轻地抖落了书页里的小麦。他读了大约七八分钟的书以后，抬起头说，这件事的前前后后，从头到尾都只是一个梦，这个漫长的梦是由许多人共同完成的。

河水中翻卷着厚厚的胭脂和废铁碎瓷，水中看不到任何一种东西的倒影。你站在岸边，斑斓的河水像一种闭关自守的古老风俗，固执而悠久，久颠不破，你只能看到它的基本的表情——那些瑰艳如画的水纹。

“你是一个疑虑重重而通体通明的孩子，是的，就是这样。”丁野鹤摆弄着淡红色的小麦的队形对我说。

大道上的人潮正在逐渐减少，变得寥寥无几了，那辆空洞的灵车被风吹着，车上的帘子上下翻飞。几根长柄的孝幡像被砍伐后的树木一样横在路上，白纸乱舞。

泄漏的火药使通往黄村的路途变得漆黑无比而危机四伏。

丁野鹤沿着漆黑的路面向远处走去。

花费了几乎整整一个上午的时间，他用许多淡红色的小麦组成了这样一种千古不变的恒定格式，手抚着老式的结构时，他清晰无比地听到了时间的回声和有关的顺序。

他把一罐蜂蜜遗忘在我十二岁的夏天里。

夜里，我梦见了无数三角形的血迹。

上午，长生老爹送来了一份土地的清单和全部的现钞。

午后，母亲突然浑身发烧，她躺在病榻上。刘嫂从药店里找来了冰片、薄荷和藿香，三番五次地为她降热。

母亲吩咐刘嫂将垂挂在榻前的纱幔支起在两边，望着表叔。

表叔踮起脚尖，尽量不让自己的鞋子发出声音，在地上走来走去。一边抬起一只眼睛向睡榻里张望。

“嫂子，我没惊动你吧？”表叔说。

母亲的头发在枕上摆动了一下，发出一阵轻微的沙沙声，她说：

“你坐下吧，你的窑上死了八个人？”

“将近九个。”表叔伸出一根弯曲的手指比划道。他忽然发现手指像个“2”，急忙又将手指用力弯曲了一下，嘴里小声嘟囔道：“这手总是僵硬得不尽如人意。”之后，提高声音对母亲说：“那一个只剩下一口气了，能活过今天就已经出人意料了。嫂子。”

“我的身体一天不如一天了。”

母亲闭上了眼睛，但她的一只苍白的手却始终在床边颤抖着，虚弱的精力使她经不起一丝细微的激动。

表叔踮着脚，走到床前。

“会好的。我的母亲从前也是这样，我治好了她的病，她能下地走路活动了，可从那时起我就再没有任何的积蓄了。”

他的头碰落了纱幔，他被隔在了床榻的外面。他伸出手想将纱幔重新撩起来，却在伸手的同时碰倒了旁边的一只烛台。

“这是怎么了？我并没有碰它。”他说。

“让我来吧，您到那边去，椅子那边。”刘嫂走过来扶起烛台，重新支好纱帐，擦去了从烛台里倾泻出来的香烬。

“那可是一大笔钱哪。”表叔踮起脚，迅速地向椅子前走去，他的鞋发出了一阵吱吱的响声，但他没听见。“足够我用半辈子的。”他的手扶在椅子上停了一下，接着又围着椅子蹑手蹑脚地走来走去。

母亲喘息了一下，睁开了眼睛。

纱幔摇晃了一下。

“你说什么?”表叔又迅速地转到床前，垂下手说，“是的，我常想我要是能合理地继承一笔遗产，情况就跟现在大不一样了，只要一笔，这对我很重要。”

母亲透过轻纱，说道：

“你最好找一把椅子坐下，你这样走来走去，我很头晕。”

“是的，我这就坐下。”

表叔离开母亲的床榻，在地上转了一个来回，坐进了椅子里。

“我也有点儿头晕。”他歪着头说，“不过我不要紧。”

母亲说：“你的瓷窑快停火了吧?”

“不要再提那个破窑，提起来我就难受。”表叔从椅子里站起来，向前走了几步，当意识到什么时，又向后退去，退至椅子后面，用手抠着椅子上的雕花，说道：

“那些王八蛋股东们，一会儿一个主意，今天要和我三七开，明天要对半分，再同他们合伙干下去，我非疯了不可。”

母亲从枕上侧起脸，说道：

“你在干什么?什么声音这么难听?”

“噢，对不起。”表叔的手急忙从椅子上移开，不再抠那些雕花。他的手在衣服上蹭了几下，“我忘了你正在生病。我总是闲不住。”

他将手举在眼前，望着一片龟裂的指甲。

门开了，舅舅走了进来。

表叔低下头，踮起脚向窗前走去，站在一株薛荔花前，却盯着花盆中的泥土。

舅舅走到母亲的床前。

“姐姐，地已经出手了？”

母亲“唔”了一声。

“五十亩都卖了？到底是富户人家，出手不凡啊。”舅舅笑着说道。

“任谁耻笑都不足为过，还轮得着你来说风凉话吗？”母亲说着，突然剧烈地咳嗽起来，喘息声越来越大。舅舅伸出手扶她时，母亲将他挡了回去。母亲的一缕头发垂下来，她的眼神衰弱而愤怒，贮满了绝望。

“姐姐。”

“家道败落成这样，原是合情合理的，一切都是命，我认了。”母亲说。

“姐姐，你怎么这样？我又没惹你生气，是不是？”

“我没怪你，我只怪我自己。”

“姐姐，我是说这是一件好事。这世道要地有什么用呢？没有权没有势，你就不会永远守住它，说不定哪一天就会突然飞到别人的手里，只有把这变成钱攥在手里，才是最真实最可靠的，不是吗？这最可靠。”

“变成钱就可靠了吗，就不会飞走了吗?”母亲侧起身，望着舅舅，说道，“我问你，你来是什么意思？你说。”

“看你，你怎么这样？我好像成了土匪似的，你以前可不是这样的。”舅舅说，“快躺下，你现在不能生气。”

“别管我。我这一辈子就爱生气。除了气，我再没有别的。”

“你看你，我又没干什么，是不是?”舅舅说着，回头瞟了一眼站在窗前的表叔。表叔很僵硬地站在窗前，脸冲着窗外的葡萄架，他的脖子很直很硬，一只手在花盆的边沿上不住地颤抖着。盆中的薜荔花在轻轻摇晃。

“我并没怪你，我只是怪我为什么还这样漫长地活着，还活不到头。”母亲说。

“我又不是白拿你的，我只是暂时借用一下，我会还你的，你放心。”舅舅说。

“你要是还想让我多活几天，让你的外甥还有个依靠就出去吧。”

“你尽管放心。”

“我不放心。平子那么小，你就不觉得他可怜吗？他父亲活不见人，死不见尸，他只是个有娘没爹的孩子，我都是为了他，假如没有他，我早活够了。”

“我知道，你说的我都知道，平子是个聪明的孩子，长大后还能错了吗？肯定比我有出息多了，是不是？我是他的舅舅，我还会不知道这些吗？我最知道了。”

“既然这样，你来干什么？”

“姐姐，我不是跟你说了么，我只是暂时借用一下，我会还你的。”

“不行。”

“那我就不走了，我一直在这里等着，直到你松口。我刚喝过酒出来，精力还是比较充沛的。”舅舅说着，回头向门口望了一下，叫道：“刘嫂，给我上茶来。”

他在一把椅子里坐下，跷起一条腿晃着。刘嫂端来茶，放在他面前的一张矮几上。他刚伸出手，又立即缩了回去。水太烫。

刘嫂对他说：“太太的烧一直退不下来。您千万别让她生气。”

“你走开。”他恼怒地望着刘嫂。他的手指刚被杯子烫了一下，此时还隐隐作疼，他挥着手，说：“这里有你说话的地方吗？你算什么？你以为你是谁？”

“我谁也不是。”刘嫂一边说着，一边悄悄地望了睡榻一眼，退出去了。

母亲闭着眼睛，睡榻里只有她的滚烫的喘息声，轻纱的幔帐微微飘动。

舅舅从椅子里站起来，走到母亲的床榻前，仔细地向里面望去。“姐姐，姐姐。”他叫了两声。母亲仍然闭着眼睛，鼻翼上下振动。纱幔摩擦着他的脸颊，使他突然一阵发痒，他伸出手将下垂的纱幔用力卷了上去。

“姐姐，你睡着了吗？我知道你没睡着，你不可能在这个时候睡着。”

沉寂的睡榻使他感到有些兴致索然，无所事事，他在榻前走了几步，忽然想起了什么，急忙走到刚才坐过的椅子前，从矮几上端起了茶杯。揭开杯盖后，两眼盯着水中上下沉浮的茶叶，先伸出鼻子使劲地嗅了几下。“啊，啊。”他说着，喝了一口，又迅速地扣好盖子，重新放回到矮几上。

一抬头，他发现了僵直在窗前的表叔。

“你在这里干什么呢？你什么时候进来的？”舅舅望着表叔的背影问道。

“啊？你说什么？”

舅舅的话使表叔的一只手突然停止了颤动。表叔从窗前转过头来，僵硬的脖子使他转过来的面孔看上去异常可怜而衰败。

“你是在问我利息吗？我没有利息，我连积蓄都没有，哪来的利息？这不奇怪。”表叔停顿了一下，见那一位不置可否，松松垮垮，便继续说道：

“我曾经有过，但后来没了。”

“为什么？”

“别问我为什么，只能是时间上的毛病。是那万恶的时间使它离开了我，消失了。”

“你们陈家的人都是这样。”

“包括我吗？”

“当然。除非你像我一样姓徐。”

“是的，你要是有一笔遗产，我不妨也可以姓一回徐，这有什么呢？这没有什么？你有吗？别让我失望，就说你有，就这样说。”

“我是这样说的。”

“别说你没有，我不爱听这两个字，这两个字我已经听够了，我听了几十年了。”

床榻里发出一阵响动，舅舅赶忙走过去。母亲将一包东西塞进舅舅手里。

“你走吧，我需要你的时候，我会在适当的时候让人提醒我。”母亲说。

舅舅捏着包里的东西，又掂量了一下，立即喜上眉梢，他说：

“我这就走，你要安心养病。”

舅舅走到门口，回头望了一下窗前的表叔说：“你也该离开这里了，她需要休养。”

“是的，我总是善始善终的，我可不像你。”表叔说道。

“傻瓜！”舅舅带上门出去了。

表叔无声无息地离开窗户。

“你们在吵什么？”母亲问道。

“啊，我刚才是在说，我已倾家荡产了，家里一下出现了两个穷光蛋，我是说我不是一个人在活，我领养了一个孩子，也有十一二岁了……是的，”表叔微笑着说，“多一张嘴就要多一项开销，那孩子总是叫我爸爸，这是他的习惯。不过我不是他的爸爸，这很怪。”

表叔说着，突然消失了笑容，一片阴影展露在他的脸上，他轻声说道：

“自从有了他，我突然发现钱越来越不够用了，我不知道这是怎么回事？”

他像一只准备接近食物的鸟一样，踮起脚在床前无声无息地走来走去，他会突然向睡榻里面张望一下，当发现里面的一道目光正在注视着他时，便立即将头转向一边，迅速地向房间的另一头走去。

他突然停下来，弯下腰。

“不瞒你说，我似乎从未穿过一双新袜子。几年来总是穿旧的，我也不知道那么多旧袜子都是哪里变出来的。你看，”他伸手捋起裤子，当手指触及到光裸的脚踝时，他忽然将裤子重新放了下去，“噢，对不起，我忘了，我今天没穿袜子。”

他直起腰，脸变得通红。

“十几年前我就有一个想法，但实现这个想法需要一小笔资金。”表叔说着，迅速地将身体坐进椅子里。刚坐下，立即又如同针刺似的从椅子里站了起来，定到床前，继续说道："不，不是瓷器，瓷器使我心酸，我已发誓这一辈子再不与它为伍。瓷器实在不算什么，我要发明的是一种既省钱又省力的马车。"他望了一眼旁边的铜烛台，纠正道：

"噢，也不能叫马车，因为没有马，这种车不需要马来驾驶，当然也不需要准备草料。四个轮子，也不需要油，但需要风。只要把它放在有风的一个地方，它就会在风中自动地跑起来。轮子的材料我一直在考虑。"

"用木头？或水泥？"他侧着头，自问自答，"不，不，这些都很费钱，还易损易折。我在考虑一种真正的材料，它既花费不多，又经久耐用，永不腐烂。"

"除了瓷器，任何一种东西都会腐烂，只有瓷器才不会腐烂。"母亲说。

"噢，又是瓷器，我走到天边都会遇到这倒霉的瓷器，不过我绝不会用它制作轮子。"

"假如不刮风呢？"

"当然，这需要改进，四个轮子的车在工艺上要比两个轮子的复杂得多。"

表叔走到窗前，又轻轻地走回来。边走边说："工艺和材料都在其次，有价值的是这个想法，想法，"他用手比画了半天，做出一种十分慌乱的动作，"想法是无价的，只是实现它需要一小笔资金。"

“你累了。”母亲对他说。

“不，我不累，想象和思绪使我兴奋。”他走到矮几前，端起舅舅刚才用过的茶杯喝了一口水，又轻手轻脚地折回到床前。

“你需要多少?”母亲说。

“资金只是一种途径，不是最终目的，我一直这样认为。”他说。

“你过几天来吧，现在我只有汇票。”母亲喘着气说，“这得兑换。家里也入不敷出，你要体谅，所有的人都要开销。”

表叔像小学生听到放学的钟声一样，轻轻向门口溜去.在门口，他探进一张脸说道：“嫂子，但愿我没打扰你，菩萨保佑你。”他的脸消失后，声音还在门外响着：“好心的菩萨，我看见了我的想法，它美丽得让人绝对受不了。哎哟，这该死的柱子，碰死我的腿了。”

表叔推门的声音惊动了几只正在黄村里东游西荡的狗，表叔在它们的叫声中越走越远，像一颗流星滑过昏暗的大地。

这些青光眼的狗，往往总是错将别人家低垂乌黑的屋檐或一只座椅看成是世上最危险的势力而拉帮结伙，盲目而凶狠地狂吠不止。它们经常像一些满腹心事的行人一样在岸边走来走去，若有所思地打量着临河一带错落有致的建筑和神色各异、身份不明的人物。

痉挛而扭曲的犬吠声时常使我对这个世界充满了无边无

际的疑虑和惊惧，许多日常生活中的物体和光线对我构成的恫吓和不安，令我终身难忘：一张别人盖过的——虽然是崭新的——被子，一只垂死的散发着睡眠气味的枕头，一张灰白而微笑着的脸，一口停放在谷仓外面的正在制作中的白木棺材，一只尖嘴猴腮的两眼贼亮的老鼠，一只长久地注视着你的猫，暗夜里专门为你而龇开着的一排白牙——尽管是白日里熟悉的一个人，背后突然传来的一声问候或笑声，一间灯光雪亮的房子，一件缀花的绿缎子衣服。

许多事情发生的时候，都会不可避免地涉及到一些文字的顺序，与人的交流，又常使大部分的语言开始松散、解体，逐日消亡。我在五六岁时候的夜晚或黄昏里，经常听到大人们为我讲述的一系列故事，故事的风光和环境都比较原始、混沌，故事的内容由世代相传的狐仙鬼怪相继重复。故事的内容几乎每天都在重复，但他们能够出人意料令人耳目一新地改变叙述的方法和语气，能够用另一种叙事方法来讲述故事发生时的环境和氛围。特别是我的义父周永稚，他可以用七八种不同的方法给我讲述同一个故事，但每一次的效果都迥然不同，作为一名满腹心事的小说家，义父从未写过一个真正完整的故事，义父将故事看作一种香水或骨牌，甚至一只故作憨态的小猫小狗，只有妇女和儿童才会对此入迷上瘾。

我十岁左右的时候，便开始夜夜倾听人的故事了，故事的主角都是人，其余的一切都附属其后，甚至荡然无存。这是一件十分有趣而使人忐忑的事情，以人为内容的故事给了我无数的想象与思绪。我记得《乌贼与黑罐》使我第一次感到人是这个世界上最凶残最无情的一种生物；《黄员外的梦》使我感到你可以尽着性子去得罪世上的一切，包括老虎和龙，但不能得罪任何一个人，不能引发他们身上暗藏着的邪火和毒药；《守株待兔》使我知道人应该学会道貌岸然，学会欺诈和一整套美丽的谎言，否则便会被遗笑千年。

从那时候以来，发生了那么多的事情。时间的不复回头，使以前的那些漆黑幽深的夜晚现在想起来都恍如白昼。

田野里惊起惊落的飞鸟和黄村流域霉湿的天气常常使那些前来收购烟叶的人一次接一次地扑空，一无所获。他们心怀失望、无所事事地倒背着手，长久地站在耕地的边缘，观看旷野中烟雾弥漫的瓷窑和天空里的部分虚无缥缈、不可捉摸的事物和现象。

天空里到处都是草的形象。

一批一批的收购烟叶的人在离去之时，带走了两岸那种熟稔的气氛。

一个大雨瓢泼的夜晚，我跟随手提灯笼的长生老爹站在谷仓的门口，谷仓里粮食的气息从一排圆形的风孔中穿越而出，灯光和谷物的辉映使长生老爹的胡须看上去如同一把秋日里金黄的麦穗，温暖着雨夜。

眺望河边的景象，道人丁野鹤怀抱一名号啕大哭的婴儿在雨中疾走如飞。

我回到家里。长生老爹带着雨具离去。他奉母亲之命，送几十块钱给大丰的寡母。我听见他边走边说：

“到处都是漏洞。”

我躺在床上，枕边的一种清晰浓郁的爆玉米花的气息使我久久不能安睡。我起床察看了房间里所有值得怀疑的器具和设施，仍然没有弄清爆玉米花气息的来历和发祥之地。

我在床上翻了一个身，脸向着北窗，爆玉米花的气息突然消失了。

陈雪泥坐在路边的一棵树下。

坐了没多久，他就发现先前明朗的天色一点一点地暗下来了，道路两旁稠密的树枝间响起了沙拉沙拉的风声。

远近处的部分房舍在傍晚的炊烟里看上去有一种凸凹倾斜的感觉，似乎一阵风吹过来，就能使它们全部坍塌，夷为平地。几扇细窄的窗户和黑瓦的檐角在凌乱的树丛后面藏头缩尾，若隐若现。晚间的炊烟飘浮在一条澄澈浅显的清水上，石桥上有一个人正在用古老的火镰击火吸烟，烟雾在桥上源源流淌。

那个人在颓败的旧石桥上将手中的火镰在桥头的石柱上击打出一阵砰砰叭叭的响声。陈雪泥坐在树欲静而风不止的晚炊里，他望着桥栏上迸发出的几点零碎如米的火星，与此同时，他听到了那个取火人的艰涩的喘息声和桥下的流水声。水里和岸边的一些事物这时候都变成了一堆堆银灰色的东西，模糊难辨。

陈雪泥在这个僻静的秋天的傍晚时分还听到了一阵野鸭的叫声，但他始终没看见一只鸭子的身影，水边只有一些乱蓬蓬的羽毛和龟裂废弃的竹筒，分布在水边的旧桥和茅舍使他的视线变得狭小而安心。

陈雪泥看了一会儿炊烟笼罩着的树影和一座无人的磨坊后，就忽然感到自己的脖子有些酸，视线里出现了睡意。

眼前的这条僻静的乡间大道上此刻空无一人。早些时候，曾经有一些满载着农具的马车顶着满天艳丽的彩霞从这条大道上匆匆驶过，车后拖着一道长长的白尘。陈雪泥那时候正站在树下向四处张望，飞扬的尘土使他的身体突然变得灰乌乌的，如同蒙受了秋日霜寒的侵袭，他听见自己在浮土中咳嗽了一声。

尘土飞扬过来的时候，陈雪泥用衣袖遮掩起了自己的面孔和鼻子。等他后来再转过头来时，那辆满载着各种农具的马车早已在路的尽头消失不见了。一阵低沉而杂乱的脚步声使陈雪泥看见寂静的阡陌上出现了四五个身穿黑衣皂衫的男人，他们用土制的麻绳和粗重的木头杠子抬着一口黑漆的棺木，横穿尘雾渐逝后的大道，向道旁的一条岔路上移去。

陈雪泥目不转睛地望着那几个黑衣人像几张黑纸的剪影一样，人不知鬼不觉地向北边的那条岔路深处滑去。他将自己嘴里的一枚含了许久的枣核玩弄了一阵后吐了出来，肉红色的枣核像一颗钉子一样立即坠入了眼前虚泛的浮土中间，连一丝响声也没能发出来。

路边的一家门楣上飘扬着红布幌子的沽酒作坊里传来了哗啦哗啦的流水声的时候，陈雪泥看见先前曾一度在桥上用火镰击火吸烟的那个人已经不见了，有一个身穿青布衣衫的少年人这时正从那座龟裂腐朽的旧石桥上跑了下来。晚风使少年人的衣衫鼓胀起来，又接着干瘪下去，衣襟飘飘拂拂。

少年奔至陈雪泥的面前时，忽然停下了脚步。随之而来的一阵夹带着寒意和湿气的风尘使陈雪泥又一次抬起了衣袖，掩住了鼻口，只露出一双惊恐的眼睛望着面前的这个突如其来的青衣少年。陈雪泥在这个过程中听到树上的风声比先前密集了许多，冰凉了许多。

秋寒遍布了这个沉寂的傍晚。

少年人在这个时候也听到了一种隐隐约约却又分明近在咫尺的呼啸声，他抬起眼睛仰望了一下头顶上面的这棵黑魆魆的枝叶扶疏的老树，飘摇的枝叶浮现在他的视线之内。之后，他又紧紧地盯住了树下的陈雪泥。

“姐夫，你真的回来了？这卦可真灵。我姐姐前几天让人算了一卦，算卦的人说你今天能到家，果然是这样。”

少年笑着对陈雪泥说道。

“你是谁?”陈雪泥说。

“你也真是的，当初只不过说了几句玩笑话，你就使起了牛性子，竟然几年不回家。你这几年去了哪里?”

少年的脸上流露出关切的神色。

“你在说什么呀?”陈雪泥说。

“我没说什么。”少年说，“几年浪荡在外，没想到你的气还没消完，你还记得当初的那件事，是不是?”

“你在说谁?”陈雪泥说。

“你还是那样，对一件小事也耿耿于怀。也不知你这几年是怎么过来的。”少年说着，掏出一支烟递给陈雪泥。

“我不抽。”陈雪泥说。

少年缩回手，说道:

“姐夫，回家吧。”

“我怎么会是你的姐夫?我不认识你，你是谁?”陈雪泥说。

“是的，是的，你又来了。”少年说，“几年不见，你可越来越出息了，如今连我也不认识了，你出息了。”

“你认错人了。”陈雪泥说。

“得，又来了。”少年说，“先别说废话了，快跟我回家吧。”

“你搞错了，我是一个外乡人，路过这里歇息一下就要走的。”陈雪泥说。

“先回家，回家以后再说。”少年说。

“我不知道你在说什么。”陈雪泥说，“我是一个外乡人，只是路过这里。”

“别跟我较劲了，我是奉母亲和姐姐之命接你回家的。”少年说。

“我不走，我怎么能跟你走？”陈雪泥说。

少年说：“别不知足了，姐夫。知道你要回来，母亲和姐姐都欢天喜地在家里盼你，还让我和兄弟们出来迎你。”

陈雪泥哀求道：“小兄弟，我又没得罪你什么，就饶了我吧。”

少年说：“你还要走？我都替你害羞。自你那年离家出走后，我母亲与姐姐吃尽了苦你知道吗？快跟我回家。”

“兄弟，别这样。”陈雪泥说。

“一家人都在等你这个姑爷呢，不要让她们的心和茶都凉了。”少年说着，便上前用力扭住了陈雪泥的衣袖和腰带。

“放开我。”陈雪泥被少年拽得有些焦躁不安，精疲力竭。

少年笑着抓住陈雪泥的手，说：“快跟我回家吧，别耍小孩脾气了，让街坊邻里看见了要笑话你的。”

“放开我，我让你弄得很头晕。”陈雪泥说着，身体摇晃了一下。

“咳，几年不见，你还是这样。”少年叹了一口气，说道，

“我们一家人算是倒了霉，瞎了眼，招了你这么一个没人性的女婿。我姐姐成天还哭哭啼啼，我实在看不出你有什么出众的地方，你哪儿好？”

“是的，我一无是处，所以才会鬼使神催地走到这里，我不明白你为什么非要乱认姐夫？你看我有利可图吗？”陈雪泥说。

“什么？我乱认姐夫？”少年忽然怒气冲冲地说道。“我看你还乱认祖宗呢。你有什么好？无钱无势，又无情无义，不是我姐姐瞎了眼嫁给你，你跪在我的脚下我都不会看你一眼。”少年打着不耐烦的手势，继续说，“我这会儿懒得与你计较，等回了家，你休想再与我多说一句话。我可没闲工夫理你。”

“你不理我，我求之不得，我这就走。”陈雪泥喃喃自语地说着，“我走遍天下，还没见过这样的民风。”陈雪泥向树后走，少年挡在了他的面前。像一扇门。

“张伦，我今天可总算是看透你了，你真是个忘恩负义，无肝无肺的东西。”少年指着陈雪泥的脸说道：

“你以为你是什么？新科状元？治水的大禹？三过家门而不入？当初招你上门时，我就看你不是个东西。丢下妻儿老小，你一个人在外面偷闲自在，你算什么丈夫？你今天休想再走了，是龙你得盘着，是虎你得卧着。”

陈雪泥说：“你疯了？”

少年说：“我没疯。”

“你疯了。”陈雪泥说。

“你才疯了。”少年说。

“我疯了。”陈雪泥说。

“你本来就是个疯子。”少年说。

“我很头晕，我像是吃得多了。”陈雪泥恍恍惚惚地说道。

“我知道你心里很紧张，你不好意思就这么回去。”少年说。

“我不紧张。”陈雪泥说。

“你们都过来。”

少年朝旧石桥那边挥了一下手，暮色使少年的手势变得苍茫而迷乱，毫无任何的规律和章法可循。转眼之间，又有两三个人在暮色中呼喊着越过炊烟跑了过来。他们看到树下的陈雪泥时，都一起惊喜雀跃地叫道：

“张姐夫回来了。”

陈雪泥挣开少年的手，看到跑来的这几个都不认识，都是清一色的少年子弟，都欢天喜地地望着自己。

“我不认识你们。”陈雪泥说。

“别逗了。”

“我没逗。”陈雪泥说。

“张姐夫一向可好？”

“我姓陈，我不姓张。”陈雪泥说。

那几个少年嬉笑着说道：“姐夫离家在外几年，果然是长了见识，越来越出色了，不但不要妻室，连祖宗的姓氏也不要了。”

“姐夫什么时候又改姓陈的?”

这时，先前的那个青衣的少年突然抬起一条腿，在陈雪泥的身后踢了一脚。陈雪泥的身体向前倾了一下。

青衣少年面带愠色地对陈雪泥说道：

“我打你个当场不认父。”

树下荡起一片笑声。

青衣少年又说：“行了，闹够了，再不回去，家里的人该急了。”

“我不回去。”陈雪泥说。

“来，”少年对身边的几个人挥手说道，“送这个负心郎启程回家。”

七八只手同时并用，一齐纷纷而上，共同紧紧地簇拥着陈雪泥向那座颓败苍茫的旧石桥上走去。众人在弥散的晚炊中嬉笑哄闹，稀里哗啦地行走在石桥上，桥上龟裂的石板和风雨的印痕使他们都东倒西歪，像是浮动在颠簸的水上，像酒后的醉态。

不远处，一位采药归来的老人正在漫不经心地涉水而行，背篓里鹅黄橙绿的中草药材千姿百态，郁郁苍苍。

临近桥首的一片模糊不清的木篱后面响起了沉闷的轰隆隆的水磨的旋转声和阵阵清晰的泼水声。几根乌黑老迈的木柱上悬挂着成串的山姜和艾条，潮湿的山形墙房舍外面遍布着难以辨认的花朵和茅草，苔迹深重。

陈雪泥被几个人团团簇拥着，在坎坷重重的石桥上如履针毡，他感到自己的脸和衣服都湿漉漉的，散发出一种年深日久的霉味。

走进房舍错落的村中后，几个少年便乱哄哄地嚷叫起来：

“张姐夫回来了。”

来到一座黑瓦的门楼前，一位白发苍苍的老太太从里面迎了出来，老太太看着陈雪泥，连声叫道，声泪俱下：

“好狠心的儿子，可把你盼回来了，整整三年了，三年零十四天。”

几个少年将陈雪泥一哄拥进屋里后，陈雪泥看见一位娉婷玉立的少妇站在屋中。少妇泪水涔涔，看见陈雪泥进来后，一边抬起衣袖擦去脸上的泪痕，一边对陈雪泥说：

“不知是哪阵风把你吹回来了。”

“我不是。”陈雪泥吃力地摇晃着两只麻木的手，对少妇说。

“三年了。”少妇说。

“我不是你要找的那个人。”陈雪泥有气无力地辩解道，他听见自己的话有些力不可支，奄奄一息。屋里的瓷器和土木油漆的陈设闪射着一种低远的幽晕。乌木桌上的烛台里燃着三支香，几枝白菊花竞相怒放，幽香袭人。

老太太对少妇和陈雪泥说："你们都不是小孩子了，过去的事都不要再提了，人回来了就是天大的喜事，比什么都强。"老太太转脸又训斥着青衣少年说："让你去接你姐夫，一去就是半天，真急死人了。"

"姐夫说他不认识我。"少年说。

老太太说："郎舅相狎，这算什么。明天好好去谢谢算卦的田铁口，他可真是金口玉言，救了我们一家。"

这时，有人为陈雪泥端来了热茶。青瓷的茶碗，釉晕四绕，光可鉴人。托盘里粗淡扶疏的鱼纹清晰可触，栩栩如生。青衣少年将陈雪泥按至一把雕花木椅上坐下，他身后的墙上悬着一幅《渔庄秋霁图》，图中几株枯树，半抹斜坡，空空荡荡的湖面上点缀着几峰远岫，看上去孤寂冷落，地老天荒而又无可奈何。

晚些时候，陈雪泥透过垂悬的青帘，望见一个老人在门前的空地上安详地修剪几枝正在迎风开放的黑牡丹。

村中潮湿的地气低回漫卷。

先前的那几个少年这时都在陪着陈雪泥饮茶。众人嘈杂不休，或笑或诽，丝毫没有陈雪泥分辩的机会。陈雪泥像一个风瘫病人一样坐在椅子里，清澈碧绿的茶水使他的身心都得到了一种有益的缓冲和慰藉，他渐渐地比先前安心了下来。手抚温热的瓷杯，他感到自己突然一下子忘记了以前的许多东西，他的心思和目光渐渐地转移到了正在嬉戏的少年们身上。他们正在谈论一件发生在不久以前的使他们兴致盎然的事情。恍惚的神思使陈雪泥没有听清那件事的意义和来龙去脉，他只是感受到了那种谈笑的情趣和氛围。

老太太和少妇此时都在厨房里，陈雪泥听到了久已陌生的锅碗盘盏的磕碰声和菜刀在案板上跳跃奔走的声音。

接下来，陈雪泥闻到了乡间浓郁温馨的饮食的气息。

其时，外面突然发生的一件什么事情使屋里的少年们终止了他们的谈笑，他们纷纷起身向外走去，消失在青帘的外面。几个少年在打帘离去的时候，都没有与陈雪泥告辞。陈雪泥隐约感到外面发生的事情好像是一件极其平凡常见的乡间的民事纠纷，随之传来的几声犬吠更使陈雪泥对此深信不疑。

屋里先前的喧闹沉寂下来之后，只有那个青衣少年还坐在一边。

“这实在是一场误会。”陈雪泥说。

青衣少年微微一笑，没有说话。少年的手中拿着一把扇子，时启时合，动作悠然自得，快慰而安心。

“我是一个外乡人，我叫陈雪泥。”

少年合上扇子，起身将陈雪泥的茶杯添了水，又坐下说道：

“别说梦话了，快喝茶吧。”

“我真的不是。”陈雪泥说。

“夫妻没有隔夜的仇，你又何必这样呢。”少年打开扇子，又慢慢合上，“你方才也看见了，你回来我姐姐多高兴，她这几年很少有这样高兴的时候。她太苦了。”

“我发誓。”

陈雪泥的话没有说完，就见老太太和少妇两人将饭菜端了进来，少年在门口打起帘子。眼前的场面使陈雪泥将自己的一番话重新压了下去。少妇在穿梭忙碌的同时不住地用眼睛偷偷地瞟着陈雪泥，这使陈雪泥又突然变得局促不安，畏缩不前。老太太发现了他脸上的倦意后，老太太对陈雪泥说：“你连日奔波劳累，不要和他们多说了，往后的日子还长得很，有你们说话的时候。”

听得青帘外面一阵喧哗，先前出去了的那几个少年这时又都回来了。陈雪泥看到此景，心里不禁暗暗叫苦。众人拥着陈雪泥一起入席，有人早已将一双筷子摆在他的面前。陈雪泥在这个时候，忽然看见少妇向她的弟弟——那个青衣少年——暗中使了一个眼色，随后，姐弟二人便一起到了外面。她们姐弟俩可疑的行色使陈雪泥立即变得惶惑不安，他的身体在椅子里突然颤动起来，椅子晃动着发出了声音。

“不舒服吗？”旁边有人说。

“舒服。”陈雪泥应着，他看见少妇娉婷的身影和青衣少年的影子在竹帘外面轻轻晃动。少妇对弟弟说：

“你姐夫的臀部有一颗黑痣，痣上还长着几根黑毛。”

少妇的话使陈雪泥大惊失色，他在慌乱之余，急忙用手护住了自己的胯骨以下的部分，手中的一双筷子应声落在了地上，一种走投无路的表情使他变得面色如土。

青衣少年走进屋里后，向在座的另外几个少年打了一个手势。

“我没有。”陈雪泥突然大叫一声。

“我看看你有没有，没有就放你走，我看看。”青衣少年说。

几个少年一起纷拥而上，他们轻而易举地解开了陈雪泥的腰带，扒下了他的裤子。他们同时都看见了陈雪泥臀部上的那颗状如蚕豆的黑痣，黑痣上的几根颤颤巍巍的黑毛使众人长吁短叹，如释重负：

“噢，还在跳呢。”

“不许用手摸，姐夫会生气的。”

“我看看，我看看。”

“和孙拐子脸上的那颗一模一样，只是位置有些不同。”

“把手拿开。”

青衣少年说：“姐夫，这一回你还有什么可说的？还敢说你不是吗？还敢说这是一件张冠李戴的事情吗？”他分开众人，将陈雪泥的裤子提上来，说：“起来吧，把裤子穿好。”

“我不起来。”陈雪泥动作麻木而迟疑地将自己的腰带重新系好，带着哭腔说道，“这算怎么回事？杀人不过头点地，我落到土匪手里也不过如此。这是什么意思？”

少妇这时早已将另一双洁净的筷子递到了陈雪泥哆哆嗦嗦的手里。少妇娇嗔地对他说："看你，都是自己的兄弟，你竟然吓成这个样子，快起来吧，饭都凉了。"

老太太说："都别闹了，你们就是性急，让你姐夫吃饭，他连日奔波，经不起你们的折腾，谁再闹，我就不依了。"

屋里安静下来了。

晚饭进行得安详而宁静，有条不紊。

一只大红的宫灯悬挂在门口，映照着屋里紫檀木的桌椅和阶前碧绿的苔迹，一节松散的绳练在青帘外面影影绰绰地飘扬着。

夜色长驱直入之后，众人都已散去。少妇掩上了门窗，之后又坐在陈雪泥的面前。少妇对陈雪泥说：

"你这是怎么了？竟然说你不是我的丈夫，嫌我给你丢人吗？几年在外，你我夫妻几年的情分你都忘了？"

"我的确不是，你们都弄错了，这是一件张冠李戴的事情。"陈雪泥说。

"你是谁呢？你和他丝毫的差别都没有，怎么会错了呢？"少妇说。

"我谁也不是。"陈雪泥摇着头，"不，我不是你的丈夫，我说不清楚，我头晕得厉害。"他做了一个十分虚幻而荒唐的动作，"天知道我怎么会跑到这里来。"

夜晚的时光徐徐而行。

四更天的时候，疲惫和恍惚使陈雪泥又一次昏睡了过去。他的一条赤裸着的风尘滚滚的手臂横放在少妇的胸前，此前的一段水乳交融的过程使他们之间的缝隙逐渐缩短、弥合，变得异常亲密起来。身体之间几乎没有距离。

外面长短不一的蛙鸣之声将陈雪泥从幽深莫测的梦中惊醒之后，天色正值一个露水遍地的黎明时分。少妇紧紧地搂着陈雪泥，她的缠绵与渴求使他兴奋而吃惊。

“真正的张冠李戴，鹊巢鸠占。”陈雪泥梳理着少妇的头发说道，“我以前还以为这两句话是古人在胡言乱语。”

少妇的脸贴在陈雪泥的胸前，声音幽远地说：“事已至此，生米做成了熟饭，只好将错就错了。这不是错。”

“这固然好，可是将来你的那位真丈夫突然回来该怎么办?”陈雪泥说。

少妇说：“你不用怕，他不知是死是活。再说，人们历来都是相信假的，而怀疑真的，自古以来不都是这样吗?”

之后，少妇又在枕边告诉陈雪泥说，她们这一家人姓田，父亲早逝，母亲寡居多年，抚养她和弟弟。她先前招赘上门的那个丈夫叫张伦，三年前因为与她发生口角争执而离家出走，至今仍然音讯杳然。少妇又将周围邻里以及亲戚之间的事情一一地向陈雪泥做了交代，以使他这位假丈夫能在今后的日子里天衣无缝，万无一失地久居下去。

这以后的几天，少妇带着陈雪泥登门遍访了邻里亲故。

众人看见他的音容笑貌一如从前，只是神色举止有些局促谨慎，不大自然，都以为是在外边染上了什么病症。

这一年就这样过去了。

沿着庵墙外攀援的枝丫，一只鸟振翅离去，最后一片杏花离开了枝头。

庵门前的青石上，郭姑子与妙香正在晾晒霉湿的经卷。

昨夜的一场大雨使庵中的部分佛像遭到了毁灭性的冲击和洗涤，数十只宽大的佛手失去了往日里的金箔银粉，像一堆木柴一样堆积在香案之下。雨水沿着一些缝隙，向禅房的深处逐渐渗漏，湮湿了众多的经卷和香烛。妙香天不亮就起来，从水中拎起了浸泡了一夜的蒲团禅杖，雨水使屋瓦变得一片幽蓝。

妙香在郭姑子的吩咐下，在门前的石板上扫出一片净地，铺开潮湿的经卷，用竹杖在四周压好。有风吹来时，妙香立即俯下身体用手按住飘动翻飞的经书。

我和广春蹲在青石上，雨水使经卷上密密麻麻的字迹连成了一片，模糊而苍茫，难以辨认。用手在纸上轻轻一按，经卷就会立即自动破裂，出现一个窟窿。

郭姑子从庵里横出一根竹竿，上面晾晒着她灰、黄两种颜色的衣服。我们望着她晾衣服的动作，灰黄色的衣服在门前的空地上展开，像一些旗帜。

广春说："郭师父，你会飞么？"

郭姑子站在竹竿下正在翻看一件灰色长袍。妙香说道："师父，你听他们在说什么呀？满口胡言。"她翻过一页经书后，对广春说："师父正在气头上，别乱说。"

"我又没说骂人的话。"广春说，"我就是问她会不会飞。"

郭姑子从那件灰色长袍里构出几张揉皱了的纸，她看过之后，全部揉成一团，朝一个水沟里扔去。我看见她的动作里充满了力量，我的母亲和广春的母亲都没有郭姑子的这种力量。她们都软绵绵懒洋洋的，我感到郭姑子的这种力量正是她皈依佛门的结果。她面向我们的时候，一种无形的感觉使我的双手之间如同充涨着一团气体。她的胸脯给了我这种错觉。

"师父。"妙香看看我们，又看看她。她注视着满地枯黄的经卷，对妙香说道："小心看着，不要让风吹跑了经卷。"

"是。"妙香按住一角飘动的书页。

接下来，她又对妙香说："好好修行，熟读经书。"又指着广春说："你看我会不会飞呢？无论会与不会，都只能说明人间是个苦海，众生仍需超度，佛门弟子任重道远。"

"是，弟子一定铭记师父的教导。"妙香抬起头，发现有人出现在下面蜿蜒的石级上，冗长的石级使人的身影看上去渺小而可笑，微不足道，如一截焦黑的木炭。

"师父，有人进香来了。"妙香说。

“是两个逃荒的人，迷失了方向。”郭姑子望了一阵后说道。她垂下袖子，转身对妙香说：“不要浮躁，要戒骄戒躁。”

妙香手忙脚乱地翻晒经卷的动作使我和广春发出了一阵开心无比的笑声。“两位小施主帮我按一下经书。”妙香对我们说，我们没有动，只是加剧了笑的速度和声音，妙香瞪了我们一眼，她的手按在哪里，哪里的书页就会立即破裂，溃不成形。

“风来了。”广春说。

“雨来了。”我说。

石板上的清风使妙香的灰色道袍膨胀如鼓。她蹲在书前，仿佛她的袍子下面藏着一件巨大无比的东西，她叫道：

“师父，把书搬回去吧。”

“为什么？出了什么事？”郭姑子说。

“它们老在飘动，一刻也不停。”

“是你的心在动。”

郭姑子放下正在手中翻阅的一卷经书，继续说道：“心动经动，心不动则经不动，把心收回来，献给佛。”

郭姑子向前走了一步，身体突然摇摆了一下。妙香从地上站起来去扶她的时候，庵前突如其来的一阵冷风使两位女尼的灰色道袍像孔雀开屏一样刮到了她们的头上，风声刮没了郭姑子的声音，枯黄松散的书页挣脱了书脊上松动已久的装订线，四散飞舞，犹如秋后的落叶和节日里的纸符。

她们的手脚在同时并用，看上去像一种极其罕见的运动。

庵墙内高大的经幡摇晃得异常夸张而荒唐，影子在黑瓦的屋脊上疾走如飞。

两位女尼灰色的袍角在我们的视线里久久飘扬，形同随意漫卷的乌云。

山下的一座闽式凉亭里，我的舅舅徐大悲烦躁不安地在空荡荡的亭子里走来走去，围栏上厚厚的灰尘使他几次打消了落座的念头，他的目光在亭子一角的一个鸟巢上停留了一阵，鸟巢四周白色的鸟粪像一种似曾相识的图画，紊乱的心情使他放弃了仰望和回忆。

供奉在亭子里的一尊面目斑驳的泗州佛看上去像一位饱经沧桑的垂暮病人，手臂和佛脚早已戛然而断，不知去向，断面处露出了充塞在其中的柴草和泥坯。大部分的油彩都已遭到了剥落，不复存在了。佛像的脑后成了一个空洞的窟窿——在过去的那些日子里，所有来这里进香还愿的人都要在佛像的脑后抠下一点泥土，作为牵连千里姻缘的一条红线。

眺望流域两岸陈旧的风光，许多收割时期残余的曙光贮满了视野。

几个挖土的孩子从山冈的另一面完全消失后，冈上留下了一系列空洞的模型，有如六朝湮灭后残留下来的重重遗址。

铜匠蒋尚武像一只受惊的鸟一样从一条小路上奔到凉亭

前时，徐大悲停住了不安的脚步，一抹微笑挂在他的脸上。

“出了什么事?”蒋尚武喘着气，伸手扶住了布满灰尘的屏栏。

“没什么，一点小事情。”徐大悲说。

蒋尚武向四周打量了一下，最后将目光落在了亭子里，抬起一只手看了一下手上的灰尘，问道：“为什么要在这里见面？这个鬼地方，到处都是灰尘，路又难走。”

“这里僻静。”徐大悲说。

“有什么事快说，我忙得很。”蒋尚武拍打着手上的灰尘，又向四周环视了一下，说，“我正在锻造一把铜壶，炉膛里正烧着炭火。我不能在这里住了，我要转移了。”

“为什么?”

“有人老在暗中盯我的梢，我怀疑是柳北亭手下的人。”蒋尚武说。

“你要到哪里去?”

“我不知道。这个世界上到处都是王八蛋，我不知该到哪里去。”蒋尚武转身看见徐大悲不慌不忙，便问道，“到底是什么事?”

“有一个人想见你。”徐大悲说。

“见我？是谁?”蒋尚武又向身边及四周望了一下，说，“谁想见我?”

“一个熟人。”徐大悲说。

“别跟我兜圈子了，我兜不起，时间对我越来越宝贵了。”蒋尚武站起身，说道，“到底是谁？他在哪里?”

“是我。”

镇长柳北亭突然出现在凉亭一侧。

“你?”蒋尚武看见柳北亭一丝不乱的头发上泛着令人寒心的亮光，柳北亭的手里拿着一把扇子，一副郊游或外出访友的装束。蒋尚武突然在柳北亭的身后发现了一名手持大刀的团丁。接着，他看见了第二名、第三名团丁，他在原地转了一圈以后，发现亭子四周站满了手持刀枪的团丁，有三十多名。

“徐大悲，我中了你的圈套。”蒋尚武似笑非笑地说道。

“不，是奸计。”柳北亭笑道。

“你一向是最相信我的。”徐大悲说。

“铜锈熏坏了我的眼睛，早在几年前我就分不清好人歹人了。”蒋尚武说。

“听说你正在锻造一把铜壶，是仿唐的还是仿宋的?”柳北亭笑问道。

“王八蛋!”蒋尚武叫道。

一名团丁闻风而上，柳北亭挥了一下手中的折扇，团丁立即停止，像一棵树一样站在原地不动了。柳北亭打开了扇子。

“你是一个出色的铜匠，我是一个杰出的渔夫。”柳北亭说着，在亭子里慢慢走动，得意使他的脸上迸出一种罕见的光泽，犹如透明而坚硬的油脂。他说：

“我撒了一个大网，网眼疏而不漏，网住了黄村流域所有图谋不轨的铜匠和地毯商人。”他走到蒋尚武前面，收起扇子说，“你是最后一个，我现在可以收网了。”

蒋尚武指着徐大悲，对柳北亭说：“是这个两面三刀的小人把你们引到了这里？”

“镇长要唱一出新编的《打渔杀家》，这很有趣味。”徐大悲说。

蒋尚武说：“徐大悲，我操你祖宗！”

“把他捆起来。”

团丁们在镇长的声音中跃跃欲试，他们用麻绳像做游戏一样缚住了蒋尚武的手脚。一名团丁喊一声“起！”，蒋尚武像一捆需要晾干后贮存的冬菜一样被悬挂在凉亭的一根横梁上。他看见了横梁上不远处的那只空荡荡的鸟巢，鸟巢四周白色的鸟粪遗迹使他恶心，他感到喉咙一热，吐出了一团东西。他的两只脚在空中蹬来蹬去，口里喊着：

“徐大悲！”

“你骂吧，我不计较，我一点儿也不生气，我只把这看作是你的临终遗言。”徐大悲说着，用一根棍子在蒋尚武晃动不止的两只脚上用力敲了两下，蒋尚武的两只脚立即不再乱动了。徐大悲紧接着又用棍子敲了一下，仰起头对高高在上的蒋尚武说：

“你太高大了，我看不见你的脸，只能看见你的鞋子。需要说明的一个问题是，你除了一无所获之外，还将为此付出十分沉重的代价，你知道吗？”

“这代价比你店里的铜器还要沉重，你会受不了的。”镇长说。

蒋尚武的头在上面孤独无比地摇摆着，挣扎着，身上的麻绳随之在横梁上左右滑动，灰尘纷纷降落，遮盖了他的头发和眼睛，他十分压抑地咳喘了几声，说道：

“我锻造了无数的弓箭和盾，有人挥舞它们的那一天，就是你们应声倒下的时候。”

柳北亭说：“人之将死，其言也善，你为什么不说点好听的，比如你的丹鼎，不过，我最感兴趣的是你的那辆铜车马。”

蒋尚武弄下一阵灰尘，柳北亭与徐大悲急忙走到一边，躲避着横梁上下坠的灰尘。柳北亭用扇子扇了几下，灰尘从他的身边荡开了，向徐大悲的身边飘去。

蒋尚武说：“柳北亭，你这个衣冠禽兽，男盗女娼。”

“这话我不爱听。”柳北亭用扇子掩住鼻口，瓮声瓮气地说道。

“我也不爱听。”徐大悲说，“这算什么？有力的控诉？无情的鞭挞？”

“什么都不是。”柳北亭说。

“你以为你是什么?”蒋尚武说。

“我是一镇之长。”柳北亭说。

“你是一堆狗屎。”蒋尚武说，“徐大悲，你是狗屎一堆。”

“不能再让这个家伙胡言乱语了。”徐大悲撣着身上的灰尘说。

“把他的舌头割下来。”

柳北亭说完话，走到一边。一名团丁放下手中的大刀，从裹腿中抽出一把匕首。另一名团丁像舞台上拉幕的人一样突然松开了手中的线头，蒋尚武像一只口袋一样落在地上，猝然的坠落使他情不自禁地哼哼了两声。

团丁撬开了蒋尚武的嘴。

“表兄，不要怪我，要怪你自己。”团丁望着蒋尚武的嘴说道，“你的牙有点发绿，你早上吃的什么？韭菜？香椿?”

“他吃的是他自己的年龄。”徐大悲在一旁笑着说，“快动手吧。”

蒋尚武嚎了一声，突然向后倒去。

团丁捧着蒋尚武紫红色的舌头走到柳北亭的面前：“请镇长过目。”

柳北亭瞟了一眼：“很好。”

“镇长是不是要用它来下酒?”团丁说。

“走开，别恶心我。”柳北亭转身胡团丁挥了一下手，说，

“给你了，拿回去喂你的猫吧，它正缺油水。”

“多谢镇长。”团丁低头做了一个打躬状，之后抬起头说道：

“我的猫吃了它，一定会变得巧舌如簧，像人一样聪明。”

我的义父周永稚在一个天气阴晦的午后准备出门的时候，邮差送来了一封信。写信的人住在一座临水的螺形山上。这个擅长用左手写字的人在信中用一种优美的字体表达了他的一种想法。他所撰著的一部小说《白发苍苍》在交付樱桃书局出版之前，编者删去了小说中大量的有关两性描写的文字，约三万多字。这使他怒不可遏，他写信责问尚未正式脱离樱桃书局的周永稚，用他的那种优美的字体表达他的满腔的愤怒和疑问：

沉船启动了，岸上的顽童何在？

你，一无所获的外乡人，美好的日子哪里去了？

周永稚坐下来，开始写回信。刚写了一行，墙上的挂钟突然敲响起来，这使他意识到与丽思夫人约定的时间到了，他以一种近乎荒唐的姿势离开书桌，挟起一部法国小说，走出房间，在大街上疾走如飞，匆匆而行。

约定的时间已近在眉睫。沿街两边的戏园子、报馆、药局、天津寿衣分理处、青楼院、翡翠饭庄、泰山镖局下属的赌场，以及《神州早报》的广告部，一切都像零散而枯黄的线装书页串在一起，形同珠帘。

风声中传来绝望的呼喊。

士兵们整齐的步伐犹如移动的墙壁。

有人牵着狗从街上走过。

到处都能听到嗡嗡嘤嘤的人声，一些墙缝里冒出来的火苗如同伺机盛开的黄色郁金香，枯黄的落叶漫天飞舞，排队购买食品、等车的人像一股股僵直而蠕动的蝼蚁。戴墨镜的男人，喝茶的女人，抱着女人的男人。

风中的泥水里波动着干瘪而空洞的废旧铁桶，砸碎玻璃的声音振聋发聩。

周永稚推开一扇锈迹重重的旧铁门走进去，黑暗的楼梯使他的目光难以适应，他的手里抓住了一把细腻如脂粉的灰尘，一只突然坠落的蛛网像一件面纱一样罩在他的脸上。“夫人，丽思夫人。”周永稚叫着，黑暗中似乎有一阵咳嗽声从四周传来。

周永稚推开里间的门，看到瘦小的丽思夫人正像一只日渐枯干的瓢虫一样蜷缩在她的宽大而轮廓模糊的床上。

丽思夫人的一双小眼睛透过老花镜，紧紧地注视着周永稚。

“你喊叫什么?”丽思夫人声音干涩地问道，她的一条腿在毯子里动了一下。

“楼道里太黑，我差上点儿撞到墙上。”周永稚解释道。

“这声音很不好听，周先生。”丽思夫人撩起身上的毯子向下面张望了一下，接着又把毯子重新盖好在身上，只露出脖子以上的部分，“这声音使我紧张，使我仿佛又回到了从前大革命时代的那些日子里。”

“是的，夫人，对不起。”周永稚说。

“楼梯黑暗，是因为我不想看见收电费人的面孔。”丽思夫人说。

“我没事，夫人。”周永稚说着，放下手中的书，一边寻找可以落座的椅子，一边说，“我已经习惯了这里的光线。”

这间空荡荡的大屋子里只有一盏灯，嵌在丽思夫人的床头上，只有鸡蛋那么大，发出来的光小巧而昏黄，只能映照半张床，却照不见毯子与靠枕的颜色。屋里所有的窗户上都蒙着又宽又长的黑布，像演出前的剧场。

周永稚在寻找椅子的过程中感到屋子于里的空气像是一座古墓。

“周先生，你今天又迟到了。”丽思夫人从枕头下摸出一只怀表，凑近床头那盏鸡蛋大小的灯前看了一下，“这是怎么回事?”又将怀表塞到了枕下。

“对不起，夫人，有点事耽搁了一下。”周永稚的手模到了一个柔软的平面，他刚想坐下，又立即站了起来，他的脸在昏暗中不自然地红了一下。他摸到的不是椅子，是丽思夫人的一件外套，或一堆需要换洗的衣服。

“今天的情况比昨天更糟，今天你整整迟到了两分钟。”丽思夫人的一只瘦如铁钩的手在床前狭小的光圈里突然挥动了一下，说道：“你知道我会怎么样吗？”

“不知道，夫人。”周永稚在昏暗中徘徊着应道。

“我要在你应得的报酬中酌情按比例扣除。”她喉咙里响了几声，待响声消失之后，继续说道，“你当然不会知道，我要采取的换算办法是英国十七世纪毛纺业中最流行的一个公式。”她将那只手放回到毯子下面后又突然抽了出来，在空中做了一个异常猛烈的动作，她说：“这个公式，这种换算方法最显著的一个特征就是，它具有极大的透明性。”

周永稚找到了一把椅子，坐下，掏出手帕擦着头上的汗，满心惬意地漫应道：“是的，这总算令人放心了，这很好。”

“该开始了。”她说。

周永稚将手帕放回口袋里，打开书，翻了几页，突然说道：

“夫人，有一点儿小麻烦。”

“什么？该不会是没把书带来吧？”

“书带来了，只是，”周永稚望了一下风瘫在床上的那个年迈的富孀，迟疑了片刻后说道，“我看不见书上的字。”

“为什么？眼睛坏了吗？”她从毯子里仰了一下头问道。

“不，是光线的问题。”

她此时才看到了坐在椅子里的周永稚，灰蒙蒙的一堆，猛一看，简直就以为是几件闲置不用的衣服。她若有所思地眨了一下镜片后面的那双小眼睛，突然发出了一种干燥无比的笑声，但咳喘随即又使笑声戛然而断。她的头在倾斜的靠枕上摆动了几下，说道：

“是的，你那个位置上原来有一盏灯，可昨天夜里它突然不亮了，我至今还没弄清是怎么回事。”她在床边做了一个比较亲昵的手势，对周永稚说道，“来，坐到我的身边来，我这里有光，还有热，你为我读了一年书，我还没见过你长得什么样子呢。来。”

周永稚起身挪开椅子，走到她的床边。床头前一堆大大小小的玻璃药瓶使周永稚垂手注视了一阵。药力使他沉默。

她说：“把这些拿开。请你在适当的时候提醒我，每过三十五分钟以后就要打开其中的六个瓶子，用温开水服下。”

“我会的，只是我没带表，把握不住时间。”周永稚将玻璃瓶子拿到一张桌子上，转身坐下。丽思夫人与床一起被震动了一下。

“我会提前告诉你的。”丽思夫人说着，将老花镜扶正，像一个外科大夫注视一具病体那样紧盯着周永稚的脸。

周永稚屏声敛气，以避免从正面接触到她呼出来的一种气息。

从毯子下面不断散发出来的一种混合着病体、药物和睡眠及食品的气息使周永稚感到自己的脸部正在发烧，温度越来越高。他微微低了一下头，将一口贮了很久的气喘到了自己的衣领之间。他不敢迎面与她的目光相视，只是偏离地望着覆盖在她身上的那张沉重如植被的看不清楚颜色和花纹的毯子，以及毯子下面的那具风瘫已久的老年女性的躯体。

片刻之后，她收回了目光，不再注视周永稚的脸，她的花镜又一次滑落到了她低矮的鼻梁上。她躺平后，用一种十分悲凉的语调说道："坦白地讲，你使我很失望，周永稚先生，这一年来，我一直以为你很英俊。"

"对不起，夫人，我没想到事情会是这样的。"周永稚尴尬地说道。

"是的，问题是你根本不英俊，尽管你的英语和法语都令我满意，令我百听不厌。不过，"她打了一个类似哑语一般的手势，说道，"这丝毫不影响你的报酬。"

她张大嘴，用嘴呼吸了几下。

"你不必为此而紧张，我从来就是一个说一不二的人，认识我的人都知道，不过他们当中的许多人都已不在人世了，他们都曾那么了解我。该涉及的事情就一定要涉及，不该涉及的我绝不涉及。"她说。

"多谢夫人。"

"昨天读到什么地方了？"

“《十三人故事》已经在昨天读完了。”周永稚在灯光下打开带来的书，说，“今天要读的是斯丹达尔的……”

“不，周永稚先生，够了，你根本不了解我。”她迅速地打断他的话，挥舞着枯瘦的手臂，大声说道：“你总是那么自以为是，擅作主张，竟然给我带来了斯丹达尔，我已经彻底厌倦了法国小说。你知道吗？”

“夫人，这恐怕是一个误会。”周永稚急忙从口袋里掏出一份类似合同书一样的东西，展开后，重新核对了一下，他说，“这是夫人最初亲自开列的所有书目，我一直按照这协议上的顺序进行朗读，不会有错。在这方面，我敢说我是一个细心的人，我不会随便漏掉哪一部作品，更不敢擅作主张，窝囊哪一位作家。”

“我已厌倦了法国小说，”她转过头说，“你的德语怎么样？很纯正吗？”

“当然，比英语差一些。”周永稚说。

“给我读歌德的《亲和力》吧。”她说，“四十年前我常读它，我现在只是重温过去的那种感觉，但却要从别人的嘴里来听它了，这使我不胜凄凉和伤感。”

“可是，我今天只带来了这本，是按照协议上的规定带来的。”周永稚合上了手中的书，在灯光下注视了一下白色的封面，“我没想到今天改读《亲和力》，我没带来。”

“今天不读了，我很疲倦。”她说着，朝周永稚挥了一下手，“你还是坐回到那边的椅子里去吧，你的身上有一股雨水的气味，请原谅，我很不习惯。”

周永稚离开她的床头，重新走回到昏暗中的那把椅子里。他一坐下以后，就闭上了眼睛，他在疲倦中等待时间的结束。

床上的毯子发出了一阵细碎的声音，周永稚睁开了眼睛。

“你要是现在离开，今天的报酬我只能付给你三分之一。”她说。

“我不走，我在等待下班的钟声。”周永稚说，“我不是那种擅离职守的人，我很看重时间，我尊敬它，崇拜它。”

丽思夫人在床上发出一种类似猫的笑声，她扶正了眼镜。

“我的侄女给我来信，邀我去她那里住一段。”她说，“我该去吗？那是一个海边，我还没有最终打定主意。”

“我不知道，夫人。”周永稚说。

“我也不知道。”她说。

“夫人该吃药了吗？”周永稚说。

“我的子宫有毛病，肥大症。大夫谆告我不宜远行，否则将自行脱落。”她说。

“是的，夫人。”周永稚说。

“可我很想出去，我现在这样三思，正是想知道海边的空气是否对我有利。”她说。

“不知道，夫人，”周永稚难为情地说，“我生平从未见过大海，只在书中见过，可那能算是见过海吗？”

“当然，那怎么能算数当真呢？要是那样的话，我就一直住在皇宫里，始终过着王后的生活，统率着三宫六院。”她说。

“夫人的想象力使我激动。”

“我看出来了，你在打我的主意。”

“夫人，这话是怎么说的，我绝对没有，我不是那样的人。”

“尽管我仍有一种魅力，但你也不该有那种非分之想，因为，”她的眼睛在镜片后面快活地眨动了一下，用一种十分平滑的语调说道，“我是一个贞洁如玉的女人。”

“当然，是的。”

“倒退回五十年前，你去打听一下，我的名声有口皆碑。”

“五十年前我还没有出生。”

“当然，时间上的误差和毛病使你没有赶上那个时候，许多的名流都曾拜倒在我的石榴裙下，我现在所以不怪罪你，是因为我理解你此时此刻的心情，男人都是这样。”

“夫人，你使我很不自然。”

“是的，男人都是这样，没有哪一个男人不是这样，见到他所倾慕的女人，都是这样很不自然，是的，就是这样。”

“夫人，你要服药吗？”

“扶我起来。”

周永稚刚走到床边，还未伸出手，丽思夫人突然摆着手，说："不用了，我不想起来了。你现在回去一趟，把《亲和力》拿来，我可以按照加班和宵夜给你支付报酬。"

"夫人一定要今天听吗？"

"是的，德语的余韵使我振作，你请吧，快去快回，不要让我久等。我从前的一位男友，他是内务部的一位参事，人长得很英俊，正是由于他让我白白地等过两个小时，我才突然决定不嫁给他的，他对此追悔莫及，他是在我的婚礼上说这番话的。"

周永稚挟起那部法国小说，在她的叙述中走出这座黑暗而空旷的旧宅。来到大街上，他深深地呼吸了一大口气。一只老鼠在宅门口探出头张望了一下，立即又缩了回去。

街口里，一个拉洋片的老人正在偷笑，浑身颤动如纸糊的风车。

在这个冬天的第一个清冷的夜晚，我的舅舅徐大悲突然下落不明。

我的义父周永稚，返回家中寻找德语小说《亲和力》，在途经落木庵时，他踩响了埋设在庵前的地雷。此前，庵前几棵枯枝间的一角灰色的道袍一直在他的视线里飘扬。

消息传来的时候，我已入睡。

我曾经独自在下面坐过的那些枯树上，现在挂着一条一条的棉絮一样的东西。地保和几个邻里从岸边抬回了长生老爹的尸体。长生老爹怀揣着母亲周济大丰寡母的三十元钱，在途中被人劫走，又横尸于河边。

夜晚漆黑的意境使我越陷越深，长久沉湎，不能自拔。一个人在风中蹲在墙角，双肩抖动，抚摸墙缝的双手血流如注。我伸出手，那个人突然狂笑着转过头来，是一张扭曲而变形的脸。

乱七八糟的声音从五月一直喊到年底。

第三卷　灵魂起舞的家园

现在盘旋在屋顶上的那些东西，都是我从前的玩具。

我躺在那张一无所有的床上，拨亮了桌上的一盏马灯。

窗外不时传来爆竹的声音。

回忆四十年前的那个久远的秋天，天空的颜色有如我曾亲手绘制过的作战地图，路上的行人神色匆匆。我回忆起那一罐曾经喂养过我瘦弱童年的蜂蜜时，表面的皮肤平滑而潮湿，舌苔下面贮满了蜜的感觉。我远远地眺望那只质地粗糙的蜜罐远在四十年之前的一个秋天里一动不动，罐子的四周长满了草，蚂蚁成批成队地钻进钻出。蚂蚱的长须和修长的腿，远在四十年前的秋天里呈现出一抹粉红色的印象，令人眩晕而浮想联翩。

回忆如烟。

退伍后的整整一个秋天，我拖着一条伤残的腿，从流域的北部跑到流域的南岸，找到了一大批数目惊人的地址和有关的背景。有一艘满载着尸体的大船，它行走的时候，河水自动地向两边分开，彬彬有礼地缓缓退去。阳光使那些伫立在船前的水手变得如同神话故事里的盲人乐师，表情肃穆而专注。河的下游有一个羽毛加工厂，成千上万的会飞的羽毛都被粘在几个巨大的圆形铁桶上。我唯一的目的就是能够比较顺利地穿越时间，这路途不但坎坷而且遥远无期。街坊里第三个熟人去世的当天夜时，第四只涂满灾难的手正在盲目地按动失修的门铃，他完全忽略了这个季节里的环境和周围的一切现实。门在我的眼前展示出一种皮肤一样的光泽和弹性。

时间从那个没人要的蜜罐旁开始运行，到达中途的时候正赶上了一个著名的节日，一个在流域两岸世代相沿成习的节日。我在这个名声卓越的年代里穿过一片山坡空地。这是一个荒凉寂寞的新式年代，仿佛是一本书中的某一个自然章节，湿漉漉的人物运动单调的步伐，迷失的脸上还或多或少地保留着一些收割时期的残余的曙光。我看见昔日里悬挂在黑狗脖子上的圆形面饼早已吃完了，水车的顶端飘扬着几根羽毛。丛林里有丢失的帽子，一件褪色后的上衣挂在一棵树上，远看就以为是一个人正倚靠在树上休息。

几根枯枝如同皮包骨头的手指。

时间是一种无法把握的颜色，遗忘了这颜色里的黑白部分，就是迷路的预兆。

一双孤独的眼进一步下陷到了一口枯井的深度和意境。

这个季节一开始，到处都缓缓地飘动着一些金黄相间的草帽，拔节的谷穗和生长中的油料作物被四十年前的太阳照耀过，许多道锈迹斑驳的铁栅栏横在岸边。

我知道所谓的往事就是专指那一扇扇曾经被人推开过的门。

我带领着我的手，几十年如一日地行走在流域两岸，寻找我所认识的那个冬天。

河边的一家金属回收站的老板向我指出了一些需要事先说明的动作。他几乎是一针见血地在告诉我，他说我的两只手多年来一直显得无所事事，并始终没有适当的地方可放，有时插在裤兜里或袖筒里，有时磨磨刀，翻翻报纸，摸摸画在腿部或肋骨上的疤痕。

我行走在地图边缘的铁桥上，河对岸的太阳四十年来一直光芒万丈，咄咄逼人，它曾经照耀过流域两岸发生过的那些不可告人的事情。我走下铁桥，看见了路边的没人要的那只空空如也的蜜罐。黄村客栈里年轻的伙计送给我一束早晨刚开放的玫瑰花，香气使昏睡在客栈里的客人全部从梦中惊醒。一个人怒气冲天地走出客栈，消失在一片枪口之下。他灰色的兔皮帽子飞翔的时候，我感到深秋的寒意正在地图上形成无数斑驳的奶渍似的遗址。

走过圆形水坛和白色山墙，走过残雪犹在的村庄，我找到了我们从前曾经拥有过的那个花园。我带领我伤残的身体，有如一个行动缓慢的长毛动物一样潜入到某个门洞里时，我望见四十年前的山冈一片碧绿，女人们手中的镰刀像天空里弯曲如钩的月牙和士兵们孤独而寂寞的眉毛。

在经过一些仿宋体碑文前的时候，我想到了从前在山冈上的漫步，在客栈里重重花影下的冗长的睡眠。许多的事件都源于最初的一个典故，出自一个玩笑，纪念性的言辞都清晰万分地书写在门的正反两面。

经常有一些沿街卖艺的猴子，在表演技巧的过程中，突然高举起手中的木棒，将牵制约束它们的杂耍艺人恶狠狠地打昏在地，然后拖着一条锁链逃之夭夭，围观的人自动地闪开一道缝隙，供它穿越而过。

数十年的军旅生涯使我在退伍之后突然变得别无所长，形同废物。在这个世代烧制陶器，织造丝绸的手工业异常发达的地区，几乎每个人都怀有一手精湛的可以养家糊口的绝技。当有一个人迎面朝你走来时，这个人不是陶工便是一位首饰匠或皮匠。

河对岸的一位姿色正在衰退的寡妇与我共同生活了几个月之后，在某一天的午后突然不辞而别，如一去不复返的黄鹤。

生活在黄村流域，生活在这个手工技艺林立的地方，我是滑稽而荒唐的。

附近的小桥上经常能看到一些牵着瘦驴的风尘滚滚的私塾先生，驴背上驮载着线装的书籍和寒酸的行囊，以及叮当乱响的炊具。潦落的儒生怀揣着别人书写的聊以应付的引荐信，千里迢迢去投奔另外的地方和生人，桥下的浅水中浮现着他萧瑟而失灵的倒影，囊中的《墨子》里夹杂有干硬的饭粒和白发残须，几支秃笔如同残存在记忆深处的几位毛发早衰的故人或旧友。

驴的蹄印仿佛史前的文字和语言。

沿路上到处都是失散的书页。腐烂的菜叶和废弃的棉絮及芦柴被勤劳的人捡走后，路上只剩下了这些写满了字的书页。

典雅而灵性的语言犹如泥牛入海，永不再回来，永不再浮现出一鳞半爪。

停火已久的烟窑和瓷窑前阒无一人，时光使昔日里轰轰烈烈的技艺和窑中的火光荡然无存，堆集如山的废坯正在风化为色泽阴郁的铅粉。毒蛇在窑前的空地上昼夜出没。

穿过风中的烟叶，我的父亲陈雪泥手持一卷枯黄的丹经，突然出现在家乡的土地上。

这个多年来一直流落、隐匿在时间之外的人，神情暝漠地打量着故乡的一切。半个世纪以来的逃亡生涯使他的口音变得南腔北调，听起来陌生而滑稽。他注视着故土上来来往往的陌生人，脚下的浮桥使他难以平静。

在这个生长烟叶、繁殖桑蚕的黄村流域，岸边的废船上居住着一些无家可归的人，无边无际的苍青的苔痕像极为平常的生活一样毫无任何起色。突然归来的陈雪泥在两位采桑妇女的指点下，扶着青湿的芦苇踏上紫色的故土时，视线中重复而强烈的房屋坍塌现象使他在路边的一面破烂的酒旗下僵持了许久。他身上的一件灰色夹袍和手中的丹经使一位正在倾倒便壶的伙计误以为他是一位饥寒交迫的道士。伙计扔下手里的便壶，走近前来：

"老道，要住店还是吃饭？"

伙计的招呼打断了陈雪泥的视线，陈雪泥瞟了一眼满手油污的酒店伙计。失望的目光使陈雪泥的嘴边现出一丝烦躁而揶揄的微笑，他举起手中的丹经在伙计的头上轻轻敲了一下。伙计闪到一边，说道：

"不要客气，请跟我来。"

陈雪泥挥手叫住伙计，问道：

"你是谁家的孩子？你父亲是谁？"

"蒋鹏。"伙计说。

"是织地毯的吗，从前？"

“是铜匠。”

“你知道有一个叫蒋尚武的铜匠还在吗？他是你的什么人？”

“他是我爷爷。”

“噢，时间已使他变成了长辈，孩子，快带我去见他。”

“爷爷早就不在人世了，四十年前就死了，我都没见过他。”

“是由于铜锈中毒吗？”

“爷爷是掉到河里淹死的，当时的柳镇长从河里打捞上了他的尸体。”

“柳北亭？这个流氓现在还津津有味池活着吗？”

“前几天刚死了，还没有出殡。”

陈雪泥从破烂不堪的酒旗下转身离开。在接下去的时光里，他开始在风物模糊的故土上飞奔不止，他的身影和动作如一头正在逃避鞭子和犁具的乡村的耕牛。

山冈上废弃多年的老式水车在他的视线里突然转动起来。

木制的齿轮发出了阵阵令人心痒牙酸的喑哑艰涩的响声，木头与木头衔接着，时间就在那种高度密合的形式中戛然作响。一系列劳动的技艺缓缓旋转，重现了昔日里锻造、雕饰、冶炼和编织的生动情景。飞转的木叶犹如随意翱翔的鸽哨或奔驰的牛车，荒草拍打着枯涩的轮铀，水道和气孔在风中呜咽不休。水车的齿痕和尺寸依然如故，而最初的削砍矫正的动作场景已无法再现。

空转的木轮一无所获，搅乱了冈上的空气，臆想中的水田和灌溉系统离题万里。

一只青光眼的狗紧紧地尾随着手持丹经的陈雪泥，他身上分离剥落的金属的碎片和残渣使绿色的烟叶蒙受着损失。

古老的家园之门在风中时启时合，铜制的门环近在咫尺。

陈雪泥走进寂静的家门。

昔日的葡萄架已荡然无存，苍老的屋檐和山墙在他的视线中变得越来越低。廊柱上的工笔隶书褪尽了从前的色调和气韵，一只狸猫正在倾翻的香炉和铜鼎之间探头探脑，东张西望。父亲将手中的丹经押至腰间，雄心勃勃地告诉我说："你看着，我要踢死它。"

"我能踢死它。"他说。

我穿过乱七八糟的桌椅和坛罐瓮鼎，为父亲让出一条通道。我望着父亲正在抬起来的一条腿，心中只略感不安。妈妈，我也能踢死它，可是无法接近它。我没有尾巴，不能爬树。我是流浪的刀鱼，可是我无法接近大泽的边缘和中心，以及一切有水的地方。

仓皇惊走的野猫蹬翻了盛有灰烬的茅香炉，父亲突然用手捂着脸，蹲下身体，声音喑哑地朝我叫道：

"我的眼睛看不见了。"

我拿来一条浸水的毛巾，父亲闭着眼睛抚摸了一下，突然扔向一边：

“这是什么？”

晚间的天气晦暗阴湿，一位本族的堂叔得知父亲归来，送来了两盒点心，一盒子糕，一盒蜜枣，此外还有一斗粳米，一斗白面，两只活鸡和一方冷肉。其时，父亲眼中的灰烬已被泪水除净，他正在一株年老的垂柳下演练中医名方“五禽戏”，他模仿虎、鹿、熊腾空跳跃的姿势和猿、鸟的捕食动作，低垂的柳枝在他的身体四周舞动不息。

堂叔对父亲说：

“回来就好，好多人在外面都没办法混，这不丢人。”

几个回合舞过之后，父亲离开柳树。他边走边对堂叔说：

“多少个年头，我飞越破碎的河山，最终只留下一段回忆。”

“别丢下孩子不管。”堂叔说着，向外面走去，“我过一会儿再来。”

“爹。”

“带我到处看看。”

我和父亲一前一后行走在这个荒凉的废园之中，视线中的一切景象都不堪入目。昔日的那些太湖石牡丹台上的花都早已枯死了，只留下一些形同寸草的枯茎，任风吹折。琉璃架倒伏在地上，满地都是残砖破瓦，半尺深的蓬蒿乱草。那些隔扇圆窗都被人拆去烧了，前后走了一遍，两个街坊里的顽童正在乱草丛中扑蝴蝶，捉蚂蚱，掐扫帚菜吃。这个唯一幸存下来的三间堂房的闲宅子，一间东厨房里传来鸟的叫声，临街有两间小屋，一间做过道。小小的一个院落，二门小影壁墙下的一眼浅井，井边的草棵中能望见一些倒插着的羽毛。

不多时，堂叔与人挑来床和板凳，一张旧漆桌子，两个小杌子，一担破柜子，锅盆碗盏，炊帚等物。被褥只有一床。

我翻出母亲生前穿过的一件旧绢夹袄，堂叔拿着去了当铺。不一时，堂叔回来，满头是雪，提着一根草绳，绳上拴着五根大炭，还有四个大烧饼，放在桌子上。

我送堂叔出门，堂叔站在二门小影壁前说："明天带他到你母亲坟上看看。"

"他不一定去。"我说。

"我看他也变了，不像从前了。"

送走堂叔，我烧起炭，一面烘衣服，一面烤着烧饼。

沿河一带的狗吠声使静掩的柴门更加冷落，寒车啼鸦划过倾斜的柳烟。

父亲放下手中的丹经，突然问我：

"你靠什么糊口？"

"我想当铜匠。"

"你的身体是怎么致残的？"

"是战争。"

"不，是时间，"父亲的目光从书页上离开，"只有时间才具有这种力量。一切的一切全都是故作姿态，都会在时间中腐烂。”

我从火上取下一只烧饼，递给父亲。

“先垫一下，我一会儿做饭。”我说。

父亲用书卷将我的手挡了回去，他摇着头对我说：

“不，粮食是粗糙的，我已多年不再对五谷发生兴趣。”

“那你吃什么？”

“蔬菜和水果，语言和幻想。”

父亲起身掀起布帘，直进内房。我远远看见他手中的一柄银壶，斟出一杯苏合香酒，色如丹砂，味如甘露。父亲一饮而尽之后，显得四肢畅美，不可名状。

视线中的小银壶离我越来越远。

我起身离开火灶，忘记了手中咬了一半的烧饼。内房中细细弹响的一阵琴瑟箫笛之声使我忘记了架烤在火上的另外几只烧饼。我看见一支玉笛横在几案上。其时正值严冬寒夜，而内房中却暖气如春，云烟满座。隔窗灯光，照见人影散乱，但不见人形。

“你看着，我绝对不食人间烟火。”父亲的手里玩弄着一只雪白的空酒杯，说道，“这是一个异常卑鄙龌龊的世界，所有的人都无耻到了极点，猪狗不如。”

夜里，有几个人运来了一尊泥塑的人像，是父亲让人定做的，塑像的手中也握着一卷丹经，父亲让塑像在正中端坐起来。

“这是谁?”我说。

“葛洪。”

父亲说着，仔细地拭去了像上的一个污点。我看见他的目光清纯如水。

黎明。

在去往母亲坟墓前的一条路上，父亲一直显得心不在焉。面对周围熟稔的风光，他没有归乡游子的那种亲切与激动。他侧耳倾听远近处传来的高低不一的乡音，但脚下却并未停止走路。一些身背黄油布袋的民间艺人在流域两岸的村落和城郭里操纵着手中的提线木偶，到处表演五马分尸、犀牛望月、白鹤亮翅、金鸡独立和黑虎掏心。

“她是怎么死的?”父亲问我。

“得了一种怪病。”我说。

“什么病?”

“一种，难言之隐。”

“难言?”父亲重复道，一阵风使他突然闭上了嘴，他在胸前做了一个极为荒唐而令人莫名其妙的手势。

我告诉他说，时间进入到那年七月底以后，母亲浑身的肌肤都绽开了一种类似花瓣一样的现象。从那个时候到八月上旬的一段日子里，她几乎夜夜都梦见一些溃不成军的伤兵，河水里漂着许多大小不一的船只和衣物，她常在梦中呼喊不止。

“她喊什么？”父亲说。

“不知道。”

“是的，她太贪。”父亲摆了一下手，“我是说她太贪生，女人都这样。每个女人都愿意死在男人后面，可往往总是事与愿违。历史就是男人为女人收尸的一个过程。”

“可你并没有为她收尸。”我说。父亲被脚下的一根青藤绊了一下：“她呼喊一个人，但那个人不是我。”

“她在呼喊一个为她收尸的人？”我说。

“对，”父亲说，“你所言极是，事情就是这样的，是的。”

“可为她收尸的是我。”我说。

“这是她的悲哀。”父亲挥着手，“不说了，快到了吧？”

我们来到母亲的坟前，一只山羊正在啃吃坟头上的荒草，我打了一个唿哨，山羊立即向远处轻轻地跑去了。

父亲注视着母亲坟旁的另一个坟堆，一丝疑云划过他的面孔：

“这个位置好像应该是我的。”

“是的。”

“可这是谁？谁在这里？”父亲说。

“你从前的好友，我的义父，周永稚。”我说，“一个卖文为生的人。”

“一个寂寞的人，他的笑容是仁慈而永恒的。”父亲喃喃地说道。

在那种衰败的迹象里，经常有无数破碎如陶片一样的马蹄声呼啸着经过一些多雨的菜地，被风雨和农桑植物过滤后的马蹄声变得异常空旷而难以捉摸，听起来就像是假的，这种瞒天过海的现象里充满了欺诈和蒙骗，水面上状如微笑的圈套此起彼伏。

经常还有许多彩色的消息像不慎泄漏的石油一样从流域的上游随波而下。在这类带有油星和荤腥气味的消息中，以红白两种颜色最为居多，两岸的百姓都已司空见惯。

那些隐身于悠久历史和灿烂文化中的著名的温文尔雅的典故像是被施了妖术，一再地重现，图文并茂，古色斑斓。

父亲用五色石和硫黄潜心炼丹的场面使我吃惊而迷恋。

在我们的四周，一直回响着烟花女子的笑声和轮船沉闷的汽笛。

夜以继日的冶炼生涯使父亲的面部和躯体上留下了一系列被金属烫伤后的亮晶晶的疤痕。他笨拙的姿势和不太熟练的技艺证明他染指的时间并非久远不可追溯，而强劲的欲望和梦想却像烟雾那样冉冉上升，独来独往。他的一双眼睛清澈如水银，但只能看见有关的冶炼材料，看不见任何别的东西。他凝视过天空里金色的霞光和山中的弥天大雾，世上的一切材料在他的眼里全都金光闪闪，包括肮脏的人体和飞奔的田禽畜兽，他猝然出现的一些念头常常使我手足无措，防不胜防。

这个被时间和典籍中的妖术折磨得头破血流的人对于石头、汤锅、火焰和丹鼎的狂热迷恋，使他情不自禁地遗忘了除此外的一切东西，包括人间的常伦和情分。

宁静而神奇的汞使他五体投地。

在他专心冶炼铅丹的一段时间里，有一天他从一张旧报上看到西方的一名洋人在长期的执迷不悟之中最终发现了镭，这消息使他变得激动忘形。许多个白昼和夜晚，我看见他耿耿难眠，双目炯炯，脸上霞光熠熠，他常在土漆的家具旁想象镭射的原理和有关的操作方法，陌生的镭使他更加耽于幻想。

每当听到门外传来顽童们的声音时，他便立即起身，与孩子们在门外打成一片，然后用一枚伪币换取回一杯清澄的童溺，回屋后便在童溺中加入铅水和硫黄，石斛和玄参，进行周而复始的长期熬制与试验。

他几乎很少有睡觉的时候，总是默默无语地日夜守候在熊熊燃烧的丹炉前，手持一把枇杷叶折伞。他的身边放着两部书，一部是葛洪的《抱朴子》，另一部是阿拉伯医生，炼丹家贾伯撰写的《东方水银》，阿拉伯丹师将水银称为“童女”，这使他颇感欣慰，使他的精神在漂泊的过程中安心而后快。两部枯黄酥烂的丹经与娲石和童溺放在一起，看上去有一种隐性的一脉相承的意味。

他口中默念着“十八反歌”和“十九畏歌”，深长的药力驱散了昔日里绕梁环柱的檀香气息。他钟爱蒸汽鼎沸的丹炉，包括每一孔透出光明和热力的火眼、炉膛和其中缓缓流动着的白色液体。他吸着水烟，脑子里计算着时辰，谋划着有关的一系列策略。

他砸开密封的铅蛋，小心翼翼地注入石蜡和液化的贝母，他的有关的几个手指全都被涂染得金光闪闪，充满了饱含预兆的传说和玄渺的梵云佛景，令人望而生畏。

杀鸡取蛋，是他在黄村阴晦僻静的岁月里日常惯用的方式之一。

他在五色土中掺入家禽的骨髓，击打手中的木槌，将乌黑的木蝴蝶研制成酥松的粉末。“硫黄原是火中精”，丹炉中变幻莫测的深奥的原理常使他大汗淋漓，胸闷气短。他用滚开的沸水煎煮早期的紫莞花，一个人在灯下聚精会神地长久观察木硝相见后的动静和现象。他将咀嚼许久后的枳实子的碎末涂抹眼眶四周和太阳穴，用以驱除烦闷，解散渴饮。绿色的痕迹使他的脸上如同生长了苔藓。

他口衔一支藜芦，从各个不同的方向和角度仔细观察丹炉的变化和火焰的深浅强弱程度，任何一种微妙的变化都不会逃过他的眼睛，他善于及时地捕捉和迅速地判断。他赤裸着双脚，看上去体态轻盈而身手矫健，才思敏捷，巧妙地穿插迂回在众多的杯盏器皿之间，每一个动作都如同一种舞蹈。

他说要有光，于是丹炉中便有了光，出现了玄渺诱人的七色虹光。

他说要有气，于是鼎中的银色液体便在流动的过程中升起了透明的气。

他在那种咝咝作响的固体融解的短暂间歇里，能够最大限度地保持冷静的头脑和明辨是非的眼睛，而丹汁的成色和表情又使他有些激动不安，难以抑制，反复地搓动两只色彩斑斓有如画工丹青的大手。

他不断地呼气，吸气，默默无言地体验着一切，回味着一切。

他吃着发芽的土豆和粗枝大叶的菠菜，想象坎坷的历程和美好的前景。这个半路出家的炼丹师，他拒绝一切的粮食和肉类，而黄村贫穷破落的生活又使他终年见不到一只水果。只能嘴嚼一把青菜聊以自慰。每当看到父亲嘴角边遗留着一片绿色的菜汁时，我总是不胜凄凉。我是他的儿子，但我不是一枚可以供给他的水果，我只是一个手艺夹生的铜匠，一个伤痕累累的身心颓败的退伍老兵，冷落的门庭使我的制铜手艺更加拙劣而可笑。

他凝视着越来越稀释的汞，看见了最后的峰巅和灵光笼罩下的丹经、药谱，他在自己透明的躯体之外看见了缓缓起落的漆黑一团的生命和钟鼎的阴影。视线中紫色的光芒离他越来越远，渐渐遥不可及。

父亲在黄村长漏不止的冷雨中瞑目含笑，草帘和青藤在他的身体四周翻飞飘扬，兽骨和瓜片散落在脚边。他搅动火焰和溶汁的手臂抖动得如同风中的羽翅，他注视着温良敦厚的红泥小炉，清晰地摸到了金属的脉络和性情，物质的表情和本性使他倍感亲切。

黄村两岸迷茫的雨雾使一只夜行船在流域之侧迷失了方向，舷干挑破了岸苔，水面破裂如同临终的笑声，呼啸的青草吞没了水手消瘦的胸脯和最后一双绝望的眼睛。

美味的菜谱早已失传，剩下的只是一些昼夜环绕于锅灶边的日常用语。

从早晨到午后，出殡的行列一直难以成形。装有死者柳北亭的灵柩被遗忘在一边，参加葬礼的人们正在胡吃海塞。

地上堆放着各种各样的器物，有黑盆，有四足的大方盘，有叠放的四足方案和圆案，有圆筐笼和铁斛，每一道木橱前都有一位妇女正在端取食物。后壁上的一根横木枋上列挂着猪头、兽首、鹅、鸡、鸟、猴、鱼、兔、心、肺、肠等食物，许多只手都在同时操作，有的在方架上榨取菜汁，有的在水桶里洗涤器皿，有的坐在炉旁炙烤食品；有的在水盆里拔取鸭毛，有的在俎上切割肠肉，有的用杵捣砸芝麻、蒜泥，有的正在宰割牲畜。几个正在长案上操作的人互不理睬，一个人在眩晕中取走了另一个人面前的一只盛有白醋的圆壶，另一个人转身向一口大瓮前走去，接着又若有所思，两手空空地重新回到案前。一位身穿绿绸衣衫的少妇发髻高耸，正在弯腰在井边汲水，井栏上的亭柱间安置着细腰的辘轳。两个身戴重孝的穿黑白衣衫的女人抬着一只木架，木架上放着一口铁钵，铁钵内盛着滚烫的糖油。又一个戴重孝穿黑白衣服的男人双手高举一根木杖，杖的顶端有一只圆环，像风轮的形状，面对一堆黑色的东西，正在有条不紊地操作。有两个人守着一只方架，方架上有两层圆形器皿，水珠嘀嗒不休，正在过滤东西。

到处都流淌着猪血和牛血，血流中漂浮着鸭毛和菜叶。烧火的人跪在灶前，源源不断地将木柴和大炭送入炉膛之内，火焰和浓烟使一些躬身劳作的妇女不断地咳嗽，惊叫，四处乱窜。一位正在褪洗猪头的老妇人在转身之际，碰倒了立在墙边的高大的引魂幡，从另一道门内倾盆而出的一盆污水使纸扎的孝幡立即酥烂如泥。呼喊和咒语不绝于耳。一位宰杀绵羊的屠夫正在院中奔跑，被宰倒后的绵羊突然从血泊中挺立起来，无头的身躯四处左奔右突，颈中呼啸而出的血流喷射如注。

井亭内细腰的辘轳突然凭空转动起来，井绳一落千丈，坠入井底。穿纺绸衣衫的妇女转身跑出井亭，与迎面奔来的无头的绵羊不期而遇。绵羊的断颈怒吼着，绿衣妇女惊倒在地上。有人踩翻了焚烧在灵柩前的谷糠，六角形的白色纸币像一场突然降落的鹅毛大雪，纷纷扬扬，四散乱舞，从人们的头顶和身边漫过。

新任镇长与夫人，以及几位富豪正在里面的小室中对饮进食。一位远道而来的悲痛欲绝的虬髯客坐在雕花的屏榻上，榻前设置着短几和方案，案前有食盒，几端倒插着一支毛笔。有三个人跪在几前，一个人跪进大盘，一个人跪执瓢勺，一个人跪在屏榻旁托着一只耳杯。每一道屏榻后面都侍立着两个人，左边的捧着吊唁的黄色包袱，右边的抱着黑色漆盒。屏榻上的夫人们都戴着簪帼，坠着耳饰，白裙素衣。榻前设置着盛有食器的圆案，榻后有一名侍女手持团扇。两榻之间站立着一名侍女，手执杯盘，时面面向男主人，时而面向女主人。

其时，歌舞乐伎正在表演祭祀的百戏，表演者都面向着左右小室中正在屏榻上悠然进食的男女主人。左壁的上层横列一席，坐歌手五人，穿着杂色的衣服。席前列置方案两张，盛着耳杯。席的右端立着一面红色建鼓。第二席坐着四名乐师，都穿着黑色长衣，分奏箫笛琴瑟和琵琶等乐器，席前列置三张圆案，盛着杯等。中层坐起一名女伎，梳着高髻坐在席上，手拿一根短杖作指挥状，面前也置有杯案。榻前的地毯上，一个人身体倒立，另一个人作兽行，身后竖起一根长尾，与五名双丫髻红衣女童共同表演。右面有一个彩色细腰墩，一名女童在上面弓腰后仰，两手倒撑在地上，露出肚脐和小腹。后面有一个人袒露脊梁跪在地上，左手腕系着一根红带，两旁有木墩一个，草把两束。下层左起一个人正在原地盘旋。又有两个人，一个人弄丸，一个人舞动风轮，都穿着白衣。中层有裸背男伎两人，每人手托一条银链，对弄红色的圆形器物。

钟鸣鼎食。

堂前的凤鸟含果飞翔。

冗长而混乱的葬礼使每个人都喝多了酒。柳北亭的灵柩被抬出来以后，所有的人被风一吹，都变得头重脚轻，东倒西歪，摇晃不止。出殡的行列稀稀落落、松松垮垮地出现在黄村苍凉的大道上，看上去像一根弯曲而脆弱的不堪一击的带子，一根缀满疙瘩的草绳。

一只布满铁锈的手将我从出殡的行列中拽出来，对我说道：

“兔死狐悲。”

是河边废旧金属回收站的姚百龄。

“全镇的人都出动了，你为什么没有参加葬礼？”我说。

“我不胜酒力。”姚百龄说。

“人都跑得差不多了，宴席一结束，许多人便不见踪影了。”我说。

“这场面，”姚百龄望着缓缓移动在大道上的出殡行列，说道，“百年难遇。”他的表情和皮肤看上去酷似一个用废旧金属材料装配起来的铁皮假人。

“就为了这事吗?”

“不，是财神爷到了，他在找你。”姚百龄说着，用沾满铁锈的大手摸了一下金属般的面孔，“他正在到处玩命地找你。”

“我好像没大听懂。”我说。

“不懂？怎么会呢?”姚百龄的一只铁手在我的眼前晃了一下，像一把铁扇。我后退着。他说：“那就是我。”

“我眼下没有废品。”我说。

“别瞒我了，我早就打听到了，你刚做了一批铜盒，都没有卖出去是不是？人家都嫌你的手艺。”他叹了一口气，说，“也难怪，你刚开始干这行，慢慢就好了，谁开始的时候也都不怎么样，慢慢就好了。”

“你用不着安慰我，我会自己安慰的。”我望着他嘴里的两颗银牙说道，“你不知道，我是一个善于自娱的人。”

“自娱？是的，”他吸了一口冷气，急忙闭上嘴，过后又说，“我也一样，这方式的确令人着迷而安心，整个自娱的过程使我激动而温暖，我对此非常满足。”

“能看得出来，你很舒服。”我说。

“怎么样，卖给我吧?”他伸出几个手指说，“我会在一般废旧材料的价格基础上，给你提高一到两倍，不，两到三倍。”

我听见一些金属的碎片与他的衣服和牙齿，一起在风中共同振响。

“四倍。”姚百龄咬着牙说。

大道上松松垮垮的送葬队伍不知为什么在路上停住了。有几个摇摇晃晃的人，离开稀稀落落的行列，向路边跑去。

灵柩上的火盆浓烟滚滚。

“我豁出去了，五倍。”姚百龄说。

“你不该讥讽我的手艺，我会慢慢提高改进的。”我对姚百龄说。

“对不起，我让你伤心了。”姚百龄缩回了手，他在地上转了几下，之后抬起头，望着我，问道，“你心里怎么想？你一定感到我是一个贪心的人，一个卑鄙的人？”

“我才思枯槁，没有想那么多，没有想那么远，都是为了糊口。”我说。

冷风吹折了白色的孝幡。

送葬的行列又开始慢慢蠕动了，护送灵柩和手执丧杖的人神情恍惚，仿佛怀有满腔的心事和诸多的难言之隐。光秃秃的大道上一丝哭声也听不到。广春英年早逝，柳北亭没有一个名副其实的孝子。所有的人都像无所事事的蚂蚁一样慢慢地爬着，向前窜着。

姚百龄看了一下大道上披麻戴孝的人形，若有所悟地对我说："听说你父亲回来了，可从来没见他出来过，他在干什么？"

"炼丹。"

"老人家在外边一定是受了高人的指点，是不是？真不得了。"

我与他一同向家里走，姚百龄执意要看父亲炼丹的场面，他身上混合着废铜烂铁和雨水的气味。路上不时可以看到几只烂醉如泥的狗。两只微醉的狗从东面跑到西面，正在争夺一根牛骨头。牛骨头满街乱滚，蒙满了尘土，已失去了最初的本色和原样。

我们的庭院里白雾漫卷，湿气浓郁。姚百龄一走进来，便惊呆了。

"奇怪，云彩怎么会跑到你们院子里来？"姚百龄说着，伸手在白雾中抓了一把，手上只略感潮湿，一无所有。

"我听见动静了，是不是就在那个东厢房里？"姚百龄竖着耳朵听了一阵，脸上现出一种兴奋的表情，他说，"我看看，让我看看。"走到门边。门板推开一道缝。

"你是谁？"

姚百龄的头刚一探进去，里面立即传来了父亲愤怒的声音。

"出去，给我出去！你这只人模狗样的猪，不要让我再看见你无耻的嘴脸。"

里面传来一阵急促的响动，姚百龄急忙掩上门，跑了出来。

“他怎么了?”姚百龄惊息未定地说道，一边向门那面张望。

父亲没有出来，我听到房内传出他含糊不清的骂声。

“他就是这样。”我说。

“真让人害怕，他的眼睛里好像贮满了水银，我最怕那种颜色了。”姚百龄说。

“他天天这样，不省人事。”

“他怎么了？是不是疯了?”

“可能。”

“他是疯了，我见过许多疯子，都是他这种征兆。”姚百龄想了一会儿后，对我说，“你要多提防着点，他六亲不认，小心哪一天他突然心血来潮，把你扔进他的丹炉里去，一股烟你就没事了。”

“他从来没有注意过我，他对人不感兴趣，他的眼里只有铅和汞。”我说。

“他差不多有一百岁了吧？眉毛都白了，又长又白。”姚百龄说。

“七十三。”我说。

“七十三好，”姚百龄忽然压低声音对我说，“七十三，八十四，阎王不请自己去，这是一道大大的坎子，许多人都迈不过这道门坎。他要是过去了，说不定就会一直活下去。”

“你看见丹丸了吗？”

“没有。”姚百龄沮丧地说道，“我只注意他眼睛里的那种水银一样的亮光，我不敢分散精力，水银使我恐怖。我的店里什么都回收，就是不要带水银的材料。”

姚百龄朝寂静如初的东厢房注视了片刻，说道：“他的眼睛真亮，跟小孩子的眼睛一样，根本不像一位老人的眼睛。”

东厢房里又传来一声刺耳的响动，是器皿的碎裂声。

“我走了。”姚百龄一溜烟出了大门。

我走到厢房门外，叫道：

“爹。”

父亲没有回答，他正在里面自言自话：“天哪，那是谁啊？那不是我吗？”

“爹。”我又叫。

“那就是我。”

我推门进去，父亲正注视着几案后的那尊葛洪的塑像。

几枚散落在几案上的丹珠丸粒朱红一色，重如铅子。

“爹。”

“你来干什么？”

“我听见有什么东西打碎了。”

“不管它，”父亲挥动了一下金光闪闪的大手，在空中画出一道弧形。我退向门口。他说，“刚才那个可笑的人是谁？”

“他只是好奇。”我说。

“好奇？他冲撞了我的气象，以后不准你带任何人来我这里。人是无耻的。”

檐风吹进窗户，吹落了塑像身上的金箔银粉，父亲伸出手扶住了摇摇晃晃的葛洪，地上凌乱的碎片在他的脚下咯咯作响。他手抚着泥像，望着我的脸说道：

“我已昏朽，我不奢望你的孝心，只求你能体谅我，给我这点自由：我不愿意看见任何人，我太知道人是怎么回事了，我清楚他们是一种什么东西。我可以不吃不穿，但只求能保留这点权利，不要让我与任何人相遇，好吗？与人相遇，我感到害怕和难受。”

“我会尽力而为。”我说。

我避开父亲满含期待和恳求的目光，低头将地上的碎片捡起，我在他的视线中走出他的房间，关上了那扇年久失修的风门。

我闻到了天空的那种铁青色的气息，我经常重复小时候的种种感觉。

视线中的庭院满目凄凉。

我们昔日的谷仓内外老鼠成群结队，每逢天气晴朗、阳光流泻的日子，我时常望见它们拖儿带女地在那里聚集，出没。谷仓陈旧的轮廓和颜色像一座苍黄的暗堡。

我想起了昔日里丁野鹤腿上画着的那条张牙舞爪的龙。

四十年前的辽阔大道上他匆匆而来，他走在一条讨饭归来的路上。他七岁时偷了邻居家的猪油，换到了铁匠铺里打造的弓箭和盾。

宝公和尚被黄村客栈里四处漫卷的玫瑰花的气息惊醒以后，时间正值一个沉寂萧条的午后。宝公和尚吃惊地发现，客栈里先前的那些伙计都已濒临垂暮之年，纷纷告老还乡了，那批新来的学徒他一个都不认识。

几乎每隔一个月左右，报纸上便会出现一则或几则黄村客栈的寻人启事，几十年来从未中断，致使客栈里的投宿者有时空前爆满，有时又突然变得凄清冷落、阒无一人，此种异常畸形的现象令人不安。一些被雇佣的伙计像催生有术，施足了肥料的庄稼一样，一茬顶着一茬，轮回着出现在客栈曲折的过道里、屋檐下，或投宿者的面前、床头边。

无孔不入的玫瑰花的气息，使客栈里众多的生活细节变得苍白而夸张，有时奄奄一息。窗外的雨水形同无数面镜子。

在走廊里的一面粉墙上，一位妻离子散、倾家荡产的珠宝商人题写了一首五言绝命诗，韵律工整而规范，一手典型的瘦金书，蚕头燕尾溢着赵佶的早期风貌。

宝公和尚离开黄衬客栈的时候，看到一名嬉皮笑脸的伙计正领着一男一女两位客人穿过曲折的回廊，伙计的手里拎着一只箱子。头戴白狐皮帽的男人扶着那位妇女，女人身怀六甲，蓝旗袍下的肚子高高隆起，她的神色压抑而疲惫，肩上的披风歪歪斜斜。

“健生，你要把我带到哪里去？这是一个什么地方？”

女人无力地对男人说道。

“到了，琳，你躺下就好了。”男人扶着女人，对她轻声说道。又回头找那位伙计，伙计一蹦一跳地跟上来。男人问伙计：“房间在哪儿？为什么还走不到？”

“已经到了，就在前面。”

伙计嬉皮笑脸地回答道，他把一串钥匙挂到手腕上，腾出另一只手，说道：“来，让我来。”将那只手放到女人的腰上，女人扭动的腰肢和旗袍的质感使伙计的那只手颤抖了一下，接着便贴了上去．像一张膏药。

“走开，”男人将伙计的手打落，对伙计喝道，“不许你碰她。”

“好心没好报。”伙计揉着被打落的手，十分不快地望着男人的白狐皮帽。窗外的光线使回廊内的一切都变得斑驳迷离，浓淡不匀。伙计讪讪地转身向前走，手中的箱子使他的身体向前倾着，他嘟嘟囔囔地说道：“这箱子里装的是什么啊？这么沉重？”

伙计打开门，站到一边，将钥匙套在手指上晃来晃去，斜眼看着两人。

戴白狐皮帽的男人扶着行动艰难的女人走到门口时，房中的一阵陌生的中药气息迎面而来，这强劲浓郁的气味使他们立即在门前停住了已经迈出去的脚步。男人一手扶着女人，一手挥舞着驱赶眼前的空气，他小心翼翼地呼吸着，脸色变得十分难看：

“这是什么味道?”

“茅香，先生。”伙计一把抓住手指上行将滑落的钥匙，做了一个莫名其妙的动作，“是的，我们每天都要焚烧一到两个小时的茅香，是用来驱除蟑螂的，当然，还包括偶尔出现的几只壁虎，这样一来，潮气也没了。”

“有壁虎?”男人问道。

女人在男人的怀中仰起一张疲惫而苍白的脸：“健生，我们走吧。”

男人低下头，对女人说：“再忍一会儿，一切都会好的，外面天快黑了，你不能再走路了。”抬起头对站在一旁的伙计说道：“打开窗户，把所有的窗户全都打开，把这倒霉的味道全部放出去。”

“先生。这，”伙计迟疑了一下，随即又说道，“好了，您瞧我的，我这就把它们都放出去，我也不喜欢这味道。”挽起衣袖，在房里房外窜来窜去，嘴里一直未停。“我姑夫是开药房的，每次去他那里我都要头晕，那感觉就像是中了煤气毒似的。我从小至今共中过三次煤气毒，第一次中煤气的时候，我才一岁半，一岁半的孩子懂什么呀？是的，只知道昏天黑地地傻睡……先生，您这会儿没感觉头晕吧？我已经让风进来了，瞧。”

“开始没晕，现在有点晕了。”男人说着，移动着女人的身体，躲避着迎面而来的穿堂风，他头上的茸厚的白狐皮帽在风中如同流动的水纹。伙计在一旁惊呼道：

“瞧，穿堂风使这帽子变得真漂亮，像一座长满白茅草的山。”

“你能不能快一点？”

“太太怎么样？她没事吧？”伙计说着，又向里面跳去，“我够快的了。”又跳出来，顶好门轴，继续说道，“事情发生的时候，我父亲一无所知，他正在一门心思地下苦功勾引隔壁的一位寡妇……对不起。”

男人扶着女人走进房中。

宝公和尚离开黄村客栈，站在一座石桥上，冷风吹跑了他的睡意。

大约距此两年以前，我在他的一卷《中秋赏月》里发现了一段关于对收割烟草的农妇所持用的砍刀和钩镰的生动描写，炙手可热的文字涉及了最初淬火的细节和霍霍磨砺的过程，蓝色的火星和砂石纷纷坠落。这种手工上的精益求精，导致了气候的反复和农事的衰败，风雨兼程的天气和按兵不动、沉湎于工具造型中的农人使流域两岸的大片的烟草和其他几种农桑作物都不同程度地蒙受了令人伤心的耗损。物质上的透支使贫乏的精神在农闲季节里四处蔓延，有如疾病或瘟疫。在这段描写文字的前面，宝公和尚细腻而清晰地描写了妇女们的身世和肌肤，体格以及微笑，文中多次出现的“健壮”“饱满”等词汇，几乎适合于流域两岸的每一位妇女。透过他的和蔼可亲的文字，可以看到妇女们由于生育和劳累而逐渐变宽了的胯部，以及在产后突然膨胀起来的臀部和腿上的若隐若现的蓝色筋络。身心两方面的逐渐放松使她们不再如黄花闺女时那样羞羞答答，忸怩作态。此后，他凭空杜撰和虚构了妇女们在河边沐浴的一个情景，这一段文字毫无起色，写得肤浅至极，每一个文字都像一张轻佻而贫贱的面孔一样在各自的位置上蹿上跳下，欲念横流。在这一段失败的描写之后，他的叙述情调突然改变了原来的风格，开始变得平缓、安详，像驶出峡谷、进入辽阔地带的河流一样，语言之间的距离使他的感情出现了稀释、淡泊的意味。他用这种方式描写了许多个意境和氛围都迥然不同的夜晚，叙述了几个发生在收割时期里的令人神往的饮食故事，收割时期的那种残余的曙光一直像天空里高贵的青色一样笼罩着所有的叙述语言。

我认识宝公和尚之前，许多人都把他看作是一个虚拟性的靠文字和语言而呼吸、走动着的人。他会突然出现在一个人的面前，用修长的十指翻开枯黄如草的《洞天清录》，并随手抽出其中的一支竹签或艾条，抽散另一卷《脉经》。他有一个贴身的袋子，他的复杂而隐秘的囊中之物使他的身份不断变幻、演绎：一位出入空门的僧人；一名体格清瘦如芦苇的茶工；一位四处漂泊的《石头记》的说唱艺人。他惯用一根簪子，在影壁前画出里面供奉有泗洲佛的闽式凉亭，然后用手指在佛像的脑后抠一点刷有金粉的泥土，赠予进香还愿的男女，作为牵连千里姻缘的一根红线。他的袋子里携有《闺房记乐》《真诰》和《夜雨秋灯录》。他像一枚重见天日的玉佩或璎珞一样突然从那种修茂浩荡的野史中凸现而出，在墨迹斑驳的泥墙下眺望来去匆匆的时间，眺望无数的信念和使命在时间的形式中化为青烟或灰烬。

他两眼乌青，脸颊消瘦，说话语无伦次，前言不搭后语，他像是每天都在做梦，又像是纵欲过度。枯槁的形容与痴呆的眼神，证明他每天都要与梦中所现的事物进行殊死的搏斗和诡异的周旋，冗长的过程和千篇一律，不断重复的动作使他疲于应付，走投无路。梦醒后他常常疲累过度，身上的部位比例严重失调，上身滚烫炽热，下肢冰凉如水，两只精衰力竭的手抚摸满身的创伤和纪念性的遗迹。

梦中的资料奇缺而紧张。

“洛阳纸贵”的畸形现象时有发生，典籍中的述异部分总翔实不足，怪诞有余，三百年前由西南崇山峻岭之中沿江溯流而上的那个人很有可能是他的祖先。据说，那是一个三条腿的人。华而不实的第三条“腿”严重地妨碍了他的日常活动，使他负重累累，苦不堪言，并使他养成了一种缩手缩脚、探头探脑的不良习惯，招来了许多的白眼和唾弃。

早年的宝公和尚，曾倾心研究过民间的道路和木马铜牛，以后便忽然不知去向。他擅长裱糊，迷恋雕工与装饰，华丽而不具有任何一种实用意义的语言和文字使他沉醉多年，至今仍不愿自拔。他厌恶一切实际的具体的事物，包括日常对话，情感与趣味，生活中的细节、日用物品以及各种手势和表情。

在黄村流域的一个无人看守的野渡上，一位投水未死的年老色衰的女尼被我扶到岸上后，告诉了我一个惊人的消息：宝公和尚是一位隐姓埋名的日本军曹，他的真名叫北村多喜二。

女尼说：“他用粗暴的相扑动作拥抱我，使我很不舒服。我喜欢中国的古典式的狎昵方式，这是多年的习惯。”

傍晚。阴晦的乡野影影绰绰，耕地四周生长着的沉寂的白色花朵，释放出一种丧事般的迷雾。父亲在屋里漫不经心地削着土豆。

“爹，那些年你是怎么过来的?”

一片一片的土豆皮从他的手中悠然飞出，几只鸡在他的脚边咕咕乱叫。他看了一眼我手中的一只熟铜的门环，漫应道：

“我不知道。”

父亲望着面前纷纷飞舞的土豆皮，显得十分开心。他的这种感情非常罕见，我从未见过他如此开心，我一直为找不到能够排遣他郁郁寡欢情绪的良策而苦思冥想。我忽然有了一种想法：我要为他提供大量的永远也削不完的土豆，土豆是廉价的，到处都可以用低价买到，但却能使他开心。待将来生活有所好转时——假如我的制铜技艺炉火纯青，门庭若市——我会日复一日地供给他蔬菜和水果，真正的蔬菜和真正的水果。

“时间使我忘记了一切。”他转动着土豆的各个侧面说道。

“爹，你喜欢土豆，我能看得出来。”我对他说，“这不是一件难事。”

“土豆？我为什么要喜欢它？”父亲的脸半扬着，一丝疑惑从他的表情里轻轻滑过，“我一点儿也不喜欢。”

“当然，土豆只是一种外表，但想法在其中。”我说。

父亲将土豆扔到一边，操起那把枇杷叶的折扇，用力驱赶着银条艾草上缭绕不息的青烟。终日沉湎于娲石和童溺之中，他没有足够的时间和心情去认真地梳理一下自己的真实年龄。紊乱复杂的回忆和繁琐而冗长的计算中的困难，使他丧失了找回那谜一般的几十年动荡生活的信心和勇气。他怵于计算中的层层手续和重复运转的孤独程序，对于往事的接近更使他惊惧不安，充满了深不可测的疑虑唐突之感。他起身面对着经久不息的丹炉。

外屋的火上煎煮着桂枝和薄荷，半夏和苏子，药力向四周弥散。

父亲手握酥烂的丹卷，凝神谛听火焰的冗长倾诉，流域上下迷失方向的船只与行人从未飘入他的视线之内。这个被乡人误认为是可怜的盲者的人，液体的呜咽之声和固体的独特造型能够使他安于现状，并长久沉醉。他喝着时间长河中污黄的雨水与清澈的童溺，耳聪目明，心事满腹。他披星戴月，运筹帷幄于狭小的方寸之间，百草的灵性与金木五行的紫晕，被他密封于自己的伤痕累累的翼下、心中，谁也无法窥视和张望。

他从沉寂的乡野中得到了某种启示。

他揉碎粉末，又研成圆丸。

他轻轻地转动物质的各个方向，用可怜的舌头和生殖器官表达满腔的激情与醉意，倾诉他最深最久的臆念。他双目如电，笑声疏朗而清白，泪花在眼里闪闪烁烁。

他身陷幻想，手握物质，独自在没有人烟的绚丽斑斓的五色土中疾走狂奔。

一只潮湿的夜鸟飞临檐下。

出于对夜晚的真实眷恋和深切依附，父亲将温良微寒的丹丸浸入口中。

其时，我正在收拾在夜色中变黑变冷的铜器，我听到了父亲牙齿颤动的声音，犹如一个人在睡眠中咬牙、梦呓的情景。

父亲小心翼翼地靠在一堵挂满绳练的墙前，丹炉中消瘦而纯青的火焰使他突然感到自己的眼睛有些渺茫难测。

紫舌的火光溢出铁孔，漫过了高温的铜鼎，藤葛在药杖下飘扬。

父亲吃力地注视着轻轻晃动的丹鼎，用颤动的手指按住了飘动的经卷和秘方，声音幽远地说道："我很头晕。"

"爹，快把药丸吐出来。"

父亲没有说话，只用一只手指了一下自己的腹部，摇了摇头。

接下来，他开始恶心、呕吐。之后，又开始不住地盗汗、腹泻。

"爹。"

"别叫我，这个世界让我恶心。"

父亲望着变幻不定的火光，视线中的工具和有关的器皿正在弃他而去，且变得越来越少。他陷身于这间寒碜而怪诞的民间居室里，腐朽的窗骨像种种古老的遗训与箴言，夜鸟的叫声像一条肮脏而卑鄙的漏洞百出的真理。

火舌舔伤了耸立的鼎耳，银色的汞液耀眼地蜿蜒蛇行。

父亲张开五个金光闪闪的手指，手中的一把莫名其妙的稀土由指间徐徐滑出，掩盖了书页上整齐严谨的字迹。

青藤拍打着草帘。

屋内混乱而肃穆的氛围迫使他伸出手抓住了紫蓝两种颜色的火光。

“给我解药。”父亲突然说道。

我递上煮好的桂枝苏子汤，又在半碗白醋和盐水中加入浸泡在雨水里的大黄。父亲接过药碗，看了一下，突然将药碗摔到地上，他冷笑着望了一下碎片：

“你知道这是什么？这是一剂古代的毒方．王莽曾用它毒死了平帝。”

“爹。”

他双手抓着跳动的火焰。我看见梦想和忧伤通过赤炽的手感，以一种微笑的方式呈现在他此时此刻的脸上。

我闻到皮肤的煳味时，时间正在他的手中化作了焦虑的烟云。

“我早就看出你居心不良，”父亲微笑着对我说，他的神情看上去像一个失明不久的盲人，脸上的表情有待调整。“你想加害于我吗？休想！我已成仙，我已得道！”

他头颅前倾，盯着自己橡皮般的手掌，突然咳嗽起来。

我的一只手扶在门框上，手指间溢出的来历不明的殷红的血流使我感到莫名其妙。父亲的声音在四壁之间回荡：

“不要找我，不要四处打听我的下落，我没有任何消息。你想我们应该更亲近吗？你最好戴上一副道貌岸然的面具，装出清白无辜的样子。但不管你如何尝试，不管你微笑的历史如何悠久，不管你的文化如何灿烂，你已无法触及我，我今日离开你，深为庆幸。”

窗外色彩萧条的树枝在夜晚的背景下循环往复地动荡、飘摇，有人正在岸边大呼小叫，模仿禽兽的声音。

我在狭窄的空间里闻到了铜的气味，它的华而不实的光晕使我的睡眠破绽重重，转瞬即逝而又碌碌无为。我听见了家具和器皿被挪动时发出的各种声音，一些从前的距离和位置正在逐渐错落，擦肩而过，变得纵横紊乱，无章可循，只能感觉到一些有关的尘埃。

我胸前的露水越来越多。父亲将我从睡眠中推醒之后，我看见一抹初现的曙光正浮现在疏松的窗骨之上。父亲站在门口，向我告别：

“我欲乘风而去。”

我追随父亲来到外面，视线中只有满河烟水，满山晨雾，父亲像一只隐蔽的手一样突然消逝得无影无踪。

远处白云如盖。

无数次，拙劣的技艺和模糊的视力使我手中的锤子在落下的时候鬼使神差地偏离了铜器而落在我的手上，绝望的呼喊从几株残杨斜柳中升起，渐渐腾空而灭。

我不在乎别人讥讽的表情和蔑视的言辞，包括那些身怀绝技的金属匠人和皮笑肉不笑的僧侣道士。我想起了那些被精心打造出来的首饰和日常用品，那些金簪钗环、珠子冠子、璎珞宝钿，首饰匠充满金属回音的生涯弱不禁风，与他们刚劲的臂力和坚硬的骨骼相去甚远。

贫乏而枯燥的想象力使手工制造业在很长时期内变得拘泥而刻板，墨守成规，照猫画虎成为许多匠人的主要手段，甚至唯一的方式。

平淡而毫无起色的日常生活使附近一些无所事事的妇女时常出现在我的面前，她们手里拿着针线，坐在一些假石或树桩上，在我展示技艺的过程中寻求开心和刺激。每当我手中的锤子偏离铜器而砸到我的另一只手上时，她们便会突然爆发出阵阵开怀的大笑，经久不息，并伴之以种种猥狎的言辞和一些异常阴暗的专用术语。这些油头粉面的妇女，有的是兵匪之妻，有的是商贾之妻，她们饱食终日，常常相互攀比服装的款式和质地，脂粉的效果和来源，甚至身材的肥瘦及其黑白程度。在这些女人中间，我认识了一位被众人称为“黑胭脂”的女人，她是唯一没有嘲笑过我的一个女人，听说她的丈夫也曾是一名军官，在几年前的一场著名的凤凰山战役中不幸殉职。

除了牙齿，她全身的皮肤有如沃土，黑得让人浮想联翩。有一天她突然心血来潮，滞留在我的床上。我刚想说话，她立即伸手掩住了我的嘴。她低声对我说道：

“等完了以后告诉你。”

八月里的一个星光黯淡的夜晚，宝公和尚将一叶小舟停泊在一条很著名的江边。其时，江上笼罩着大雾。

他将一卷当作枕头用的书籍放在身边，端起酒杯的时候，他听到了一声惨叫。

声音来自黄村客栈。

客栈的部分门窗敞开着，像一页页被人翻过的书目。

宝公和尚注视着岩上的一切轮廓，酒杯中出现的部分事物的倒影使他的心情突然变得很乱，杯中几间房屋的倒影正在倾塌，狂奔的禽畜和舞动的枝条纠缠在一起，形同一种由来已久的古老物质，又像一种誓不罢休的生命。他抬起手，将杯中的东西越过船帮扬了出去，他的脸莫名其妙地潮湿起来。

一个大脚的接生婆从黄村客栈拱形的廊门内飞奔而出，几件零碎的银首饰在她的耳边和头发间闪闪烁烁。

“婊子，你给我站住。”

一个人从拱门里追出来，是先前的那个在客栈里投宿的戴白狐皮帽的男人。此时，他的白狐皮帽不在他的头上，手里拎着一束白绫。他跑在后面，视线中接生婆的一双大脚和飞舞飘扬的紫花大褂使他有些眼花缭乱。接生婆像一只诡计多端的狐狸，在他的面前左躲右闪，熟悉的地理环境和风物标志，使她在奔跑的过程中显得轻车熟路，得心应手，游刃有余。

“我不是故意的。”

接生婆边跑边向追她的人解释，她听见自己的话苍白无力，毫无真实性可言。

“婊子，我要把你的苦胆取出来。”

男人的话使接生婆变得有些慌不择路，眼前这个多年来一直烂熟于心间的家乡第一次使她感到了生疏与隔膜，她突然发现许多的东西都变得不认识了，包括昔日的那些亘古不变的深巷小桥和房屋菜园的位置、路线及方向。她像一个双目失明的外乡人一样在岸边转来转去，方向和位置的错乱使她发出了一种激动不安的哭声，两只手在胸前乱抓。

“这是什么地方?”

她像一头受惊的绵羊一样，身后的每一声动静都使她浑身乱颤。她从一座旧日的谷仓后面跑出来后，眼前的景象又令她意想不到。她失魂落魄地尖声叫道：

“我好像到了外国。”

“看你还往哪里跑，你已走投无路了，我看看你这个不要脸的鸨子。”

那个男人突然出现在谷仓的一侧，他扶着一根摇摇欲坠的横杆，喘息如云。他看见接生婆的耳坠只剩下了一只，奔跑和逃避使她身体的一些局部裸露了出来，他看见了她灰白起皱的皮肤。他喉咙里一阵干呕。

腐朽的横杆突然被风吹落，男人应声匍匐下去。爬起来的时候，接生婆看见一种凶险的神色出现在他的脸上。

接生婆节节后退。

“不要杀我，”她撩起紫花大褂，从怀中摸出一块银子，扔到男人面前。“我不要了，我把银子都给你，他们就给了我这么多，别杀我，从中渔利的不是我。”

“去你妈的银子。”

男人飞起一脚，将银子踢到一边，他感到有些疼。他的脚尖受到了撞击。接生婆像挨蜇似的在地上猛地跳动了一下，她恋恋不舍地从怀中又摸出一块银子和一卷纸钞，扔到男人面前。

“我没有了，我什么都没有了。”

“我要的是人，还我的人。”

男人跳起来，向接生婆冲去。接生婆发出几声叽叽的叫声，转身奔跑，她感到身后的风越来越大。她回头看了一下，身后的那个男人像陀螺一样正在原地旋转。

她猝不及防地跃进水中的时候，耳边一直回荡着自己的呼喊声。水面上迅速荡开的圆环形的波纹使那个男人在岸边突然停住，手中的白绫被风吹到胸前，像一条飘动的围巾。

宝公和尚看见那个人在岸上盲目地游荡，飘动在他胸前和肩头上的一条雪白的绫子使他看上去像一名故土沦陷后四处流亡的学生。这个随意的发现使宝公和尚平静的脸色变得阴沉而难看。他慢慢地将小舟向彼岸划去，他已看出那个人正直奔他的船前而来。

“撑船的，过……”飘至嘴前的白绫堵住了那个人的声音，他站在岸边，一边向水中的宝公和尚招手，一边取下被风贴在嘴边的绫子，喊道：“过来，我要到对岸去。”

宝公和尚频频地向岸上的人挥手致意，脸上热情洋溢，笑容可掬。宝公和尚大声说道：

“请一路走好。”

船至江心，旁边一条船上有一个渔翁正在船前为鱼鹰洗澡。鱼鹰的羽毛像一把不听使唤的扇子，渔翁的脸上溅满了水珠。渔翁捏着鱼鹰的头，对它说：“小三，再不听话，我就要宰了你，炖汤喝。你不知道你有多肥，我敢说你要是知道你自己有多肥，你就不会这样不听话了，你不要这样贱骨头。”

宝公和尚的船划过来时，渔翁抬起头，望着岸上说道：

“发生了什么事，长老？”

宝公和尚说：“没什么。”

“噢，不管他。”

渔翁重新低下头，捏起鱼鹰的脖子放进水里。“来，小三，再冲一次就好了。你不知道你有多脏，你要是一个人，可没人愿意理你，你贴钱给人家人家也不干。”

宝公和尚将船划到对岸。置身于江上的大雾之中，他浑身上下产生了一种潮湿细腻的赤裸裸的切肤之感。

夜晚的徐徐展开与逐渐深入，使他很快便枕着江水昏睡过去。在他的风声鹤唳的睡眠中，他梦见了众多的数目重复增加的手工制品和一些铁器时代的通用货币，梦见了行将逝去的时间和一个血迹斑斑、垂死挣扎的故事。

殷红的血迹在他的身边溅落、弥散开之时，一位头戴圆礼帽，身穿青布长衫的陌生人轻而易举地走进了他的梦里——就像这个陌生人多年以前带着一名随从走进他的悬挂着太阳旗的办公室里时一样，神情与容颜一如既往，久久地凝视着他。

陌生人的无端出现致使宝公和尚的梦境变得凶险而残忍，竹筏小舟的舱底和四壁上突然挂满了无数猩红的水珠。

“不认识了吗?”

陌生人的语言有如娓娓而叙的流水账式的平民家书，陌生人操纵控制着几个光泽阴郁的名词和数量词，字面上的硝烟气息扑面而来。

宝公和尚打了几个喷嚏，他闻到了火药和硫黄的气味。陌生人手中的另一串念珠式的由动词和形容词组成的悬念却含而不露，这使宝公和尚突然想起了多年以前在自己的办公室里第一次会见这个陌生人时的情景，当时他提在手里的两只秘密的礼品盒也是这样的含而不露，令人无限不安，不胜忐忑。

“施主记错了，贫僧乃南山善果寺里的一名僧人，法号叫宝公。”

“你装得真像，我差一点儿没认出你来，你看我是谁?”

“贫僧不知。”

“你会念佛吗？让我听听。”

陌生人的从容与安然使宝公和尚的膀胱在大雾弥漫的江上变得肿胀如鼓。他将两只潮湿而疲惫的手按在小腹上，望着陌生人的青布长衫。长衫下有一件突兀的东西。

“你要剖腹吗?”

低远的江水夸张着陌生人的每一个手势与眼神，岸边飘零的灯火照亮了陌生人脚上的一双硬底翻毛鞋。

“该散场了。”

陌生人如一截熊熊燃烧的明烛站在宝公和尚的梦底，致使先前出现过的那些数目混乱繁多的手工制品和铁器时代的通用钱币纷纷隐退，四散遁灭。宝公和尚低声说道：

“你是武工队的孔队长吗?”

“正是。”

“孔队长，多年前我就曾经说过，我要放下屠刀，立地成佛。”

“你成佛了吗?”

“贫僧正在为此而努力，孜孜不倦。”

陌生人笑了一下，眼里的血丝像一些幼小的火苗一样开始跳跃，游动。宝公和尚看见陌生人的肩头上浮着一层枯黄的落叶，旅途的风声在他的浑身上下犹如人体的气息。宝公和尚注视着陌生人的表情，这位昔日的武工队队长又一次乔装改扮，一副远行的样子。

“孔队长，你的武工队中了埋伏，全军覆没，你还能往哪里去?”

宝公和尚神色松弛地说道。对于往事的回忆使他情不自禁地产生了一种无比优越的感觉。他想到了为期冗长的战事……露天宿营……垂死的战马……来历不明的奖赏与刺激，风中旷野上奔驰着玄猿雪兔与逃亡之旅，多年以前的声声绝望的呼喊正由远而近像潮湿的水汽一样渗入他的身体和记忆之中。

“住嘴!”陌生人对宝公和尚喝道，愤怒和忧伤的表情暂时代替了他的疲倦，青布长衫拂动如昔日的旌旗。

“可在我看来，这都是一回事，对于我们来说。”宝公和尚低头看了一下手中的一卷线装古籍，将其中的一页折叠了一下，然后合上书，抬起头说道：

“战争和灾荒使人变得六亲不认。”

陌生人后来在离去的时候，在宝公和尚的身上踢了一脚。梦醒之后，宝公和尚感到自己的后背和胯裆之间有些隐隐作疼，伤残的阴影像船前弥散着的水汽一样盘绕在他的脸上和身体内外及四周。

昨夜诡异的梦境使他感到了连日来的倦怠和困顿，其时天色已过三更，大雾弥漫的江面上空寂无声，看不到一只行船，听不到一丝人语。他垂下翻飞漫卷的草帘，挡住了来自舱外的阵阵阴风和鱼腥之气。水雾使他随身携带的一卷字迹工整规范的线装古籍变得潮湿而沉重。此时，下身的某些部位的疼痛开始渐渐向他袭来，他双手捂着小腹以下的部分，脑子里叠印出一系列可怕的征兆和毁灭性的画面，他首先想到了可能要废止的房中之术，宦官的眼泪与心事……晚年……不声不响的寂静的躯体……女人放肆的目光与侮辱性的言辞……空洞乏味的毫无任何意义的白昼与夜晚……某一个鹤发鸡皮的伴侣……难以打发掉的时光……稀泥般的麦芽糖。他将草帘掀起一条缝隙，扔掉了一支使用多年的毛发脱落的苍头秃笔，并长长地喘出一口闷气。舱内的潮气与寒意几乎无孔不入，随意出没，就像他早年间曾经不断派出去的暗探和奸细一样。无数个灯火飘摇的不眠之夜，他坐在宽大的泛着青光的紫檀木长桌后面仔细批阅暗探们呈交上来的期限长短不一的潜伏计划和跟踪报告，并着手起草更为周密详尽的有关空袭和暗杀的计划书。巡逻队的声音像有条不紊、规律和谐的钟摆一样准确无误地从他的办公室之外经过，在花园的另一侧渐渐消逝。他的办公室占据了当地一位豪绅的宝邸，与此毗连的一座后花园是他每天清晨和夜晚独自练习欧洲空手道的秘密场所。无数错落有声的古董玉器时常簇拥着他，随之而来的一系列浓淡各异的光芒常与他的某些心事不谋而合。物质的光芒通宵达旦，它的照耀使众多人的影子变得微不足道，渺小而可笑，轻于鸿毛甚至尘埃。物质的硬度使一些会说话、会思考的人变得头破血流，奄奄一息。

对于往事的回忆，使他慢慢地闭上了沉重的眼睛，怀中的一卷《珊瑚网》如一只温热的小动物一样令他安心而慰藉。

我从黄村客栈外巨大的阅览橱窗前一瘸一瘸地走过，报栏里的情形不堪回首，四十家报纸杂志每天都提供垃圾般的内容。

出没在流域两岸的闲人，看上去如同一些劫后余生的草木，他们战战兢兢、转瞬即逝的生活方式让人想起有关心怀鬼胎、夜长梦多的种种情形。有时候，一阵微风就可以将一个蹑手蹑脚的手工匠人吹得无影无踪，一场大雾会使一位购置布料与纽扣的妇女或一座有看门狗的宅院在事后突然不知去向。平原地带的灾民和兵匪有时会像漫卷的乌云一样突然涌来，致使一些来自瓷器城方向的商贾或艺人往往慌不择路，形同坐以待毙的盲人，事业未成而身躯先死。大量的腐尸和污血使河水变得混沌莫测、腥气熏天，天空里的颜色像一幅巨大的精心绘制而成的地形图，而其中的距离和轮廓却无法供人穿越。天空里没有路。

狭窄而声名狼藉的鸟道随处可见。

我时常望见大地上的枯叶败絮与饥饿的鸟群一起在人类

的面孔和头顶上面比翼飞翔，念念有词。黑暗而滑稽的日常生活使我养成了一种惯于在无所事事之余仰望天空的毛病，每当我重复小时候的这种久远的习惯和感觉时，我的身体和意念总有一种蓬勃向上、振翅欲飞的强烈欲望。我曾听那些妇女们说河边的那个羽毛加工厂里有一位比我年长的七旬老人，他在身体的各个关键部位上粘贴上质地良好的羽毛之后，能够在短短的一夜之间向紫气丛生的东南方向飞翔五百多里，这消息常使我变得冲动而幼稚可笑。我在埋头铸铜的过程中，注意倾听那些妇女们讨论柔软的丝绸、易燃易爆的闺阁用品，以及种种神出鬼没的气息和微笑。“黑胭脂”时常心情很好地教我辨认扇子上的一些瑰艳无比的花鸟鱼虫和人物的服饰及神态。天气有时明亮而空旷，有时又像房间里复杂的夹层，灰尘拂动，阴暗过度。“黑胭脂”是一个善解人意的女人，在她帮我擦拭铜器的那些日子里，每当摘下橡皮手套后，她总说：

“生命其实是一种抚摸。”

她几乎每天都与我见面，我经常在最寂寞的时候看到我潮湿的双手，并听见自己浑身的骨架如一台衰老的机器，在不该发出声音的时候突然发出许多滑稽的乱七八糟的响动，在应该表达和发挥的时候却不声不响，像一串熟睡在墙上的钥匙，从来无人打扰。

此种紊乱的现象使我在一个午后突然明白了一个存在多年的事实：从出生以来，我就一直不知道自己该怎么办。

房门被推开时，我看见一排多年失修的窗户重重地战栗了一下，窗骨上的灰尘应声而起，如同平原上的炊烟或薄雾。“你的家里老有一种药味。”她从里面出来，衣服上的一只纽扣松动后露出了一弯弧形的乳房，她毫无察觉。“他们对你怎样?”她说。

“他们?”

“那些铜匠。”

“他们喜欢我的能力，我不会夺走他们的饭碗，不会让他们在睡觉的时候噩梦连篇，他们说我是一个好人。”

“你很怪，”她注视了我一阵，抬起一只手在脸前挥动了一下，仿佛要拨开一种遮挡目光的云雾，“我早就发现你不正常，你有时力大如牛，有时又胆小如鼠，告诉我这是怎么回事？你是不是从前受过什么刺激?”

“我不知道。”

“受过就是受过，没受过就说没受过。”

“我不记得了。”

“还有，”冷风吹进她的衣服里，吹醒了她的皮肤和意识，她低下头，看见了松动的纽扣和冰凉的乳晕，伸手扣好衣服。“你总爱出汗，我给你熬了参汤。”

“我没钱，我喝不起，”

“参是我的。”

她返身走进屋里。我望着她的背影，许多日子以来，我不明白这个女人为什么会喜欢我？她究竟看上了我的什么？我有值得她倾心的地方吗？我对此疑虑重重，无比心虚。我是什么？我从来没觉得我是什么，我什么都不是。我只是一堆目前还尚能勉强呼吸的器官，一堆一文不值的下水，一个转瞬即逝的影子。

外面的车道上传来了牛车倾翻的声音。我走到门口，看见驾车的牛像挣脱锁链后的奴隶或逃犯一样向远处狂奔而去，弯曲的牛角如移动的枯枝，随之而来的尘土掩没了车夫绝望的呼喊。车上车下的瓷器堆积在路上，在风中呜咽的长颈大肚的瓷瓶如泣如诉。

我在那种时候突然看到自己的影子以及劳动的过程被天空中的某种伸缩不定的光线投射到了远方，沿途古老的格局和变态的情调分割着我的影子，剥削着我的尺寸和精神，天空中张牙舞爪的雷声使我忽视了大地上呼喊和呻吟着的人声，无数死不罢休的躯体像坚硬的龟背一样映衬着大义灭亲的天空。我的影子在天空青色的背景下，看上去像一堆没有生命但永不腐烂的瓷器，像一个虚幻的设想，像一个传说，像一种被假设出来的并不成立的因果关系。

对于“黑胭脂”与铜器的双重抚摸，使我找到了生命与物质的交汇之处，我摆弄铜器的时候，“黑胭脂”在一旁显得落落寡合，无所事事。我亲近“黑胭脂”的时候，铜器灿烂的光芒又使我常常不寒而栗，如履薄冰。

我走回屋里，她已在床上。她朝我扬了扬修过的眉毛，我看见了放在一旁的参汤。煨火的时间太短，喝到嘴里淡而无味，隐隐地有一种婴儿的尿味或奶气。我想起几年前为父亲熬药的情景，父亲从未喝过我为他熬的草药，他一直认为那是置他于死地的毒药，父亲对我的重重戒心使我难受。有一种东西堵塞在我的胸腔里，我朝床上望了一下，像做错了事情的孩子一样偷偷地将参汤放到一边。但被她发现了。

“怎么啦?”

“我想等过一会儿再喝，这样稀里糊涂地灌下去，岂不是白白糟蹋了。”我听到我的声音很微弱，脸在发烧。

“不好喝吗?”

“很好，我想细水长流。”

“不好喝也得喝。看你的样子，好像是一碗毒药一样。”

“我很冷。”

她穿着一件黑色的睡裙，丝绸的裙带在她翻动身体的过程中轻飘飘地拂动。我躺在她的身边，感到怀里抱着的是风。但皮肤的温暖程度的确胜过任何一种物质，包括棉花或绒毛。她的腹部柔软而松弛，她曾生过两个孩子。我的手向下伸去，感觉又在路上。再往下，是一片湿润。

她说：“我的眼睛这几天老跳，好像要发生什么事情了。左右眼都在跳。”

珠宝商人崔燕林在一个细雨迷蒙的傍晚时分弃舟登岸。

“老爷，咱们到家了。”

一个贴身小厮对崔燕林说。

黄村岸边苔迹上潮冷的阴风将崔燕林的珈蓝长衫在顷刻之间吹成一团，这最初的情形使他连日漂泊奔波的脸上蒙上了一层沉郁的阴影。而随之从码头的石级上涌泻下来的十几名矮壮精瘦的挑夫又一下子簇拥在他的四周。挑夫们穿着破烂不堪的露趾的草鞋，全都赤膊敞胸，手里握着湿漉漉的绳索和颤悠悠的扁担，纷纷攘攘聚在崔燕林的身边，扬起来的许多张面孔像旋转的葵花一样注意着他的每一个动作和每一个微妙而不易察觉的表情。

面对十几双饥饿成性的眼睛和青石般的冰冷面孔，崔燕林感到眼前的情形酷似多年以前的一个血腥的民间殴斗场面。银灰色的雨线落在他的身上，落在挑夫们沉默而躁动不安的表情上和青铜般的赤臂上。

阴霉的石级层层重叠，随势而升，在它的最高处，青砖的城头上野草丛生。珠宝商人崔燕林回头眺望，他身后的舟楫早已驰向远处，完全偏离了他的视线，消失在一片晦暗迷茫的烟水之间。

雨中的大地潮湿而寂静。

雨雾中飘来的一阵沉闷而悠久的钟鼎之声使崔燕林阴冷霉湿的记忆里升起了一缕姿态袅袅的炊烟。升起的炊烟有如温软的丝绸，舒缓漫卷，翩然而行。升起的炊烟是一种活跃在民间的日常的生态格局，它下面的鸡犬之声温馨如初，日常的器皿在有条不紊的起居之间叮当作响，裙裾丝带拂地而过，窸窣有声。挑夫们蜂拥而上。

“大爷，让我来挑。”

“给我，让我来。”

“先生……”

珠宝商人崔燕林的头在伞下躲避着漫天飘洒的雨水，挑夫们相互之间的争吵和谩骂使他突然感到有些头晕。一位头发花白的老年挑夫走到崔燕林面前问道：

“先生要去哪里?”

“我就是黄村的人。”

老年挑夫嗯了一声，转身看见了崔燕林身边的两个贴身小厮携带着的两个包袱。崔燕林对老年挑夫说：

“我是回乡来的，寒酸得很，实在没什么东西让你们扛，我很抱歉。”

老年挑夫转身让众人走开。“都散开，都散开吧。”他率先走出人群，对挑夫们说，“都看到了吧，就那么两个包袱，用得着你们挑吗?”挑夫们像松动的栅栏慢慢散开。

崔燕林松了一口气。远处，善果寺红色的飞檐和山门在细雨中若隐若现，阴晦的天色使那座禅房密布、殿堂环绕的古老寺院变得寂静而清冷，仿佛久无人迹。朱红的寺墙在雨中疑是坠落的晚霞，墙外遍布着丛生的青藤和花木，盘根错节，密密匝匝。

“对不起，让弟兄们白辛苦了一场。”崔燕林对挑夫们说，之后，让一名小厮掏出几串铜钱。“崔某也是囊中羞涩，一点小意思，千万别见笑。”

“大家都散了吧。”他说。

夜晚近在眼前。

两名贴身小厮尾随崔燕林踏上码头的石级，细雨淋湿了他们的行李包裹。崔燕林在迈上石级的时候．看见了挑夫们绝望而垂死的目光，雨水使他们看上去像一群泥塑。

河边的风雨掀动崔燕林的伽蓝长衫，露出了他垂挂在腰间的一块心形的翡翠玉佩。绵延升高的石级在崔燕林的视线之内蜿蜒耸立，石级上斑驳的泥痕混乱如马的蹄印。

地上有腐烂的水果和蔬菜，破碎的陶片和枯枝随处可见。

雨中的顺序无章可循。

飘扬在城头上的旗帜这时早已看不清了颜色，只听见一种清晰的丝绸的质地和声音在风雨中微微鼓荡拂动着。城门匮额上面目全非的旧日的字迹使珠宝商人崔燕林恍若置身于一个人生地疏的异邦他乡。

黄村的气息扑面而来。

眺望阴雨中晦暗而陈旧的市井格局，崔燕林望见黄村狭窄的街市内酒幌林立，店铺重叠，饮食和草药的气息在雨雾中低回漫卷。一部分脸在油烟和迟暮中忽明忽暗，时隐时现，一部分影子在灯火与店檐之下闪闪烁烁，残缺不全。雨中的悬吊在铺檐下的一条条冰冷而昏暗的腊肉使远道而归、风尘滚滚的崔燕林想起了一些被解剖后的支离破碎的尸体——那种被悬挂在旗杆上或枯枝上的局部的躯体。

珠宝商人崔燕林在这个烟雨弥漫的傍晚时分听到了从市井深处——那些低矮阴暗的庭院和老式作坊里——传来的陶工们旋转手中的泥模的沙沙声和制茶工的低吟声。几家坐落在流水上面的铺子里亮起了光线白炽的汽纱灯，里面有人正在说书，听书的人环绕而坐，像一把打开以后的扇子的形状。桥下疏松的流水声载去了惊堂木的响声。面对铺子里众多的渴望而期盼的眼色，说书的人从容不迫地抚弄着光滑如玉的黄龙醒木，突然停止了叙述。

书中的悬念出现了。说书的人扬起了一张高深莫测的面孔，引而不发。

铺子的茅房也建立在河上，只有一个棚子，几根横木，透过横木之间的距离，能望见下面的流水。一个听书的人趁说书人卖关子之际，溜出来走进茅房，他蹲下去之时，头上的帽子通过横木间的距离坠入了河里，夜晚的情调使他的失魂落魄的喊声听起来滑稽而失真。

雨雾渐渐遮掩了铺子里那些如痴如醉的备受愚弄的面孔之后，崔燕林感到街上的泥水弄脏了他的长衫，两名贴身小厮走得气喘吁吁，脸色通红。崔燕林在通向家门的一条街上看到几个无家可归的人裹着一身破烂的衣衫或草编早已在沿街的一些铺檐下进人了泥泞的梦乡，淫雨和迷雾使他们对于往日的游荡失去了目的与兴趣，只有睡眠使他们快慰而安心。

崔燕林回到家里。黑沉沉的旧日庭院，听不到一丝动静，只有西边的厢房里透出一线灯光。他推门进去，里面一位五十岁的女佣突然跪在地上，边叩头边说：

“别杀我，我什么也没有，珠宝钱财都在我们太太手里。”

崔燕林大声喝道：

“好个奸猾的奴才，看看我是谁？养了你这样一个家贼。”

老女佣听到骂声，抬起头看到了崔燕林，惊喜的神色立即冲散了她的恐慌与愧疚不安的表情，她颤声说道：

“老爷，您可回来了。”

“怎么，有强盗来过吗？”崔燕林说。

“我以为是过路的兵匪。这些天风声很紧，我就怕有人突然推门进来。”女佣从地上站起来，无所事事地在地上转了几圈，“老爷，您回来就好了，什么都不怕了。”

“太太呢？睡了吗？”

“太太她……”女佣迟疑不决地看了崔燕林一下，低下头去。崔燕林的询问使她显出一种正在认真思索的样子，但又不像是思索，像是在回避。她的鼻子上冒出了汗。

“太太怎么了？病了吗？”

听到又一声追问，她立即抬起头来，望着对方。她张大嘴喘了一口气，来自崔燕林身上的雨水和冷风的气息使她的混乱的神情变得清爽了一些，仿佛服下了一剂开心顺气、神清目明的中药。她用一种近乎回忆的口吻对崔燕林说道："老爷，今天上午来了一位卜卦的和尚，他的卦很灵哎，他是善果寺……"

"不管他，"崔燕林打断她的话，"我问的是太太现在在哪里？"

"太太出去了，好像就在附近。"

"附近？附近是个什么东西，在河里吗？在山上吗？这算什么话。"

"我不知道。"

"她在附近干什么？这么晚了，难道是看别人睡觉去了吗？"

"不知道，老爷。"

崔燕林抬起一脚，将女佣踢倒在地上，女佣哼哼了两声，像即将临产的孕妇。"天亮了我再与你算账，现在你赶快去把太太找回来，找不回她来，你也别回来，听清了吗？快滚，到附近去找。"

女佣从地上爬起来，慌慌张张地推开门向外面的雨中跑去。

"这个家。"崔燕林抹了一下流淌在脸上的雨水，两名小厮站在外面的屋檐下瑟瑟发抖，牙齿发出战战兢兢的声音。在他正要走出门的时候，一个人突然从外面跑进来撞进了他的怀里。他伸出了手。

是刚跑出去的那个女佣，像一个女鬼。

“老爷，太太在哪儿呢?”

“我怎么知道？快滚。”

女佣掉转头，又跑了出去。崔燕林的胸前洇湿了一大片水印。

庭院中排列有序的屋瓦在细雨中呈现出一种类似钢一样的蓝色。

宝公和尚在船中重新入睡后不久，消失多年的武工队队长孔祥云携带着三个陌生的来历不明的汉字第二次闯入他的梦里。连续的奔波使孔祥云的脸上显出团团倦意，但手势与表情依然如多年以前一样果断而有力，宝公和尚对此极为熟悉。夜风送来岸上桂花的幽香，大雾中的舟船像一片无依无靠的云彩。

宝公和尚记住了那三个形迹可疑的字，但他无法将它们读出声来。

起初，他以为武工队队长孔祥云操纵的是一种充满了冒险经历的文字游戏，这种宁静而智慧的对于语言与文字的试验无疑会使他萌生出极为浓厚的兴趣。

宝公和尚抖落满身的睡意，面孔变得光辉熠熠，他的记忆里立即浮现出各种各样的笔画和偏旁部首，出现了语言的气泡与轨迹。他像用火柴棍搭迷宫一样面对着渐渐涌来的语言和文字。铁弓锈笔的孤独途径使他能够在转瞬之间或年久之后滚瓜烂熟地默念往事，而眼前的三个字却使他久久不能开口，甚至无法喃喃自语。文字的念珠不再如提线的木偶，识别和表述方面的能力正在消解为零。

面对艰险而漆黑的语言的暗礁，宝公和尚发现自己的完好无损的五官已趋于失灵，耳鼻已不能同时共用。

武工队队长孔祥云在这个风雨飘摇的夜晚题写了许多绝望而忧伤的诗句。由于叛徒的出卖和漏网，致使数百名衣衫单薄、给养不足的武工队队员身陷重围，不能自拔。

漏网的叛徒像一条密封的消息。

宝公和尚在孔祥云寒冷而疲倦的叙述过程中听到了一种低远的鲜血的滴答声，孔祥云的神情像一个骑在驴背上的来自古代社会里的苦吟诗人，一双失血的耳朵像两片透着寒气的白果树叶子。孔祥云的忧伤的诗句感染了宝公和尚，使他止于文采的欣赏，而忽略了诗中描述的情景与内容。

“好诗。”

宝公和尚情不自禁地脱口说道。

对于华夏文化的沉湎与迷恋，使宝公和尚不住地击掌赞叹，一线凄苦的微笑出现在孔祥云的腮边，并流下了短暂的泪水。

月落江心，满天黑露。阴冷的江风晃动着船身，吹跑了孔祥云舞文弄墨的影子。

宝公和尚翻身坐起来，揉着眩晕的眼眶，活动了一下肿胀如鼓的手指。这是一次失败的睡眠。

船舱内的一支残烛行将熄灭的时候，隔岸的鸡声正在报晓。

东边天际里一缕初现的曙光使这场冗长而混乱的睡眠戛然而止。曙色照亮了四周，使许多黑暗的部分都渐渐现出了原形和初衷，几条懒散倦慵的影子正在岸边灰白的石苔上闻鸡起舞，健身吊嗓，花剑在黎明的空气中随意乱舞，剑术击落的只是昨夜的一些露水。

天光大亮之后，江面上来往活动的船只逐渐多了起来，大船小舟鱼贯而行，陆续不断，像太平盛世年间来往不绝的家书。一些等待渡船的人都站在岸边，挽着包裹，挟着雨伞，牵着猪羊，挑着行李和婴儿。

岸边横竖排列的粉墙和龙竹树如团团醒目而精致的螺髻，隐呈在数十里烟波江流之中。两岸的钟声如参差峥嵘的石势，此起彼伏，世代相沿的古墓和石碑相叠错落。

宝公和尚打开潮湿的舱帘，站在船前，浩荡如烟的千里江流尽收眼底。眺望鹿山南北，江岸一带城郭烟云，舟楫帆船穿梭如云，星罗棋布。江风吹动鹿山上的《凌烟阁功臣二十四人图》，古色斑斓的意境与记忆使他憔悴阴郁的脸色逐渐晴朗起来，显出了笑容。

整整一天，宝公和尚都在孔祥云余音缭绕的梦中留言里仔细地注视着每一个乘船的人，梦中的诗句长短不一，浓淡失调，绝望而忧伤的情调使所有表达的有关线索和因果关系变得像一种失传多年的绝句或哑语。

长久的观望和等待消耗着宝公和尚的精力，荒芜了他的视线，瑰艳的画舫和仿造的贡船常从他的视线中悠然驶过，他像一个元气伤尽的病人一样软弱无力地坐在船前，他听到了自己体内的稀薄的血液和越来越少的水分，有关的骨骼和筋络正在弯曲成虚弱的阴影。

晚些时候，这个在时间之中颠沛流离的僧人忽然看到了夕阳。

他骨瘦如柴的身体摆成了一种试图要溯流而上的姿势，像一根倾斜在船前的木桨。眺望红叶飘舞的西天，宝公和尚看见正在徐徐向下坠落的夕阳犹如梵语中光芒温良的佛冠，犹如缓缓而行的蒲枝和禅杖。他在遥不可及的夕照里看到了自己的一种透明的手势，动作显得荒唐而不伦不类，像一种兽言鸟语。

鹿山上沙哑的佛号和晚祷的钟声回荡在通红的江面上之时，一个风尘滚滚的行人突然跃入了宝公和尚的视线之中。

一个走投无路的人。

宝公和尚的手势和表情在透明的夕照里僵直地凝固下来，视线中的这个满脸倦意的人正是他期待已久的那个逃亡多年的叛徒。他想起了孔祥云的留言和那些忧伤的诗句。

叛徒，正在匆匆而来。

叛徒牵着一头黑色的骡子，骡子的背上载着一个负重累累的漆盒。叛徒以一种老年人的迟缓动作颤颤巍巍地跨上宝公和尚的船头之时，江风吹动了他单薄的衣衫和迷茫的神情。

面对宝公和尚的慈祥而平静的水纹般的笑容，叛徒卸下了骡背上的黑釉漆盒。漆盒的重量使叛徒在搬动之时使出了吃奶的力气，消瘦的脸上跳起了一堆乱七八糟的青色筋络，脸色由紫变青，直至最后的苍白。

“该启程了。”

叛徒恳切地说道。

“是的。”

船偏离了渡口。之后，叛徒在宝公和尚的注视下一直都在粗枝大叶、漫不经心地揉着红肿的手臂和酸痛的十指。

“你要到哪里去？”

“我不知道。”

“我真的不知道。”叛徒重复了一句。面对叛徒不堪一击的可怜的行装和憔悴的面容，一种怜悯和恻隐之情涌上了宝公和尚的面部。叛徒守候在沉重的漆盒旁，目光警觉而复杂，喘息如云，像一只看守家园而突遭袭击的惊魂不定的门犬，忠贞的品行令人难忘。宝公和尚用一种近似商议的口吻对他说道：

“回老家去吧，好出门不如歹在家，好多人在外面都没办法混。”

叛徒守护着身边的漆盒，两岸的山色烟舍，亭榭绿苔，他仿佛视而不见。“我没有家。”他说。

宝公和尚叹了一口气。船至江心，宝公和尚忽然说道：

“付船钱吧。你是不是忘了？”

叛徒仿佛受到了沉重一击，迟疑了一下，抬起苍白的目光，问道：

“很贵吗？”

“当然，你乘坐的这条船是从前的一条贡船，你的身下至今还有脂粉和乐舞。”

“不能便宜一点吗？”

“是的。”

“我没有那么多钱，我哪有钱呢，你这船像一只贼船。”

“是的，因为你是一个贼人。”

“别刺激我，我很疲倦，我想睡一会儿。”

“船到江心了，你能睡得着吗？”

“我能睡着，我为什么睡不着？”

“你睡不着，你会做噩梦的，你忘了你手上的几百条人命了吗？”

宝公和尚的话使昏昏欲睡的叛徒在这个时候突然笑出了一串爆发性的声音，流动的江风夸张了这种充满揶揄的笑声。叛徒的目光像阴天里某种闪烁不定的光线，他趴在沉重的漆盒上，笑声像一种憋足了劲的从头响到尾的钟表发条。宝公和尚突然举起一只手。

“你看看这是什么？你姥姥的。”

宝公和尚走过来，拉起叛徒的一只手。叛徒沙哑无比地喊道：

“你要干什么？”

“没什么，只是让你见一下从前的一位故人。”宝公和尚的一根指头上蘸着水，一笔一笔地在叛徒风尘未洗的手上写下了那三个形迹可疑的字。“这三个字像你一样来历不明，我只是从中经手转让一下，我也不认识它们。告诉我，这是什么？密码？神秘的信物？”

接下来，他听见叛徒沉重地“哼”了声。随即便像一堆衣服一样扑到船板上。四周突然出现了许多水渍。

“这是什么东西？”

宝公和尚步履艰难地越过那些突然出现在船舱上的水渍，打开了那个沉重的描金漆盆：一批数目众多的指头长短的小棺材尽收眼底，每一只小棺材里面都贮放着一滴暗红的鲜血，散发着一种强烈的腥臭气息。

数百具袖珍的小棺材一直使宝公和尚从黄昏数至深夜。重复增加的数目不断地骚乱着他的心事和目光，犹如无限轮回的佛珠或草木。结绳记事的古老方式使他最终澄清了一切。他坐在船舱里，抚摸着来之不易的数字，脸上露出了聪明的学龄顽童的笑容：

“我算对了，弄清了它们的真实数目，尽管它们总像妖术一样在不断变幻。”

在这个八月桂花飘香的夜晚里，这个被时间吊起来的人粉碎了一个又一个的花招和幻景，击退了所有的阴谋和诡计，接连不断的胜利冲昏了他的头脑。他打开舱底的夹层。听见了舱板下面呜咽不休的江风，两岸上的冤魂像枯瘦的芦苇一样摇摇晃晃，四处奔走呼号。

在累累相坠的果实面前，他终于迎来了一次成功而完美的睡眠：

他枕到了水上。

在已逝的那个秋天的傍晚，数百名武工队员无一生还。

周围一片黑暗。

“那是一支特别能战斗的队伍。”

两岸的许多人后来都这样回忆道。

连年的战乱和灾荒使一些素有积蓄的僧人纷纷卷起各自

的包袱细软逃离了寺院，四散而去，将一群泥像遗留在山上。

远眺颓败的寺院，晚霞几乎重塑了昔日的山门和菩萨，从佛号里吹出来是充满油垢的言辞和绿如猫眼的苦胆。

珠宝商人崔燕林神色黯然地走进善果寺的山门之后，见一个老和尚正在院里的地上晾晒一堆干菜，一个小沙弥在殿前扫地，院子里十分干净。寺院的一角，被火烧毁的一座韦驮殿冒着丝丝缕缕的青色余烟。

院中有水井和菜畦。

崔燕林走到老和尚身边，用脚将一捆干菜踢出一阵哗啦哗啦的声音，响动的干菜使老和尚抬起了一双惊异的眼睛：

“施主，要投宿吗？”

崔燕林说：“有一个女人来过吗？是不是还在这里？”

“女人？”老和尚嘀咕了一声，停住了手中的一把干菜，回头向殿前扫地的那个十四五岁的小沙弥说道：

“智远，他在说什么呀？”

小沙弥停住扫帚，对老和尚说：“他说有一个女人在我们寺里，师父。”

老和尚立即正色道：“施主，可不敢随便乱说，我们可担不起这个罪名，你要是投宿，让徒儿给收拾出一个住处。”

崔燕林说：“我不投宿，我只是在找一个女人，她是我的太太。”

老和尚说：“真的没有女人来过这里，我已经一年多没见到一个女人了，这年头烧香的人也越来越少了。”

“你们这里有一个会卜卦的和尚吗？他在哪里？”崔燕林问道。

“没有，寺里只剩下我们两个了。”

“一老一少，你们两个每天是抬水吃吗？”崔燕林望了一下井口上的辘轳。

“听说有兵匪要来，几个有钱的师兄弟都各奔东西去了。”老和尚说。

“没听见你们念经。”崔燕林说。

“我们两个都不识字，”老和尚望了一下小和尚。小和尚扫完了殿角，正在四处洒水。“每天种种菜，扫扫院子。”

崔燕林说：“这和农夫有什么区别？种菜为什么不回家去？”

“家里没有地啊。”老和尚说。

崔燕林说：“这倒不错，等将来我也得找这么一个安生之地。”

小和尚说：“大爷，现在你就来吧，寺里正缺人手呢。”

“胡说什么？”老和尚瞪了小和尚一眼，“有劝客人出家的吗？”

崔燕林说：“三个和尚在一起？非渴死不可。你崔大爷不想出家。”

珠宝商人崔燕林突然出现在我的床前时，我仍在昏睡之中。他厮打“黑胭脂”的声音将我从梦中惊醒过来。

只穿着一件单薄内衣的“黑胭脂”蜷缩在屋里的一只炭火熄灭后的铜炉旁边，流泻在她脸上的丝丝缕缕的血迹驱散了我的睡意，使我大吃一惊，我在床上挣扎了几次都没有起来。崔燕林的一只手卡着我的脖子。

“想干什么？你这个老流氓，不杀了你，我崔某就枉活一世。”

我不知道“黑胭脂”在什么时候从床上跑到了地上，并蜷缩在冰冷的铜炉旁边。我伸手掰动崔燕林的手。

“放开我的脖子，我想咳嗽一下。”

“咳嗽，咳完了再收拾你。”崔燕林松开手，离开床边，突然飞起一脚，将“黑胭脂”踢到在铜炉后面，“你这个贫贱的女人，我就知道你总要偷鸡摸狗。”

“你凭什么打她？”

“她是我的老婆，我为什么不能打？”崔燕林又奔至床前，他的手里突然出现了一根铜尺——是我的那根铜尺，朝我的腿上落下。“打的就是你。”他的喊声使我闪开了右腿，但铜尺落到了左腿上，我听到一种类似铜器淬火时的声音。

“她的丈夫早就死了。”我说。

“你白活了一世，”崔燕林发出一阵笑声，手中的铜尺敲击着我的胸脯，“你难道真的相信女人的鬼话吗？世上没有一个不说假话的女人，除非她是刚出世的婴儿或死人。”

“你胡说，她亲口告诉我她的丈夫死了。”我看见“黑胭脂”这时从铜炉后面坐了起来，披散的头发上沾满了灰尘，看上去像一个头发灰白的老年妇女。我望着她，问道：“是这样吗？他是你的丈夫吗？”

“黑胭脂”突然爬过来，抱着崔燕林的腿尖声叫道：“事情不能怪我，是他，就是他。”

“听到了吧？”崔燕林看着我，铜尺离开了我的胸脯。

“听到了。”我说。

“你是一个可怜的人。”崔燕林说。

“你总算看出了。”我望着崔燕林，心中充满了感激与知遇之情。

“别这样深情地凝视着我，”崔燕林挥舞了一下手中的金光闪闪的铜尺，灿烂的弧形使我情不自禁地闭了一下眼睛。我睁开眼睛，听到他说，“我最怕这样。”

“我也是。被人注意是一件很不舒服的事情，”我说，“而且非常可怕。”

这时，我突然感到我的下半身像是灌满了风和水。我抬了一下腿，没有抬起来，整个下半身无声无息，已毫无生气。

我完了，我知道我将从此永远不会再站起来了。崔燕林注意到了出现在我脸上的一种似笑非笑的表情。他说：

“你怎么啦？尿到床上了吗？”

“我动不了啦，下半身好像已经不在了。”我抓过崔燕林手中的铜尺，在自己的大腿上猛击了一下。没有任何感觉。

“把她领回去吧，走的时候别忘了把门替我关上，我下不去了。”我对崔燕林说。

“住嘴！我们夫妻的事不用你管。”

“黑胭脂”对我啐口说道。

崔燕林望我的脸，平静地说道：“你以为我还会要她吗？”

“别扔下我。”她说。

“我不要了，我什么都不再要了。”崔燕林从女人的怀中拔出腿，走到一边，捡起一只门环看了一下，又随手扔在地上。

“黑胭脂”奔至崔燕林身边，说道：“我跟你去，咱们这就走。”

“等来世再说吧。”崔燕林说，“假如命中注定下一辈子你我还是夫妻，我会带你去的，我从来就是一个恪守誓言的人。”

“带我走吧，你让我做什么都行，我什么都答应。”

“我让你去死。”崔燕林说。

“……”

“我不想再看见你，我说的是真话。”

她忽然在地上站住了，似在凝神倾听什么，脸颊上斑驳的血迹使她凭空肃穆了几分，宁静了几分。她站在光线不足的房中间，披头散发，如一棵枝叶扶疏的垂柳。

“你现在就去死。”崔燕林说，“你我夫妻一场，我会为你厚葬的。等将来我死后，没有人会为我做什么，我远不如你。你看那只铜炉。”

接下来，我听到铜炉倾翻的声音。远远的一滴鲜血溅落到我的脸上，像一颗温热的泪珠弥散在我的眼前。

珠宝商人崔燕林突然像一个挨打的孩子一样哭了起来。

崔燕林将随身带来的一包珠宝倾倒在一张供桌上，说道：

“我要在这里落发为僧，我要重修寺院和山门，重塑所有的菩萨。”

“请受弟子一拜。”老和尚拉着小和尚跪在崔燕林的脚下，齐声说道。“崔大爷，从今往后，您就是我们的师父，你是善果寺第二十四代正宗正法的住持方丈。”

“少废话，都起来。”

小和尚去井边打水，老和尚到畦中摘菜。崔燕林坐在一把椅子里，寺院中一系列繁琐冗长的生活场景和气息使他渐渐地产生了睡意。此前，两个和尚进来请他吃饭，他说不想吃。老和尚还告诉他说，人在最饥饿的时候能够看见菩萨。崔燕林说，我现在不想吃饭，是因为我还不想过早地看见他。

崔燕林在善果寺东廊尽头伽蓝殿一侧的一间小屋里昏睡到三更时分，外面殿脊上的几只乱飞乱叫的鹗鸟将他突然惊醒，浑身都是冷汗。在这个漆黑一团的空空荡荡的寺院里，月影阴沉，佛灯隐隐，鸟的叫声使月色显得黯淡无光，阴气逼人，寺院内外的秋虫遥相呼应。

崔燕林想将灯点亮，但灯里没油，只有厚厚的污垢尘埃。他找到一截指头长短的残烛之后，忽然莫名其妙地烦躁起来。

“他妈的我为什么要出家呢？我怎么去来到这个地方？我好像中了邪。”他这样想的时候，已走到了殿外，走进老和尚和小和尚睡觉的一间禅房中。梦中的老和尚鼾声如雷，小和尚正在吱吱咯咯地咬牙切齿。

“喂，醒醒，都醒一醒，”崔燕林用手拍着老和尚与小和尚的头说道，“都起来，起来喝点水再睡。”

老和尚与小和尚都被崔燕林的声音和动作弄醒了，老和尚说：

“发生了什么事？”

小和尚说：“崔大爷，您是不是要找水喝？是这样吧？”

“别打岔，”崔燕林伸手捏了一下小和尚的秃头，对他们说，“我不想出家为僧了，我这就要走，我的那些珠宝呢，快拿出来。”

崔燕林的话使两个和尚大吃一惊，小和尚说：“崔大爷，您怎么突然又变卦了？”

“你管不着。你算什么？”崔燕林瞪了小和尚一眼，又面向老和尚。老和尚从起床至今，始终不断地用手揉着鼻子，想制造出几个哈欠或喷嚏，但一直没有制造出来，只是极为沉闷地哼哼了几声。崔燕林站在面前看着他，将一只手伸在鼻子下面。崔燕林说：“快点，我不会亏待你们的，快点给我拿出来。”

崔燕林的手使老和尚突然打了一个响亮的喷嚏。崔燕林立即缩回了手。

老和尚在崔燕林的密切注视下看上去满脸遗憾，一副痛心疾首、一失足成千古恨的表情，他对崔燕林说道：

“为了不耽误重建寺院的工期，我已派人到檀州购买木料去了，因是琐事，就没敢惊动您。”

崔燕林冷笑一声：“琐事？这是一件琐事？”

“千真万确，不信问问智远。”老和尚说着，看了小和尚一眼，问道，“是不是，智远？”之后又望着崔燕林。

“什么？”小和尚说。

老和尚说：“蠢材，派人去檀州买木料，你的脑子喂狗了？”

“是的，是的。”小和尚说道。

崔燕林哼了一声。

老和尚在这个时候流出了两行稀疏的泪水，声音哽咽着对崔燕林说道：“崔施主，我已是行将入土之人了，智远还是个孩子，我们要钱干什么呢？早知如此，何必当初。”

“你派去的人呢？”崔燕林问道。

“此去檀州，路途遥远，已连夜乘船走了。”老和尚说。

崔燕林口中吐出一团白沫，突然昏倒在地上，不省人事。

两个和尚一起摇晃着崔燕林，连声喊着：“崔施主，醒一醒，醒醒。”面色如土的崔燕林使小和尚智远在惊恐不安之余想起了发生在童年时期的一件往事，他的一位亲人就是以这样的一种表情和姿势与家人不辞而别，突然逝去。老和尚像一位中医一样察看着崔燕林身上的各个部位，他的推拿动作使崔燕林的面孔有一瞬变得奇丑无比，狰狞可怖而令人难忘。小和尚战战兢兢的样子激怒了从容安详的老和尚，他大声呵斥道：

“抖什么？没出息的东西。这也值得你浑身颤抖吗？”

“师父，我很怕。”

“闭嘴！别让我再看见你颤抖。”

“师父，他死了吗？”

“他是气迷心窍，一时半晌还醒不过来。”老和尚将手从崔燕林的鼻子下移开，向四处看了看。他看见了旁边的一根哨棒。他对小和尚说：“去，把那根棒拿过来。”

小和尚握着棒走过来：

“师父，给。”

老和尚说：“给我干什么，我不要，是给你用的。”

“我要干什么？师父。”小和尚说。

“打他，”老和尚指着躺在一边的像一个醉鬼似的崔燕林，对小和尚指点着，“快打，打他的头。把棒举起来。”

“师父……”

“快打，你见过佃农用连枷打场吗？就像那样打，打法一样。”

“师父，我不敢。”

“你是不是想让我一脚踢死你？你不想让我一脚踢死你吧？”

小和尚举起木棒，望着崔燕林的头。木棒落下去以后，却打到了崔燕林的胸上。“打他的头，你不认识头吗？”老和尚在一旁失声叫着。小和尚的木棒落到了崔燕林的头上。老和尚点着头。不久之后，他叫住了小和尚。他闻到了小和尚身上的阵阵热气。

“把棒扔了，去附近找一个挑夫来。”老和尚对小和尚说。

一只浑身漆黑的鸮鸟在殿脊上展开了翅膀。老和尚举目望去，发现不是一只鸮鸟，是一只形体柔软如黑色丝绸的蝙蝠。

“走远点儿，有什么好看的。”老和尚扬起一只手，漆黑如剪影的蝙蝠立即从宽阔的殿脊上展翅消失了。

小和尚带一名睡眼惺忪的挑夫走进寺院后，发现老和尚正在院中原地徘徊，他的脚前有一个鼓鼓囊囊的口袋。

“师父我回来了。”小和尚说。

挑夫说：“什么要紧的东西，要半夜里上船，我看看。”

老和尚将一团东西塞进挑夫的手里。挑夫站住了。老和尚说是一尊新塑起来的菩萨，要运往河对岸的白云寺，天亮后要参加白云寺里的一场大法事。老和尚对挑夫说：

“你先挑到渡口上等我，我收拾一下立即下山，我将亲自护送菩萨过河。”

挑夫背着菩萨来到风声鹤唳的渡口上时，四野空寂无人。

菩萨的体重和质感使挑夫情不自禁地打开了口袋。“我看看他，怎么和真人一样。”挑夫像脱衣服那样将口袋撑开，慢慢地褪下来。他急不可耐地伸进一只手去，但立即又挨蜇似的抽了出来。他看见了手上的血。

“有人暗算了菩萨。”

挑夫将口袋全部倾翻之后，突然面向着善果寺的方向。

小和尚目送着挑夫渐渐走远之后，关上了破烂不堪的山门。门外的冷风透过门上支离破碎的缝隙和窟窿，刮进寺里。

小和尚跑到老和尚面前，说道：

“师父，风在吹我的腿。”

老和尚说：“徒儿，我把姓崔的珠宝分成了两份，你我师徒一场，咱们二一添作五，赶快各奔东西吧。”

小和尚说：“师父，珠宝不是让人带到檀州去了吗？”

“你这个傻瓜。”

“师父，有了钱我就不当和尚了，我要回家。你呢，师父？”

“回，咱们都回家。”老和尚推了一下小和尚，“快去挖出来吧。”

“师父，珠宝在哪里？”

“我埋到菜畦子里了，快去。挖出来咱们就都能回家了。”

小和尚转身之时，老和尚手中的一把铁锹突然出现在小和尚的头上。小和尚“哎”了一声，慢慢回过头，朝老和尚莫名其妙地笑了一下，接着便扑倒在地上。

“龟儿子，乳臭未干，就想伸出手在这个世界上讨便宜，你还嫩了点儿。好好在这里看守这个破院子吧，老夫去也。”老和尚说着，摸了一下怀中的珠宝，朝山门前走去。

跑出山门之后，他突然感到自己的脚下出现了空荡荡的风声。

一支奉命南撤的部队像四起的秋风一样漫过黄村流域，黄村的一切风物标志都如惊走的落叶，四散飘零。

在撤退的间隙里浏览街景的军官们披着呢子大衣或黑、红两种颜色的斗篷，戴着雪白的手套，牵着纯种的狗。

陌生的方言土语在街上回荡。

军官们佩戴着蓝色的臂章，在他们的面前，他们看到了我——一个不愿为自己的性命担保的人，看到了一个不再对任何东西都发生兴趣的人。一个鸡犬升天的秋日的夜晚——也许是冬天——他们在黄村流域附近的一间铜晕斑斓的房子里捕获了我——官兵到来之时，几乎所有的男女老幼都在一夜之间突然逃离了黄村这个家园——他们扒开了门前凌乱的稻草和麦秸，一名卫兵呼喊起来：

“这有一个活人。”

其时我正在床上抚摸我从前亲手打造出来的一面光晕灿烂的铜镜，我在镜子里看到了我的脸，它是潮湿的，却又看不到任何的水分。一双耳朵像一种凭空附属在某种势力之外的裙带关系。多少日子以来，失去知觉的下肢使我像一种干枯的记忆一样无可奈何他日复一日地停留在床上，我成为了床的一个局部，与我为伍的是我的那些从前的被褥，与阳光的长期远离，使它们散发出深重的霉味。

军官们鱼贯而入。

屋子里纵横交错的线索上几乎挂满了我从前精心铸造的崭新而滞销的钥匙及大量的模型。军官们在铜器林立的空间内低着头，弓着腰，长吁短叹或一声不吭。悬挂在窗口上的一只龙嘴铜壶在旋转的风声中鸣咽作响，军官们坚硬的马靴踩响了一只龟缩在角落里的青铜蛤蟆，嘎嘎乱叫的声音单调而无力。我僵直在我的床上，情形如同一件不堪回首的往事，我的身体四周是一堆堆发烫的工具和一片片有关劳动的记忆与印象。在镜子里，我看到明暗不匀的光线使我的脸突然变得坚不可摧，固若金汤。

一辆盈尺见方的铜车马静悄悄地停放在我的视线里。一位红脸的军官突然将一直倒背在身后的手指起来，迅速地伸向了它。

我望着一只眼睛空荡荡的铜鹰，由于身体的突然偏瘫，使我未能来得及为它安上一粒能够明辨是非与黑白的瞳仁。对瞎眼铜鹰的注视，使我在不知不觉中流出了泪水。

一位军官走近我：

“告诉我，你是谁?”

“我就是那个在一部书中昏睡了四十年的风瘫病人。”

我在床上回忆从前的砧子与一次失败的铸造过程时，他们正在一起研究父亲遗留下来的那只伤痕累累的丹鼎。他们在面对金属的成色和亮度上出现分歧，发生了一点不愉快的争执，疑惑和不安的影子以一种激昂的表情出现在他们的脸上。对于金属问题的持久性的探讨与论述，使得他们的服饰与神色变得形同盔甲，语言上密布着的团团锈迹腐蚀了他们的金光灿烂的文化和亮晶晶的刺眼的思想。

平，快走开——是广春从前的喊声。

一名军官俯看着我：

“你是干什么的，小炉匠?”

“他是一个疯子。”另一名军官说着，伸手掀起了我身上的毯子，他看到了我的死亡多日的下肢以及我腰间的一串东西。他拿在手里反复掂量着摆弄着，想弄清其中的含义与性质。他大声地在我的耳边说道：

“这是什么？神秘的宝贝？祖传的遗言？悠久的历史宝库？灵性的预兆？噢，原来是一枚穿孔的铜钱，一枚伪币。”

带队的一位军官纵声大笑。

其余的军官这时纷纷扯掉各自的雪白的手套。我听见他们的纯种狗在外面反复狂吠，声音传遍了整个黄村。

军官们伸出漆黑如铁的大手。我看见他们不容分说地打开了我童年的盒子，拿走了我童年的一把铲子。

他们带走了我的肌肤美丽的铜人，砍倒了我的枝叶扶疏的铜树，杀死了我的会唱歌的铜雀和会飞翔的铜马。

我生平第一次目睹了人世上所谓的意义。有人要它们，这就是所有铜器的意义。有谁会要我，将我也一同拿走？

“可以带我走吗？可以把我放到你们的马背上吗？把我也拿走吧，拿走了我，我今生今世就具有了意义，没有白活一场。”

一位军官笑着对我说：

“你算什么东西？你以为你是什么？你什么都不是，你形同灰尘，你只是一堆无处堆放的废钢烂铁。”

士兵们从河边提来了水，熄灭了黄村里团团的炉火。最后一缕靛蓝的火焰行将熄灭的时候，突然照见了他们掩埋地雷的仓促动作与不安的表情。浮土中露出了树枝的根。

平，小心地雷——是广春从前呼喊我的声音。

一位文质彬彬的军官对我说：

“你的意义，你的铜之舞，你的潮湿而荒唐的只具有装饰作用的五官和大拇指。”

我乞求军官们赐给我一个莫须有的恶贯满盈的罪名，代价是数百件铸造完好的铜器和所有的附属材料，包括一批五彩的金属原料和年久的容器。军官们红润的面孔和青色的胡茬使我昏昏欲睡，疲态毕露。我从记忆中的几条肉色的女人的腿前走过，黑暗中雪地里的几道樊篱正在风中一件一件地依次毁坏，其情形看上去如同在演戏，如同照本宣科地接受解剖的牛畜或猪羊。

门前的黄水仙如同几只我早年间失手坠落后的空酒杯。

而军官们却拒绝给我以任何的罪名。他们在掌中玩弄着袖珍的铜殿和佛塔，他们希望我能在花影或金属丛中，为他们高声朗诵一首感情沉郁的唐诗或宋词，内容仅局限于对故人与往事的深切缅怀或旷夫怨女的怀春思淫之词，或者给他们每人铸造几副首饰的赠品或一只酒壶、一柄烟枪、一把金风徐徐的铜扇。接下来，他们在那座砚台大小的铜殿上面发现了那首被劳动技艺镂空了的诗：

南朝四百八十寺，

多少楼台烟雨中。

我骑着邻居的猪，在故乡的岸边狂奔的时候，他们轻轻地抱起了我。我只需要一些粗糙的地毯条，作为翔实的资料和可靠的情报，以躲开运载炮团而来的大批惊人的马车。

飞驰的马车。我看见狙击手的脸上长满了密密麻麻的雀斑。

他们游荡在那座著名的历史宝库之外，对建筑尺寸与彩绘规则的无知使他们一直没有发现周围有别的建筑。一些圆形的柱子不知最初源于哪一个年代，古老的计谋明火执仗，接连不断的重复过程令人迷茫而消瘦。

还我的铲子。

家里有人吗？

谁在家里？

不认识我了吗？我是金属回收站的姚百龄。我的站址在风中蒙受了毁灭，与茶叶转运站重叠了，这很怪。

我来收购你所剩无几的铜器。

你愿全部清理出去吗？

你需要保留一部分吗？你是不是应该保留几件必要的工具，以资纪念？

你可知道街上的当铺都已关闭？

你可知道所有的作坊都已坍塌？

我时时牢记你从前的所托，那个中风的烟花姑娘已然死去，乳名一样，但并不同姓。

你需要重新点燃泥炉吗？我带了火镰。

他们已经走了，留下了满街马粪。

我在来时的路上捡到了一纸公文，他们在上面写满了真理和主义。一派胡言。

你要煎药吗？我找遍里里外外，全不见砂锅的影子，只有几块碎片。

他们用什么弄破了你的眼镜？是他们的皮靴吗？还是他们的习惯？我猜一定是长久的习惯驱使他们这样。

你不必过于悲伤。我的祖父他曾经纶满腹，妻妾如云，他活了八十一岁，参加过无数次战争，他家资万贯，游历过众多的地方，接触过形形色色的人种和事物，生养了几十名子女，但他至死没看到任何一种意义。

你不必难受，我现在收购你的铜器，只是代你暂为保管，等将来你可以如数赎回。

家里有人吗？

不认识我了吗？我是琼花，河对岸的那个寡妇。我离你而去，如今又回到了你的身边。你还喜欢我吗？还肯要我吗？

我无处可去，想到了你。

你为什么这样伤心？他们拿走了你的什么？你要找回你

从前的那把铲子吗？我知道是那把系有铃铛和泥丸的童年的铲子。

你要喝水吗？

你想躺平吗？

我可以亲你的脸吗？

我可以扮演双重的角色吗？身兼数职，做你的母亲和妻子。

你很爱你的母亲吗？我会像她一样爱你。

你看我这件贴身的绸衣好看吗？它很适合我吗？你喜欢吗？

你想要什么？

你双唇颤动，可我听不见你的诉说。

你需要我脱去衣服，温暖冰凉的手脚和心事吗？

你需要我的抚摸吗？只要你开口，我一切都会遵你嘱。

不孝有三，无后为大，你不想将你的香火继续下延吗？

只要你肯，我可以为你生儿育女，我的心情和肉体可以为证。

我仍过于风骚吗？

你从前总是为此不安而又沉醉。

我深知你的心境矛盾重重，你羞于启齿，我只要你点头或摇头。

我有部分积蓄，可以供你重新学习走路，你可愿意？

我见到了岸边的那些无家可归的流浪者，他们对我不怀好意。

这消息会使你生气吗？我希望你为此而愤怒，甚至嫉妒。

你要喝什么？你需要我的乳汁喂你吗？重复你小时候的那种感觉。

你能触摸我吗？

为什么迟迟不见你的表情和手势？让我看看你为什么这样心如死灰？

我来时的路上曾对此充满了渴望和激情，可眼前的情形令我不胜凄凉。

你认为我不配吗？

你认为我会对你有危险吗？

我知道你经历过大风大雨而来，遍体伤痕，我从此不再离开你左右。

我的身体能使你忘掉从前的一切吗？

你为什么总是颤抖不止？

我的触摸使你难受吗？

你从前总是那样渴望我的气息和姿势。我们相遇，令你感到害怕和不适吗？

你为了被毁掉的铜器而伤心吗？

我会让你重新掌握一门技艺，一种永远没有烦恼的技艺。

你相信我的许诺吗？

你要把那本《远征笔记》拿过来吗？它的上面已蒙满了灰尘，内容已被人撕去。

我可以看看你的伤口吗？

我离你而去，为什么听不见你的责怪？我喜欢你生气时的模样，这使我为之心动。

你想写信吗？

不准备寄给世上的任何人吗？

我能对你有所作为吗？

你不想得到任何辅助吗？

你相信我会成为你晚年时的手杖吗？

为什么你不愿意看我？你目光潮湿，却没有一滴眼泪。

你想回忆往事吗？我愿意在天气晴朗的时候像你的母亲当年时一样，领着你学习走路。

你不必为摔跤而担心，我会为你检查你脚下和面前的一切道路，我不会让石头和乌云将你重新绊倒。

你对此有信心吗？

你不愿意牵着我的手，重新牙牙学语，蹒跚学步吗？

你其实并非一无所有，我还在你的身边。

我见过许多一生一世都一无所获的人，这情形其实更令人安心。

你不习惯我所唱的童年的谣曲吗？为什么你的双唇总是颤抖，却听不到你的一丝心声？

你想要什么？

你想找回你童年的那些玩具吗？

纵使找回一切，对你又有什么意义？

你可知道，你已白发苍苍？

你已白发苍苍。

浮华的文字在泥泞的家门前流过，它无声地游动，渗漏，犹如我从前坐在古老而低矮的门槛上垂首冥想。

1992 年 4 月

附录

造访心灵的秘境

——首发责任编辑手记

文　能

诗人欧阳江河在获得第十四届华语传媒文学“年度杰出作家奖”的“获奖感言”中说道：“长期以来，我秘密地、近乎执拗地将诗人大致区分为两种不同类型的诗人，一类是作家型的诗人，一类是非作家型的纯诗人。依我的区分，在唐代诗人群中，李白属于天纵英才的、非作家型的纯诗人，而杜甫、韩愈则属作家型的大诗人。”欧阳江河还将作家也分为两种：一种是小说家，另一种是大作家，“小说家拥有的是很精彩的手艺，而作家更像是思想家，他讲述的是自己对世界的看法。”欧阳江河对诗人和作家这两种大致的分类，固然有其道理，但遇上某类作家，套用这一“公式”去归“类”，却又总有削足适履之感，譬如作家吕新。

按照欧阳江河的分类，吕新无疑属于“小说家型”的作家，他有着精湛而高超的写作技巧，奇诡而充沛的想象力，出类拔萃的语言造型能力，辽远而深幽的阅读背景。他似乎无意于充当时代的“记录者”，亦不想以什么人的“代言人”自居，作家李锐这样评论吕新的创作：“没有理论和口号，只有梦想和语言”。(《纯净的眼睛，纯粹的语言》)

从某种意义上看，吕新确实是一个非常纯粹的“小说家”，他自己就说过：“除了写作，我不喜欢做任何事情”，他不但这么说，也的确这么做了。“出道”三十年来，他深居简出，潜心创作，独上高楼，宁静致远，且乐此不疲。三十年间他写下了五百多万字的作品，其作品的“产量”和品格，在当代作家中并不多见。

吕新的小说创作，基本没有产生过什么“轰动效应”，这也许与他独特的文本形式难以转换成被大众易以接受的影视作品有一定的关系，但更多时候是因为读者在其作品中，读不到他们认为的，作家对这个世界的阐释以及所谓的“意义”。记得当年就曾有评论家撰文指出：他在吕新的小说中读到的是一堆“语言的泡沫”。但如果据此认为，像吕新这样沉浸在“纯粹”的文本创作中的作家，就只能算作一个技艺纯熟的“小说家”，而其作品并没有传达出他对这个世界的“看法”(即所谓的“世界观”)，因而难以和那些“大作家”比肩而立的话，我却是万万不能苟同的。

世界上总有那么一些人和事难以被归类和被阐释，作为作家中的“异类”，吕新也许就是其中之一。作为“小说家”型的作家，吕新的小说文本所彰显出的高超的叙事技巧，充满灵性的语言，和旖旎瑰丽的想象力，我想即便是最挑剔的读者也不会否认其出色的创作才华，但如果作为一个欧阳江河所说的那种“大作家”，吕新也许就有了某种“争议性”——因为在他的小说作品中，很多读者看到的只是被作家用精微而华美的语言建构起来的诗学空间，时间在那里仿佛被凝固了，作家的思想（世界观）在这片时间的“荒原”上杳如黄鹤。也许也正是出于同样的原因，即便如《抚摸》这样一部与当代名家的任何小说相比较也绝不逊色（至少在叙事语言和想象力上）的长篇小说，在出版的二十余年间，虽然在论及新时期文学创作的成就时，不时会被读者和评论家们提起，但对其专门的评论文章却少得可怜，因为要穿越那片意义的“荒原”，“抚摸”到作家想要显明的真实存在，实在是一件力所难逮的事情。

《抚摸》完成的时间是在 1992 年，那会青年作家吕新以“自己与自己交谈”的方式，在对“生命的一种安详的抚摸”中，“愉快地向三十岁的大门渐渐滑进”，《抚摸》正是吕新当年这种生命形态和创作状态的产物。作为一个在文坛上初次惊艳的“亮相”，便获得了满堂喝彩的新秀，吕新是当年众多文学杂志和出版社“围猎”的目标。当得知吕新刚完成了一部新的长篇，出版社对此表现了高度的重视，那年的五月下旬，时任《花城》编辑部主任的田瑛、小说编辑室的编辑钟洁玲和我，组成了一个“庞大”的组稿阵容，前往山西。

从五月燠热的羊城飞抵山西，刚一到太原机场，我们就感受到了阵阵大陆季风的凉爽。还没走出机场，老远就看到一个灰色的身影，为了增加高度好让我们看到，那人双脚站在铁栅栏的隔条上，抻长了脖子，使劲向我们一行招着手。快三十岁的人，这一动作使其孩子气十足。我知道，那就是吕新了。后来吕新的妻子郝东黎告诉我们，自打知道我们要来看稿的消息，吕新就一直坐立不安地盼着我们到来，一向极少与外界打交道的他，居然破天荒地亲自为我们安排住宿的旅馆和联系接机的车子。这位山西汉子的古道热肠和细心周到，以及在文学观念上的诸多“巧合”，让我们一见如故。

那是我第一次见到吕新。凡是见过吕新的人，都会对他那双异常晶亮的眸子留下深刻的印象。那是怎样的一双眸子啊，亮，贼亮！但从那眸子里投射出来的，却不是那种咄咄逼人的锋芒，而是一种对世界充满好奇的温情和探究，（甚至还有几分羞涩?）我心想，从这样一双眸子中看到的世界，也许会与“凡人”有很大的差异。

1997 年，我在我的一篇“编辑手记”中曾这样描述吕新：“他把他对世界人生的体察内敛于心，并通过他的想象和创造化作了一行行的文字。这位一心要让他的文字‘团结起来，争取更大的胜利’的作家，几乎过着一种足不出户的封闭式生活，成天沉浸在他的艺术世界中。吕新不曾在南方生活，也很少涉足南方，但他的很多作品中却把他想象中的南方描绘得活灵活现——那湿漉漉的青石板小径，那长满了苔斑的乡间农舍，那几乎拧得出水的潮湿空气，那明亮的稻田茂密的芦苇烟雨迷蒙的河汊……让人感觉他在那里生活了一辈子。即便是他所熟悉的黄河流域和充满了童年记忆的雁北山区，经过吕新的想象与‘抚摸’之后，从其笔下流淌出来，已经变成了非经验形态的东西。吕新的小说常常让那些手持‘常规武器’的评论家束手无策，他们习惯于在文字的背后寻找‘思想’和‘意义’的眼睛，在吕新的小说中看到的是一片虚无……其实他们不明白，语言对于吕新并不是一种外在的‘工具’，也不是某种思想的‘载体’。吕新并不想在他的小说中传递什么思想，也不想由此而让他的小说获得某种精神的丰富性（更多时候这种所谓的丰富性主要是为训练有素的评论家提供施展‘拳脚’的机会）语言对于吕新，就是‘存在’，就是一切，而创作却是他返回‘故乡’（存在）的途径，他正是在创作和想象中‘抚摸’存在与生命的。”

我在二十年前写下的这段文字，我至今仍认为是解读吕新小说的“密钥”。我至今还记得，那年我在山西榆次一家在现在看来也许条件简陋、但在当时却已算“高大上”的旅馆里，一口气读完了《抚摸》的手稿后的兴奋和欣喜，我认为那是当年“先锋小说”创作的又一个重大的收获，足以和格非的《敌人》、余华的《在细雨中呼喊》、苏童的《我的帝王生涯》等最优秀的作品比肩！

《抚摸》一如既往地延续了当年“先锋小说”对小说情节的淡化处理，你无法在那二十万字的篇幅中复述一个完整的故事：那支番号不详、目的地不明的残军，在溃退（或换防）的过程中，流窜逶迤于黄河流域，在大风起兮云飞扬的肃杀与诡异中，目光之所及，人烟萧索，十室九空，瘴气弥漫，冤魂出没……正是在这样的情形中，生命的“浆声灯影已无从追寻”，小说的主人公广春生存的意义，陷入了一片无边的虚无，唯有对往事的不断缅怀，还能多少唤醒已渐行渐远的人间温情，正如小说中写的那样——表叔头上那顶“潮湿的毡帽使我闻到了故土上雨水的气味和瓷器上空的浓烟”。

让我惊叹不已的是，作家对这种生命陷入虚无状态的呈现，却是在一种对子虚乌有的场景的极其精微而生动的描述中完成的，所有的细节都栩栩如生，无微不至，让人觉得作者在那其间浸润了几个世纪。我们不妨再细细地品读一下这样的文字：

> 高悬在农业地区上空的太阳犹如山中修炼多年的铅丹，古色斑斓，气象万千。不计其数的牛畜和马匹滚着一身泥水，出没在我们的视线之内。残缺的犄角，斑驳的毛色，伴着绝望的呼喊和奔跑，来自司令部的指令犹如催命的丧钟，时刻回荡在每个人的耳边。

> 1 月 14 日，我们经过了一条狭长的洞穴地带，两边森严壁垒的岩石上刻着汉代的故事和远道而来的哈里发的使者。马放南山，歌舞升平的汉代故事使人引起与战争有关的许多联想。哈里发的使者携带的香料和银器，骑着高大的骆驼和白象，频繁地来往于阳关内外。

品读这样的文字，你不能不为作家飞扬不羁的想象力，以及无中生有的文字造型能力所赞叹和折服。吕新在其小说中为我们建造了一座繁复精密的艺术迷宫。如果说大多数的作家在他们的创作中，是通过对事件和时间的梳理，去找寻和揭示生命的意义的话，那么吕新在他的创作中，却是通过对诗学空间的建造，拦阻生命的逝去，追寻童年的气息，藏储记忆的碎片，当然，这同时也建构了一座属于吕新自己的生命秘境。而我们对他的作品的阅读，也不妨理解成对其生命秘境的造访。

末日图景与超越之梦

——吕新长篇小说《抚摸》解读

吴义勤

在我从前走马观花般的阅读印象中，山西作家吕新总是和赵树理为代表的传统现实主义作家联系在一起。在我尘封已久的阅读记忆中，吕新绝对与新潮小说无关。然而，当他的中篇小说《手稿时代：对一个圆形遗址的叙述》《发现》和《南方遗事》等呈现在我眼前时，其先锋性的文本形态、语言意识和话语方式彻底颠覆了我的阅读经验。我惭愧于自己对吕新的盲视和误读。我深信把吕新摒弃在新潮小说之外而武断地置他于传统小说的河流之中是一个巨大的历史误会。吕新注定了是一个与传统无缘的典型的新潮作家！面对吕新，我们的评论显然难以逃避那迎面而来的尴尬与困窘。我想，吕新之于新潮小说和新潮小说之于吕新其意义是相同的。没有吕新，新潮小说就会减少一份光芒，而离开新潮小说，吕新的价值也无从呈现。吕新实在是主动而宿命般地登上了新潮之船并义无反顾地分享着新潮的孤独和磨难。当我读到《花城》1993 年第 1 期上他的长篇新作《抚摸》时，我对吕新的感受和认识又加深了一层。这部小说的诞生无疑给复苏中的新潮小说又灌注进了一股新的生机和活力，它独特的叙事魅力和文本价值无疑会在新潮小说史乃至当代小说史上刻上重重的一笔，它不可能被遗落。然而，我又发现哪怕以最现代性的审美眼光和解读模式都难以对这部新潮小说文本的语言表象、主题意旨、文体类型等进行有效的阐释和界说。本文也只是一种尝试，我深信随着时间的推移；这部小说必然会越来越激发起我们的阅读兴趣和话语欲望，也许到那时，真正的解读才有实现的可能性。

一

进入每位作家的小说世界，我们总是无法跨过故事的门槛，对故事的兴趣很大程度上也正决定了我们对于小说的兴趣。我们对小说任何层面的认同与感悟都根本上难以超脱故事的羁绊。但我们无法以对传统小说故事的阅读习惯和阅读期待去面对新潮小说家提供的“故事”。对于他们来说，故事的意味已经与传统小说规范背道而驰了。他们对“故事”的有意识的淡化、异化和篡改，使读者对他们的小说和故事的接近变得艰难起来。对于这种陌生化的故事内涵和故事操作与呈现方式，我们只有在无法避免的经验抛弃之后，才有进入的希望。对于吕新的小说，对于《抚摸》亦是如此。

《抚摸》和他此前所有小说一样其艺术聚焦点仍然没有离开那块他生长其中的晋北山区。事实上这片土地苍凉的风景、铅色的人生和古老的历史被作者以斑驳而新奇的叙述巧妙地编织成了一个幽深、绮丽，又有点神神秘秘的虚幻世界，并作为一种背景画面凸现在小说的故事时空里，不过，不同于以往的小说，《抚摸》在故事背景中又增加了两个新的因素：战争和动乱。这里战争和动乱也感觉化、模糊化了，在摒弃了具体的历史真实性之后，呈现出一种梦幻般的象征色彩，它们以一种笼罩性的氛围和存在构成了故事和小说的主体背景。它们作为人类的一种生存境界横卧在人类走向永恒的路途上，人无法回避它，正如无法回避小说中反复出现的“大风”和“伤寒”一样，也许只有通过了这种生存炼狱的考验，人类的救赎与超越才有可能实现。

其实，《抚摸》也并不存在一个中心故事，小说正是由许多故事的群落组构而成的。这些故事具有衍生性、组合性和各自的独立性，一般来说在故事之间也不存在因果关系和逻辑关联，它们只是原生态地通过叙述人的冷静语调呈现在小说中。吕新试图把家族的历史以及主人公们的遭遇、数十年的战乱、民间传说与神话、晋北风情和叙述方式上的实验糅为一个艺术整体，因而小说中故事形态也具有了繁复变幻之美。这里有不同家族的故事（“我”家和广春家），也有发生在不同地域的故事（南宋和黄村流域）；有不同年代里的故事（童年时代、青年时代和老年时代），也有不同辈分的人的故事（“我”和父亲）；有军队里的故事（小六子和军官哗变），也有村庄里的故事（铜匠暴动）；有普通平民的故事（健生和琳），也有珠宝商、尼姑、道士、和尚的故事（崔燕林、妙香、宝公、丁野鹤）……由于这些故事都是“我”回忆和转述的，因而故事群落又俨然分成了“我”的故事和“他人”的故事两个部分，小说展开的过程也就是“我”寻找和发现故事的过程。正如小说中所说的，“至于故事本身，我一直不遗余力地探索了好多个年头”、“我在别人的一个故事外面坐了二三年，我伸出沾满陶泥和血迹的手抚摸那个时期的土漆的陈设，流泻在那些年代里的阳光使人感到炙手可热，目光肿胀。我看到一些离我很近的脸远在某一个风声鹤唳、草木皆兵的年代里背水而立。”这样，《抚摸》中的故事就通过“我”心灵的转换而以一种场景如画面的形式呈现出来，它削弱了许多动作性的情节而具有体验化和心理化的特点。

就思想内涵来讲，这些松散的故事却由对生命永恒的关注这一共同的主题贯穿起来了，它们共同构筑了一幅“世界之夜”降临后的末日图景，以及在这个末日景象中挣扎的群体生存状态和苦难体验。其一，小说展示了众多生命奔赴死亡之门的悲凉景象。可以说每一个故事单元中的主人公都难免一死。“仁慈的义父以身殉职，他在返回家园的途中，踩响了别人埋设在尼姑庵前的地雷”，“舅舅在地毯商和铜匠们共同策划的一次暗杀活动中突然下落不明”，“在已逝年代里的这个清冷而阴湿的早晨，侍卫团先遣队无一人生还，使命与信念正是这样夺走了他们的生命”，“悲伤的声音消逝后，无数具横陈竖卧的尸体构成了初冬的旷野里第一种首要的风景”，“背景的内容是几个疲惫不堪的人拖着一具同伴的尸体在沉落的夕阳中慢慢地向一条空寂无人的江边走去”，“先前的那支旧军里发生了一次血腥的哗变，那位退伍军官已经面色红润地死去了，他的尸体与其他许多人的尸体都遍布在一座蛇形的山脚下”……这样，小说中的“历史”其实就是一个个生命走向死亡的过程，正如父亲所说“历史是男人为女人收尸”的一种过程，它正是以对生命送葬的形式完成了自身。于是我们看到小六子、广春、工匠、蒋尚武、税务官、大丰、长生老爹、表叔、何碧云、宝公和尚、崔燕林、智远，甚至连一向活得有滋有味的流氓柳亭都最终逃不过死亡的劫数。作者正是从死亡这个窗口去观照生命、去观照历史、去理解人的存在的，而且在这个意义上死亡也成了小说的一个结构因素，串联和整合了众多故事形态。其二，在小说的故事中到处充溢着人性的恶臭。在小说风景中我们可以看到苍凉的荒原上人与驴子交媾的丑恶一幕，也可以看到燃烧的欲火和妒火怎样驱使女儿亲手杀死了自己的母亲，甚至我们还会看到善果寺的和尚怎样谋财害命和士兵们怎样在“守财奴的尸体旁相互凶狠而残忍地厮打起来，像一群争食腐肉的秃鹫”。而士兵们在一瞬之间毁灭一座青砖古塔后，“他们发现里面原来什么东西也没有，空空荡的窟窿和隔层里积满了面粉般的灰尘。一座塔原来就是无数的砖石堆砌起来的一个空洞的东西，一件事实上等于零的事物，它的千古流传的宏伟神圣的形式像一个庄严而谨慎的玩笑，曾经在不知不觉中诱捕了那么多的人，它的一触即逝的核心使所有的拓掘者都一无所获而声名狼藉”，但贪欲的行为却导致这些惨无人性的士兵对一个无辜工匠的残杀。这里我们再次看到了战争是怎样异化了人、剥夺了人性，对生命的摧残与伤害可以说正是战争的本质，它是人类存在荒诞性的一个重要根源。其三，“心狱”煎熬中的生命和荒诞绝望的生存。小说从某种程度上说正是主人公“我”的绝望心理自传，一个在一本书上躺了40年的风瘫病人的心灵呓语，从童年时光到“白发苍苍”的岁月，“我”在时间之河中变成了一个“废人”，一种痛苦的存在。广春对林少女的思念及对无意伤害她们生命的原罪忏悔也都事实上构成了广春生存心理的主体。而母亲对父亲的刻骨仇恨，“我要把陈家祖上剩下的地全部卖光，一分一厘也不剩，我要让陈雪泥死无葬身之地”，可以说也正是母亲一生的情感锁结所在。父亲亲睹自己的爱人云漪被人谋杀的惨痛记忆又何尝不是一种生存负担窒息着他的生命？至于宝公和尚和那个隐匿多年的叛徒其生命也都生存在一次血腥屠杀的阴影中，其心灵的绝望焦虑和恐惧情绪是永远无法摆脱的。

这样，在小说描绘的一幅末日图景里主人公们都成了“空心人”和“手持声音和言辞的聋哑人”，被置身在一种无意义的荒诞存在中。每一个都是一个生存孤岛无法沟通无法对话。广春承认自己“耳朵完了”，“我”也曾被一个陌生人虚构在故事里被叫着七郎，而“父亲”更是被人当作“汪伦”被强迫成为别人的丈夫……正如义父周永稚向“我”解释《孔子见老子图》时所说：“所有的话都已经说完了，话有说够的时候，再在一起就毫无任何意义了。他们哪里也不去，孔子回孔子的家，老子回老子的家，他们知道长期在一起是荒唐的，毫无意义的，永远在一起更是愚蠢的，不可能的。”这也构成了无意义和荒诞的存在版图和存在历史。“我们”寻找一匹也许并不存在的马，“我们的寻找就要变成真正的无期的苦役了，得永远找下去，只要不死，就得像现在这样一直找下去”，其结果是如捕鱼人收网，但“网里没有鱼”。在这个意义上，战争本身也只是一件偶然性的人类行为，在它面前“一串村落和一个城镇在不久的将来便会灰飞烟灭，永远地消失在地图以外的时间里，与之有关的血泪也会像流畅的溪水一样穿过隐蔽的树桩，在流动过程中慢慢地被土地吸干”，此外别无意义。广春就总结自己的情报生涯说：“一切的情报都是毫无意义的废纸，世上不存在任何一种秘密，事情的好坏完全听凭于决策者的良心和意志。”那么，人类就注定了无所作为地面对那永劫难逃的沦落吗？沉入黑暗之中的人生还有没有拯救的希望呢？

二

然而，人类对失落的精神家园的寻找永远都没有停止过，从弥尔顿《失乐园》开始的那条人类寻找之路上从来就是熙熙攘攘、人影幢幢的。此在的黑暗仍然无法遮蔽彼岸的光芒，人们一刻也不愿惊破那奔向永恒和超越的美梦。文学由此也成了人类试图摆脱尘俗世界“物”的羁绊，追求精神上的自由和解放的一种心理向往和实践努力，作为一种永恒之学，它唤起的是对整个宇宙本真存在的永恒感悟。虽然，在《抚摸》的精神世界里有着浓得化不开的死亡情结和末日恐惧，但小说深层却始终深切地关注着永恒和超越。“永恒”是小说世界中所有物象的共同意向维系。吕新显然因对永恒境界的近乎神秘的体悟而心迷神醉、魂牵梦萦。小说可以说正是作者精神漫游的产物，他的心理指向总是朝着久远的过去和遥远的空间倾斜、滑落，他漫游在整个人类历史乃至宇宙历史的极远处。漫游意味着超越，小说时空序列就在极远处的地平线上交相融合并彼此消解，从而构成了一个超越于日常观念时空之外的先验意念世界。

我们知道，在《抚摸》的生命存在中人生的无意义和荒诞已经沦为一种宿命般的黑暗，但在这令人寒颤的黑暗景象中人们仍然没有放弃哪怕是无意义的对“意义”的寻找。这是一种对生命的宗教态度。也许人只有在“极境”中才可能迸发出自己全部辉煌的生命本质，生存“乌托邦”思想的幻灭并不能消泯人们对生命本身的虔诚、崇拜和彻悟。正如乌纳穆诺所说，有意义的生命永远只存在于“此在”的行动挣扎中，“人注定是要毁灭的。也许如此；然而，就让我们在抗拒行动中毁灭吧，再说，如果等候在我们面前的是‘空无’，那么我们不当在意它，否则它将成为不可改变的运数。”拿父亲来说，他对存在的拒绝可以说是决绝的了，青年时代他绝弃了美貌的母亲，并且“他在新婚之夜的仓促紧张，甚至虚晃一枪的做法也使我自出生以来一直多灾多病，他的稀里哗啦的动作赋予了我一个耽于幻想、敏感多疑的心灵和一具无法向世界索求的弱不禁风的肉体”，而晚年回“家”之后他更是对这个世界深恶痛绝，“这是一个异常卑鄙龌龊的世界，所有的都无耻到了极点，猪狗不如”，“我不愿意看见任何人，我太知道人是怎么回事了，我清楚他们是一种什么东西。我可以不吃不穿，但只求能保留这点权利，不要让我与任何人相遇……与人相遇，我感到害怕和难受”。但“这个被时间和典籍中的妖术折磨得头破血流的人对于石头、汤锅、火焰和丹鼎的狂热迷恋”，本质上则是对生命的一种“抚摸”和“崇拜”，他拒绝存在但并不拒绝生命，长生不老的生命幻想和得道升天的希望正如他最终的“乘风而去”都象征了人类超越此在向往终极彼岸的生存理想。

我发现在《抚摸》的故事里其实横亘着一个关于寻找的神话，每个主人公都在寻找着什么，期待着什么。就是“故事”本身也是在“我”的寻找中呈现出来的。“我”一生都在寻找着父亲，广春“多年来渴望的正是这样一个使他安心而温情的可以供他养修精神之伤的地方”，宝公和尚终身生活在对叛徒的寻找中并企盼着由此而来的对罪孽的解脱，而陌生人则对“我”说：“他要寻找一种现象，这是他漂泊多年的唯一的目的，至于那种现象能否如期再现，他对此毫不介意”，“他老在回忆一个典故，不能完全肯定他要寻找的那种现象是源自于这个典故，但或多或少它与这个典故有关，我们其实至今都说不清山的颜色是什么，我想谁也不会阐释清这种现象，我们曾经居住过的那座山，就在天的附近”。这样，“寻找”就具有了一种哲学和宗教的意味而成为一种文化“仪式”。也许“寻找”的结果最终永远也不会与“意义”发生关联，正如“我”对典故大师所说：“我是一个牧羊人，可是我始终无法接近山，无法接近贮存草料的谷仓，以及所有长草的地方和一切河流”，但关键的在于这个“寻找”的过程，过程比结果更有意义。

在寻找的前方天宇中一直有两道最美丽的彩虹，这就是家园的梦想和童年的迷恋。现代人真是太需要一个抚慰自己伤口的精神家园了，我们在小说中能强烈地感受到主人公们的那种“回家”的欲望。广春从军的日子里时刻忆念着自己的家园，并最终登上“辽阔雪景里猝然出现的一辆马车”。驶向了“梦中的家园”，“他感到旧年的青烟正由棋子的四周慢慢随风而去，善果寺深厚苍郁的钟声像道道纹理明晰的树轮一样在四周回荡，盘绕”，“流动在这个花园里的气息和视线中各种一成未变的设施使广春产生了一种魂归故里的感觉。他不停地呼唤，重复童年时的种种愿望和声音，但花园里平静得出奇，预料中的人语和脚步声都没有出现”。他就这样终于心满意足地死在他梦中的花园和梦中的椅子上。而小说的第三卷的主体也正是写了三个主人公“我”、父亲和崔燕林的回家。“我带领着我的手，几十年如一日地行走在流域两岸，寻找我所认识的那个冬天。……我找到了我们从前曾经拥有过的那个花园。我带领我的伤残的身体，有如一个行动缓慢的长毛动物一样潜入到某个门洞时，我望见四十年前的山冈一片碧绿，女人们手中的镰刀像天空里弯曲如钩的月牙和士兵们孤独而寂寞的眉毛”；“穿过风中的烟叶，我的父亲陈雪泥手持一卷枯黄的丹经，突然出现在家乡的土地上。这个多年来一直流落、隐匿在时间之外的人，神情暝漠地打量着故乡的一切。半个世纪以来的逃亡生涯使他的口音变得南腔北调，听起来陌生而滑稽”；“珠宝商人崔燕林在一个细雨迷蒙的傍晚时分弃舟登岸。……黄村岸边苔迹上潮冷的阴风将崔燕林的伽蓝长衫在顷刻之间吹成一团，这最初的情形使他连日漂泊奔波的脸上蒙上了一层沉郁的阴影”。尽管，当他们踏上现实的“家园”时不可避免地会面临“理想家园”的崩塌，但比较起居住在黄村流域岸边废船上的那些“无家可归的人”，比较起一身惶惶如丧家之犬的漏网叛徒，比较起黄村客栈里那一对叫琳和健生的陌生过客，比较起在异域他乡企盼立地成佛的宝公和尚来，他们终究是幸运的了。至于对童年的神往和迷恋更是小说中主人公尤其是“我”和广春的精神指向之一，它事实上也构成了《抚摸》的一个重要主题，吕新是一个活在童年世界里的作家。他的孤独、封闭的性格，保存了一颗纯洁无瑕的童心。《抚摸》的题记就是“昔日顽童今何在?”而“左手写字的人”给义父周永稚的信中也质问：“沉船启动了，岸上的顽童何在?”对童年的寻找其实正体现了人类一种生存理想，一种重返本身自我的渴望。如果说《抚摸》留给人的是一种灾难记忆的话，那么“我”和广春在童年时代只不过是灾难的旁观者，“我们”仍然可以自由地幻想。“我”可以幻想那飞奔的马车，也可以做振翅欲飞的梦，广春可以亲手制作他神往的简板，也可以天真地谈论尼姑的乳房，“我们”事实上是游离在现实的苦难之外而另有一片纯净的天空。但长大从军之后，“我们”不得不参与苦难，并成了苦难的牺牲者，广春迷失在他那疯狂的逃亡路途上，而“我”最终也成为废人，觉得“我什么都不是。我只是一堆目前还尚能勉强呼吸的器官，一堆一文不值的下水，一个转瞬即逝的影子”，“我的影子在天空青色的背景下，看上去像一堆没有生命但永不腐烂的瓷器，像一个虚幻的设想，像一个传说，像一种被假设出来的并不成立的因果关系”。很显然，对童年的缅怀与伤悼正是主人公的拒绝现实存在的一种方式，一种特殊自我观照手段，也是对生命的另一种“抚摸”。

而在我看来，《抚摸》寻找的终极目标无疑是对时间之门的穿越。正如小说中所说：“我唯一的目的就是能够比较顺利地穿越时间，这路途不但坎坷而且遥遥无期。”这样，我们就获得了对“抚摸”意义的另一种理解，它不仅如我上文所指的是对生命和精神伤口抚摸，它更是对历史、对时间的一种抚摸，对存在意义本身的抚摸。恐怕还没有哪部小说对时间的理解有《抚摸》深刻，小说中人物甚至有一种对时间的崇拜倾向，正如父亲所说“只有时间才具有这种力量。一切的一切全都是故作姿态，都会在时间中腐烂”。而出现在小说中的宝公和尚就像“一枚重见天日的玉佩或璎珞一样突然从那种修茂浩荡的野史中凸现而出，在墨迹斑驳的泥墙下眺望来去匆匆的时间，眺望无数的信念和使命在时间的形式中化为青烟或灰烬”。正因为时间本质上铸造着人生、历史和意义，它的无所不在和无所不能又给人一种压迫，“时间是一种无法把握的颜色，遗忘了这颜色里的黑白部分就是迷乱的预兆”。因此，它也强烈地滋生了人们超越时间向往永恒的渴望。父亲深信“时间使我忘记了一切”，他把时间化作了“焦虑的烟云”，“紊乱的回忆和繁琐而冗长的计算中的困难使他丧失了找回那谜一般的几十年动荡生活的信心和勇气”，他自称“我已成仙，我已得道”而“乘风”消逝了。我相信，至少他是在心灵上超越了时间，超脱了自己。此外小说中反复出现尼姑、道士、和尚等人的朦胧身影，其旨意也正在传达一种超越的欲望，只不过他们由于自身的残缺而滞留在时间之门外，最终没能完成超越罢了。那么，在作者的意识中真正的超越之路和永恒之路在哪里呢?《抚摸》告诉我们这最佳的精神征服方式就是阅读和写作。“写作是一种毁灭性的日常行为”，时间某种程度上也正是语言和文字的“气泡”，语言的写作和时间具有同样的改写、创造历史和故事的功能。小说中“我”、广春、周永稚等都是以日常的阅读和写作来编排、改写时间并超越自己的人生苦难的。而且在这个意义上，写作和阅读也正是一种“抚摸”，并从而具有了一种哲学意义。

这样，由于《抚摸》总是从缤纷的意象、朦胧的人影中寻找历史的底蕴、人生的意义、哲学的真谛、时间的秘密，因而这部寓意深刻的小说总体上就成了一部关于历史、命运、人性的哲理长诗。

三

《抚摸》的最重要的成就在我看来还是在它独到的叙述和语言方式上。小说的叙述者当然是“我”，“我”的回忆和精神漫游构成了这部小说的纷繁故事与人生。某种意义上，小说也可说是“我”晚年精神抚摸的结果，“我”在“床上抚摸我从前亲手打造出来的一面光晕灿烂的铜镜，我在镜子里看到了我的脸，它是潮湿的，却又看不到任何的水分。一双耳朵像一种凭空附属在某种势力之外的裙带关系。多少日子以来，失去知觉的下肢使我像一种干枯的记忆一样无可奈何地日复一日地停留在床上，我成为了床上的一个局部，与我为伍的是那些从前被褥，与阳光的长期远离，使它们散发出深重的霉味”，“对于‘黑胭脂’与铜器的双重抚摸，使我找到了生命与物质的交汇之处，我摆弄铜器的时候，‘黑胭脂’在一旁显得落落寡合，无所事事。我亲近‘黑胭脂’的时候，铜器灿烂的光芒又使我常常不寒而栗，如履薄冰”。而且，“我”在这部小说中也不仅是单纯的“叙述者”，而是具有一种哲学和超验意味。“我”在这个玄幻的世界上如透明的幽灵般玄幻地无声游荡。“我”从不曾以自身的任何行为或语言来证实自我的存在，相反，“我”的存在仅仅是为“我”所置身的这个世界的存在提供证明：“我”决不是个纯粹、完整的人，也即如小说中一位军官所说："你算什么东西？你以为你是什么？你什么都不是，你形同灰尘，你只是一堆无处堆放的废铜烂铁。"但"我"至少是一双"眼睛"，一双巡视世界即眼前之存在的眼睛，"我"是存在世界的证明者，"我"使一切存在着的物象不断地在被发现中呈现，这就是《抚摸》变幻的故事和变幻的人生的来源。此外，除"我"之外，小说还伴有几个次叙述者。第一卷中的故事离不开广春的《远征笔记》，"我"是在对广春"叙述"的阅读中重温战地故事的，正如小说第一句所言："有一天我在一只藏有印泥与笔记的抽屉里找到了一张战前的合影，照片上移动的云彩遮去了一行翔实的日期，剩下的人奄奄一息"，这可以说是小说的总括和故事总纲。小说第二卷中的义父周永稚"春天以来，开始致力于民间风光方面的描写。他描述了流域上下一百年间的人文风光和种种自然现象。……他的沉默多年的姿态显然是要努力忘掉一些什么。他想把已经发生过的已经遥远了的和正在发生的事情，通过文字来化为乌有，只留下一种模糊而短暂的面目全非的印象在跳跃，他想建造一种没有记忆没有时间的世界，他觉得只有文字才具有这种非凡的可能性"。他显然用他的文字帮助"我"完成、丰富了故事，实现了小说的主题。这样许多"我"视线之外的人文景观也能顺理成章地在小说中出现，即如那个古典时期的女贵族丽思夫人的形象一样。小说第三卷中的宝公和尚也同样具有这种叙事功能，"大约距此两年以前，我在他的一卷《中秋赏月》里发现了一段关于对收割烟草的农妇所持有的砍刀和钩镰的生动描写，炙手可热的文字涉及了最初淬火的细节和霍霍磨砺的过程，蓝色的火星和砂石纷纷坠落”，而他的梦境更是直接提供了关于武工队和漏网叛徒的故事。事实上，也正是借助于不同的叙述者和叙述视角的整合《抚摸》中各种情况和氛围中的故事能熔铸为一个完整的艺术整体和思想整体。

叙述之外，《抚摸》的结构方式也令人称道。由于小说没有贯穿性的中心情节，故事又是散装性的以感觉化的方式呈现出来的。因此小说就采用了意象联结方式，这不仅赋予了小说思想内涵上的象征性关联，而且也构成了众多故事形态物质层面上的想象性关系。“大风”和“炊烟”就是这部小说的两个统摄性意象，“大风”不仅象征着现实的灾难，而且也象征着历史狰狞的一面，“炊烟”则是日常宁静的家园生活的梦想。但“大风”总是把“炊烟”吹得无影无踪，“大风”吹走了粮食和工具，“使日常的炊事突然变得困难起来，失真起来”，“大风”也“吹跑了女眷们华丽的首饰和羊毛披风，披散的长发和飘舞的旗袍长裙使她们看上去形同一群长期生活在典籍和野史中的冤魂”。“门”也是小说中的一个重要意象，它联结着沦落和超越，既是死亡之门、灾难之门，又是永恒之门、时间之门。“在门的数目不断增减的过程中，有关时光和往事的附属物如同描红的折扇一样招数百出却一触即逝。

隐秘的岁月里袒露着往昔的痕迹，一种徐缓的含辛茹苦的语言一直持续到日落黄昏时分”，“他们途经那道废弃的石拱门下时，发现浇花的老人早已不翼而飞了。灾难其实就是从那座苍老的石拱门的下面开始向外面逐渐延伸出来的”，“拱形的城门突然在我的面前关闭了”，“偏离城门后，牛车和马匹开始在岸边狂奔”。我们发现《抚摸》中的众多生命正是在“门内外的进出中演化出了许多悲惨的故事。此外，小说中还充满了诸如“马车”、“蜜罐”、“狗”、“圆形水塔”、“花园”等饱含叙事意味的意象，作者借助于各种各样的“梦境”使那些“隐身于悠久历史和灿烂文化中的著名的温文尔雅的典故像是被施了妖术，一再地重现，图文并茂，古色斑斓”。但梦又是非理性的“梦中的诗句长短不一，浓淡失调，绝望而忧伤的情调使所要表达的有关线索和因果关系变得像一种失传多年的绝句和哑语”，正因为此小说故事和意象的结构才显出了它的合理性和逻辑性。

意象的成功的运用也带来了这部小说语言的特殊魅力，语言的“物性”消融在一片空虚无垠的像梦呓般飞飘无序的意象画卷之中。吕新的语言不仅高度纯净，哲学化了，语言的指问总是流于“永恒”的超验境域，语言被“永恒之水”所浸透，我们从每字每句中均可以体验到和感受到“永恒”的神韵弥漫。而且他的语言也极富造型功能、描绘功能、宣泄功能，既有纷纭变幻的色彩和画面又有铿锵作响的声音，可以说它最充分地向我们展示了语言的各种可能性。我对他的语言是如此喜爱和神迷，以至于这篇文章中实在无法抗拒一次次引用他小说原文的欲望。小说这样描写宝公和尚梦中的孔祥云：“孔祥云的神情像一个骑在驴背上的来自古代社会里的苦吟诗人，一双失血的耳朵像两片透着寒气的白果树叶子”；小说这样展示崔燕林意识中的“炊烟”“雨雾中飘来的一阵沉闷而悠久的钟鼎之声使崔燕林阴冷潮湿的记忆里升起了一缕姿态袅袅的炊烟。升起的炊烟有如温软的丝绸，舒缓漫卷，翩然而行。升起的炊烟是一种活跃的民间的日常的生态格局，它下面的鸡犬之声温馨如初，日常的器皿在有条不紊的起居之间叮当作响，裙褥丝带拂地而过，窸窸有声”；而“死亡”在小说中则以这样的文字呈现出来：“在文字覆盖下的一个月黑风高的夜晚里，几个巨大的名字将一只蜡染布包袱从书中的某一章里排挤了出去，沉重的包袱沿着山冈上舞蹈般的纹路一直向山下滚去”……无须赘例，吕新的语言总是充满象征的寓意和隐语，而话语方式上又总是陌生于日常的言语形式，像“甲骨文的手段秋毫可鉴，淋漓尽致”，“我看见文字的黑脸和短腿在缓慢周旋，原地奔驰，形同半坡时期沉默不语的农人”这样的句式总是给人一种崭新的美感和阅读享受。我想对于吕新小说的语言魅力应该是一篇独立的论文探讨的目标，我在这篇对《抚摸》的解读文字里只能蜻蜓点水般一带而过，就此打住。

1993 年 3 月—5 月于苏州

我内心充满凄凉和无奈

——吕新访谈录

吕新　王春林

王春林：吕新兄，首先要祝贺你荣获第六届鲁迅文学奖中篇小说奖。我们的访谈也就从你这届鲁奖的获奖作品《白杨木的春天》开始吧。至今都清楚地记得，你这部长达9万多字的中篇小说带给我的阅读体会是触目惊心。你面对历史的那种理性姿态，你对于特定时代情境下知识分子精神世界的剖析与理解，给我留下了殊为难忘的深刻印象。说实在话，阅读之前，我根本想象不到你会写出如此一部作品来。请谈谈你的写作动机。是什么原因导致你触碰这种题材的？通过你的悉心书写，想达到的写作目标又是如何？

吕新：其实我百分之八九十的小说都是以六七十年代为背景的，只是早期书写的更多是个人对于那个时代的直觉，不做铺垫，不加以详细的说明和解释。你是清晰的，明白的，但是对于他人就是模糊不清的，甚至无比晦涩，这就是直觉和极度个人感受所产生的效果。将近十年前，也可能更早一些，或者稍晚一些，一种堪称巨大的东西来到我的心里，那是一种无比沉重的东西，按说它的到来应该是挟带着惊天动地的巨响，或者至少也应该有一种令人震耳欲聋的轰鸣，但是奇怪的是所有这些都没有，而是以一种润物细无声的方式悄然渗入进来的；同时还是整体进入，并不是以分散的形式，也并不是一点一点地花了许多时日才完成的。一进来之后，那种深远的广袤无边的存在感便已完整地确立，感觉一切都是现成的，不再需要临时组织、搭建什么，也不需要雇人一趟一趟地搬运什么。

另外的一种明显而强烈的印象和感觉是，它像是小时候亲眼目睹过或者梦见过的一条大鱼，当时在你的眼前晃了一下后就不见了，从此杳无音信……但时隔多年之后，它突然又从深海里重新游了回来，变得比当年更大、更巨型，每游动一下，四周的海水都会为之晃动，就是那种惊涛拍岸，卷起千堆雪的感觉。

这么一个东西，这么一场堪称革命的经历，进驻到你的心里，会为你带来什么，那又是一种什么样的感觉？

没有人知道我当年的这种感觉和经历，在我的内心深处，迎来了一场怎样的风暴，它改变了我的世界观和人生观。与此同时，我也看到了我想要表现和书写的东西，很多年它们汹涌澎湃，却又暗无天日，凄苦而又不无激情地奔流在各种东西和各种人事的上面。而现在，原本黑黢黢的原野和山川一瞬间被照亮，绝大部分的东西都开始变得清晰起来。寂静的时刻，人声鼎沸的时刻，漫长的黑夜，晴朗的艳阳天，都在各自的位置上发出昭示。

也与此同时，由于这种东西的进驻，使得原有的一些东西受到了不可避免的挤压和遗忘，冷落和怠慢，甚至有意的埋葬，有不少逐渐走出我的内心，有时猛然想起一些早已走远了的人和事，会有恍若隔世之感，会不无唏嘘。

至此，好像已看到了目的地的部分轮廓，开始放慢脚步，完全是因为看到而才放慢。这中间，也时常会有脚下生风的时候，那是一种人所共有的得意和轻佻在作怪，每逢这时，就会停下，待冷静之后再重新上路。

有那么多的人双手捂着脸，等候在他们各自的悲喜交加的家庭里，或者坐在忽明忽暗的山川原野里，风吹雨淋，为了什么?

王春林：阅读《白杨木的春天》，总是会让我不由得联想到当年阅读诸如张贤亮的《绿化树》《男人的一半是女人》以及从维熙《走向混沌》等作品时的情形。虽然书写对象基本相同，但你的作品无论内在精神气度还是艺术表现方式，皆与他们有很大的不同。请问，他们的作品是你写作时的一个参照系吗?你自己是如何看待张贤亮、从维熙他们的类似题材写作的？

吕新：人世间的记忆和经验有许多是共同的，但是在共同之中又会有明显的各人的不同，有人记住的是红色，有人记住的是绿色，即使同是绿色，也会有更细更不一样的差别，深绿，浅绿，白绿，黄绿，此外还会有面积大小的不同，方寸的差异……所有这些差异，就会导致诸多的不同。我们同去看一个人，光是去的方式方法就会有无数种，更别提各自的心情、思想、观点和立场。有人是坐车去的，有人是走着去的，不仅徒步，而且还背负着一麻袋不算轻的东西。还有人为了排解路上的寂寞与枯燥，带着漂亮的女友去也属正常。也有人乘坐直升机，直接降落在被访者的院子里，那也没有什么不对。总之，各人会有各人的方式。

比如对于同一场雨或同一场雪的描写和感觉，那也会完全不同，一场雨在一百个人笔下，可能会变成一百场雨。

每一代人都只属于他那一代人，和上一代人，下一代人，都无法一样，都有别人不可替代的独特之处。我平常看年龄比我大的，比我小的，就是这样的一种感觉。

由此，我常常还会生出别的一些感慨和情分，那就是，要理解你的前辈和后辈，珍视与你同时代的人。

不是么？人们追求长寿，想活得更久，但凡事都有正反两面。一个人活一千岁，一万岁，那属于夸张和玩笑。实际一点说，你保养得法，风调雨顺，活了一百五十岁，甚至两百岁。可是你睁开眼看看，与你同时代的人早就都一个不剩了，满眼尽是陌生的年轻人，人家穿的衣服你没见过，吃的东西你也不认识，说的话你听不懂，做的事情你看不懂，与这样的一些后生晚辈们混在一起，名义上也叫活着，难道真的很有趣么？

就算你不特殊，大家都活两百岁，你兄弟也还健在，他一百九十四岁，一群那么老的人坐在一起，互相都懒得理睬，那其中的意义又何在？无法展望和想象。你的一百九十四岁的兄弟闭着眼睛坐在那里，你从他的面前慢慢地困难地经过，他连眼睛都没有睁一下。你以为他睡着了，或者没看见你。你提醒他说，老三，是我。他仍旧闭着眼睛说，知道是你。你惊异，迷惑，甚至略感难过，兄弟之间，并无龃龉，何以连一句问候的话也懒得过了？如果已是两百岁的你，还没有彻底糊涂，还能想起些许往事，你或许会想起一百九十年前，外面烈日炎炎，或者天色阴晦，你正要出门去玩，四岁的弟弟非要也跟你去。你不想带他，一把把他推倒在地，他哭着爬起来，扯住你的衣裳，还要跟你去。你被弄得毫无办法，不得不告诉他，想去就不要哭，马上闭嘴。四岁的他一听，立即就闭上了嘴，不再敢哭一声，跌跌撞撞，小狗一样跟在你的后面出了门。

我这样说，只是想说，每个人都有自己的使命，说使命也许不无可笑，那就说是任务，或者要做的事情，人生几十年，在你的年代，把你要做的事情尽可能地做完，做好，时候一到，熄灯，走人。

按照苏联作家们的分析，斯大林晚年完全是在为一种制度本身而强忍着强撑着活着，其实就个人本身来说，不仅毫无幸福，而且全是痛苦，生活已毫无任何乐趣可言。身体有疾，不相信任何人，对吃穿没有兴趣，对女人没有兴趣，对权力本身或许也已感到厌倦，唯一不放心的就是那个制度和全世界的阵营，担心坍塌。如果用读心术读出他的忧虑，那就是忍受各种痛苦，为全人类而活着，不能过早地倒下。

王春林：在《白杨木的春天》之后，你又创作了同样对革命历史进行着深刻追问与反思的长篇小说《掩面》。阅读《掩面》的过程，同样是一个沉痛不已的过程。请展开谈谈你《掩面》的写作意图。尤其不能忽略的是，到了《掩面》之中，你依然在有创造性地运用着先锋表现方式。请问，你是怎么样把先锋技巧的运用与革命历史的反思有机结合在一起的？

吕新：关于《掩面》，完全没有想过什么技巧问题，一切都是根据内容的需要在走。我现在常常有这样的感觉，内容确是在左右着形式，决定着形式。如果不顾内容，非要把它放在一种个人喜欢热衷的形式里，最终的结果只能产生笑话，失败会成为唯一的出路，类似的例子应该不少。在不该议论的地方议论，在需要精心描写的地方出现哲学，在最需要质朴的时候抽筋般地耍起拳脚、花招，秘而不宣，吞吞吐吐，故作矜持甚至神秘，真是糟糕无比。

《掩面》就是想写一个在世俗的眼光中失败的人，一个无所适从的人，一生都与获胜无缘。没有幸福，甚至连平静也难以得到。一生一事无成，却又罪行累累，斑驳迷离。这是用最寻常的最现实的眼光和价值观在看。如果用另一种眼光去看，真的是一事无成么？所谓成事，又是在成就什么样的事？高官厚禄，显赫的名誉地位，不尽的财富？实际上，这中间的问题非常复杂，也非常难以为事情定性。如果用前一种眼光和标准去衡量一个人的成败得失，那会是最典型的实用主义、犬儒主义，以最世俗的心肠衡量和看待一切，是一种人人都在手上做而嘴上反对的不无鄙视的价值观。如果用后一种眼光去看呢，会凸显出清高和超凡脱俗，可与此同时难道不也包含着无限的虚无么，甚至也很难排除有丝丝缕缕的阿Q精神在其间游荡。一个人在尘世过完了其苦难的命运多舛的一生，有人高兴地宣布说，他得救了，他有福了，他修成了，他成为了最幸福最欢喜的人，超越一切的人……这样的说法，生活在现实泥淖中的大众恐怕是永远也无法理解和赞同的，人们嘴上即使不说什么，心里也是在窃笑的。

更多的人，更愿意温暖而实际地过完自己的一生，这中间，能显赫则显赫，若不能，便改为追求平安，追求一种能看得见摸得着的现实的幸福。

人靠什么支撑自己？每个人都会有每个人的支撑物，或大或小，或远或近，或虚或实。有的人一辈子满满当当，有的人什么都没有，靠一个虚幻的梦想，也能支撑着过完一生。

比如“在烈火中永生”这句话，不同立场的人就会有不同的理解和态度。当火焰熄灭，一切都化为灰烬的时候，真的永生了么？你可以说永生了，但也有人会认为并没有永生，他看到的是一切都烧完了，谈何永生？可是，从另一种意义上来看，一切都烧完了，难道真的不意味着永生，不意味着一个新的开始？所以，这中间存在着两种世界观和价值观的分歧与斗争，只要人类存在，这样的矛盾和斗争就永远不会停止。

这样的公案，恐怕永远也只是一桩高悬在上的公案，因为它永远也不会有一个统一的答案和标准的结果，世世代代高悬在人们的头顶和心中。

一个人在最无奈、最绝望、最走投无路的情况下能做什么？只能用手捂着脸，坐在黑暗中。题目即来源于此。

写这个小说时，我内心里也充满凄凉与无奈。

就有这样的人，人世间所谓的好事从来也不会落到他的头上，不好的事，倒霉的事，倒常常会找到他。一个不好的东西，一个没有利益的东西，大家都不想要，给谁谁不要，互相推来推去，都躲着走，就像击鼓传花的游戏一样，传来传去，最终就会传到那个人的手里。等你再睁开眼的时候，所有的人都早已跑散了，就剩下你一个人还站在原地，东西在你的手里，那你就一辈子抱着它吧。

小说里有三段类似或者貌似诗的东西，但我在写作它们的时候并没有感觉是在写诗，心里也毫无诗意可言，完全就是在写作小说的一个章节。它们当然不是诗，而是三部分内容，分别发生在各个不同的时期。如果有人以为它们仅仅只是三首诗，甚至可有可无，甚至是在玩弄或者显摆什么，那只能是我本人和这本书的悲哀。

一个个体的人，受命去做一件于集体有益而于其本人无益的事，知道你此行极有可能一去不复返，事先为你安排好一切包括荣誉抚恤在内的善后。可是，某一天，你却突然令人猝不及防地活着回来了，这个时候，真正的尴尬就出现了，紧跟在尴尬后面的极有可能是数不清的麻烦。

王春林：毋庸置疑，你的写作开始于所谓的先锋文学，而且，一直到现在为止，你的小说写作中先锋气息的存在，都是显而易见的事情。可以展开谈谈你与中国的先锋文学以及西方现代主义之间的渊源关系吗？在你的小说写作过程中，是否一样存在着所谓“影响的焦虑”？又或者，你是怎样应对“影响的焦虑”的？

吕新：客观地说，毫不夸张地说，假如没有外国文学的介入，没有西方哲学的传播，我们的文学现在是什么样子，真的很难想象。

几年前，我曾经看到有一个人说他真想把他书架上所有那些外国作品全部扔掉，或者一把火烧了。他说这些是想表明他的厌倦之心和另有所爱，曾经喜欢并热衷过，但是现在已经非常的不喜欢非常的厌倦了。这话令人难过。我觉得，人，不管你最终变成了什么，变得如何的文明或者高级，如何的勘破世相和对一切都不屑，最起码的良心至少还是应该保留一点的。你能有今天的进步和更新的认识，你敢说与你准备要一把火烧掉的那些作品没有一点点关系？它们不曾拓宽你狭窄的视野，丰富你的头脑，辽阔你的内心世界，给过你一丝一毫的启示？国人历来痛恨过河拆桥之人。

不管任何人曾经怎么看，现在怎么想，光辉灿烂的西方文学，拉美文学，当年我喜欢，接受过它的滋养，至今依然如此。

“影响的焦虑”肯定有过，即使是到了今天，其实也很难说就真的完全撇干净了。但人到了现在这个年龄，很多东西毕竟和原来都不一样了。

现代主义，其实影响了整个世界，不仅仅只是文学和艺术，而是早已渗透到各个方面。

我举一个例子。八十年代之前，我们国家的男性公民，百分之九十九都是戴帽子的，就连小孩子也不例外，我上高中的时候还戴着帽子。隔一段时间就会看见有人洗帽子，湿淋淋地挂在绳子上，有老师的，也有学生的，说不定还有校长的。可是后来，很少有人再戴帽子了。并没有一个命令不让戴帽子，也没有一个明显的事件，类似民国初年剪辫子那样去推动这件事，一切更像是一种历史发展的需要和必然，历史已到了那一步。当然，今天还有人戴帽子，但那已完全是另一回事，绝不再单纯是一个遮风挡雨的东西。

观念的改变会带来一切的改变。

王春林：你的小说写作，与西方现代主义之间的内在关联，是显而易见的。但阅读你晚近一个时期的作品，却又可以明显感觉到你的写作，实际上与俄罗斯文学之间，也存在着不容忽略的隐秘关联。比如《白杨木的春天》一篇，在某种程度上就可以让我联想到帕斯捷尔纳克的《日瓦戈医生》。实际的情形如何？你是怎样理解看待俄罗斯文学的？请展开详尽地谈一谈。

吕新：很小的时候就看过高尔基的书，从书里知道了“苹果树”“亚麻色的头发”“脸上长雀斑的孩子”。我脸上没有长过雀斑，所以当时很困惑，不明白小孩子的脸上怎么也会有雀斑。从小生长的地方没有苹果树，所以对苹果树也充满好奇，不知道与杨树和杏树有什么区别。知道面包是用面团做成的，而面团需要有人用手揉。《童年》里的孩子在面包房里揉面，常被老板用面团扔过来，打在脸上。至于亚麻色是什么色，则完全不知道。

高尔基是我知道的第一个苏俄作家。

见到托尔斯泰之时，高尔基宣布自己不再是孤儿。

以后，看到他俩在乡间小路上的合影，我本人也非常激动。

看到他在车站送别罗曼・罗兰的情景，看到他隔着车窗仰起的苍老悲哀的面容，想到他身后的那个粘满糖又裹满盐的国家，不能不令人为之动容和感慨。

看到普希金曾经就读的皇村中学，看到他坐过的教室和使用过的作业簿，没有理由不认为皇村中学是世界上最美丽的中学，最像中学的中学。皇村的高大的橡树林，遍地的金黄的落叶和一道又一道的白木的栅栏见证着曾经的美丽和寂寞。

很早就喜欢俄罗斯文学，曾经被欧洲文学和拉美文学冲淡过一个时期，后来又重新开始。

公园里长椅上坐着一位安静的老人或者金发少女，专心读着的书，很有可能是一本普希金或者阿赫玛托娃的诗集。行乞之人礼貌而无声地目送着你从他的面前经过，你不先伸手，他一定不会率先伸出他枯瘦的一双手，更不会跪下来给你磕头，或者抱住你的腿。

这就是俄罗斯，这就是俄罗斯人。

大家都熟悉的普希金，赫尔岑，果戈里，陀思妥耶夫斯基，托尔斯泰，屠格涅夫，契科夫。20 世纪的勃洛克，曼德尔斯塔姆，阿赫玛托娃，茨维塔耶娃，帕斯捷尔纳克，索尔仁尼琴，布罗茨基，甚至一直漂泊在外的蒲宁，溘然长逝于异国书桌前的梅列日科夫斯基……如果没有他们，如何能想象俄罗斯文学，如何能想象世界的文学。西伯利亚，高加索，顿河，伏尔加河，图拉，梁赞，塔什干……这些具有特殊意义的地名，对于俄罗斯文学来说，其重要性并不逊色于莫斯科和彼得堡，某种意义上甚至更加温暖和悲壮，因为它们曾经养育、容纳过一代大师。

而拒绝养育和容纳会怎样呢？茨维塔耶娃希望能在作家协会下属的某一个偏僻的临时的作家食堂里谋取一个洗碗工的职位，多方托人，找关系，但最终还是没有谋到。面对现实，她不得不另想出路。“这一年来，我一直都在寻找一个上吊的钩子。”一年后，真的被她找到了，她顺从而又无奈地把脖子伸了过去。

……

勃洛克的文章的高度和深度超过他的诗歌。

有一年，随便打开一本书，无意识地翻到某一页，立即被上面的文字所吸引，写得非常之好，顿时就想知道是谁写的，于是就一页一页地往前翻，待翻到篇名和作者的名字时，不禁大吃一惊：果戈里。惭愧和反省也就是从那时开始升起。你惊讶，惊愕，觉得不可思议，什么也不能说明，只能说明你虚妄，浅薄，甚至狭隘愚蠢，对于对方太缺少了解。

同样的事例，同样的惭愧和反省也发生在另一个人的身上。随便翻开的某一页，叙事完全是现代主义的，甚至不乏所谓的后现代色彩，待看到作者名字时又是一惊：狄更斯。

今天的人们谈起他们两位，一定会认为他们是老古董，甚至完全忘记，完全不谈。我想说的是，他们绝不是人们通常以为的那样。

比如曹雪芹，其思想、观念和立场，在当时惊世骇俗，在今天，也依然是最前沿的。《红楼梦》充满解构，按照其本人的意愿，在认真地拆解掉许多旧有的秩序和轮廓的同时，又在努力地建设、营造着属于自己的立场和情感，一些东西被拆解后弃之不用，而另一些经过锻造和过滤之后，得到重新的组织，一个崭新的永远都不可复制的天地出现了，一个空前绝后的梦也就这样做成了。晚清以来直至民国年间大量的仿《红》之作，因为完全不具有那样的立场和精神，情感和审美，以为人格与世界观并非头等重要，以为人的内心隐痛、最深的绝望，无边的虚空、最暗的夜，最亮的光、唯一的梦，彼此都半斤八两，以为细密和琐碎就可以掩盖一切，甚至拯救一切，所以千篇一律，结果只能如草芥，如稀泥。

今天，我们见到的更多是那种外表文明，言谈举止时尚进步，而内心腐朽如棺椁的人。

汉译本的《复活》30 万字，《罪与罚》则接近 50 万字，每次想起这两个故事，我都会感到怀疑和惊心，就故事本身而言，如果让我们今天的人来写，很有可能会被写成两个数万字的中篇小说，甚至还有可能会被处理成两个轻巧的所谓的好看短篇小说。那多出来的几十万字是什么？难道不是我们与伟大之间的距离？

王春林：让我们把话题转换一下，谈谈小说的文体吧。我们习惯上总是把小说区分为长中短三种不同的类型。三种文体的创作体会你都很充分，请谈谈你对这三种文体的理解与认识吧。你理想意义上的三种文体的极端表现究竟怎样？根据你自己的感受，你认为自己最适合何种文体的写作？为什么？

吕新：说一句也许是不无虚妄肤浅的没有见识的话，迄今为止，读过很好的堪称伟大的长篇小说，甚至中篇小说，但是却从来没有读过一篇能够从内心由衷地赞叹、喜欢、羡慕、崇敬的短篇小说，也许我的要求过于苛刻甚至可笑，但是至少可以说明短篇小说是一种很难驾驭的东西。如果把它量化一下，用人们的住房面积做比喻，它可能只有八九平米，甚至三五平米，那么小的一个空间，站起来直不起腰，躺下去伸不开腿，客人来了只能上床，说话，吃饭。彼此都得弯着腰……

那么样的一个局面，要想创造出奇迹来，真不是一件容易的事情。能飞翔么，飞翔不起来。蜷伏在地上能干什么，能贴着地面游泳么，也游不成。也许只能在精神上和意境上想办法，或者在屋里埋头干活儿，偶尔看一眼窗外。

于是，就有很多人说，短篇小说之所以难写，就因为它不像长篇小说那样能够藏拙。这话如果能给短篇写作者以宽慰和信心，我觉得那真是无异于饮鸩止渴。

长篇小说就能够藏拙么？把废物、没用的、暂时用不着的，又不值钱的、不怕人偷的，所有那些杂物，都堆到一个布满灰尘的地上跑着老鼠上面挂着蜘蛛，本身也没有什么大用的偏厦般的房间里，这说不定就是很多人眼里和心目中的长篇小说，一个可以充分藏污纳垢的地方。我见过一些农村青年，从外面回来后，懒得去厕所，常常就会跑到堆放杂物的房子里去小便，一边还打着口哨，哼着歌曲。里面本身已经够恶心的了，作为家庭的继承者，作为未来的户主或者掌门人，他还在继续让它恶心。

短篇小说这种形式，甚至大多数作者经常制作的那种三五万字的中篇小说，在我的眼里，越来越像是独轮车或手提包，或者像一张精巧的卡片。而写作，中年以后的写作，很多时候就像举家迁徙，或者一次漫长的远行。你搬家，迁徙，一辆独轮车能搬什么，一个大的绒毛玩具就装满了。你出一趟远门，只拎一个小巧的手提包能行么？它即使再精美、再名贵，但对于此时的你来说，也丝毫不起什么作用，不具有任何的意义。那么一个小包，可能只适用于悠闲地逛街。

这即是我多年不再写作短篇的一个最主要的原因。

我需要那种容量大，载重性能强，适宜于长途跋涉的东西，所以无论阅读还是写作，我更喜欢长篇小说。

长篇小说，可以是庄严的，也可以是浪漫的，可以如荒原般辽阔，也可以静水深流，可以复杂如迷宫，也可以质朴如大地，细密幽深如人心，粗犷如狂风暴雨……做到其中一条，都会是不错的东西，而一部书如果能兼具所有这些，那就一定是旷世杰作。

王春林：面对吕新兄你的小说写作，假若忽略小说的语言问题，是根本就无法想象的。从我一开始阅读你的小说开始，吕新是一位语言的天才这种认识就已经根深蒂固了。在写作过程中，你对于语言的悉心揣摩、体会与运用，完全可以说已经达到了如鱼得水出神入化的地步。经历了现代主义洗礼之后的中国文学界，在语言问题上普遍秉持一种语言本体论的观点。对于语言问题，你的思考如何？请一定不惜篇幅展开详细说一说你的语言经验。

吕新：过誉了，简直承受不起。连托尔斯泰都常常怀疑自己是不是写作的料，何况我们这些人。

对于每一个写作者来说，语言问题都应该是一个大问题，我至今也还在不无艰辛地摸索着。很多时候完全就是一种独自走夜路的感觉，有时候会觉得手里有一盏灯，但是再一看，或许早已被漆黑的夜风吹灭了。

从某种意义上来说，我觉得文学问题首先就是一个语言的问题，如果否认这一点，所谓文学作品的存在的价值和意义，真的就要打很大的折扣了。

多年来，我个人阅读任何书籍，文学的，历史的，哲学的，宗教的，政治的，其他类的，档案的，传记的，史志的，甚至日记，只有两个标准，也可以说是原则：一是语言，二是内容。一本书，如果语言不好，内容很好，那也能读；如果语言非常好，内容不怎么好，那也能读；如果二者都好，那就非常理想了。但是，如果二者都不好呢，那就没办法再看了，不管它出自何人之手。他有权利制造那种东西，你也完全有权利有理由不读，又没有人拿着刀枪在背后逼着你读，是不是？写作是一个人在鼓捣，读书也一样，你在你家里，或者在某地，蜷缩在一个角落里，看什么不看什么，只有你自己知道。别的事我们做不了主，这个主自己还是能做的。

我看诗也是这样的，一首诗，如果有一两个句子很吸引我，我就会停下来把这首诗看完。一眼扫过去，如果什么也没有，那就过去了。

我觉得，一个写作的人，一个与文学相伴一生的人，先别说你要肩负什么，担当什么，要做什么的代言人或者为什么而写作，你可以负起某种责任，也可以不负。但是，至少应该贡献出一种属于你个人的语言，这应该是一种最低的要求。你一生写作，你的声音和心思，情感和梦想，所思所想，都要靠语言来呈现，总不能一辈子都在使用别人的语言别人的词吧，除非你看到的和想到的与别人所见所思一模一样，除非你不想说真话。当然，这样的个人化是建立在一定的基础上的，若没有那个基础，很多东西也就再谈不上。你赤身裸体，或者只穿一条瘦小的内裤，或者奇形怪状地坐在客人的面前，那倒够得上个人化，可是你觉得那样做真的很合适，真的没问题么？

很多年前，看过一篇掺杂着很多粤语的东西，好多字全是口字旁的，完全没办法看，感觉都和吃有关系。

王春林：放眼文学界，很多作家都有自己的文学领地。福克纳有他的“约克纳帕塔法”，马尔克斯有他的“马孔多”小镇，鲁迅有“鲁镇”，沈从文有边地“湘西”，贾平凹有“商州”，莫言有“高密东北乡”。那么，吕新兄你呢？你有属于自己的文学领地吗？假若有，请谈谈文学领地与你小说写作之间的内在关联。

吕新：我没有，我也不想专门地刻意地去建造什么，内心里有一块能让自己感到亲切的地方就足够了。

我相信每一个写作者内心里都有那样的一块地方，一块令你悲喜交加，百感交集的地方，每当想起它，提到它，都会明显地区别于世上的任何一个地方，精神上被触动，生理上也会有反应。每当走近它，会是一种什么感觉呢？就像鱼儿回到大海，树叶回到森林，没有人再能找到你、认出你。

每次车一过雁门关外，我心里就会有反应。等过了大同，再往北走，天地越来越辽阔，就会有更加特别的类似油一样的东西从心里滑涌出来。

描写一个小城，首先就是你昔日最熟悉的那个小城完整地浮现在你的心头，绝不会是临汾的某县或者四川广东的某县。

那可能就是所谓的根。从事其他职业的人可以没有根，但献身文学的人没有根很难想象。一棵树，根在地下扎得越深越远，上面的树才能高大苍劲。文学至少应该是木本的，但也有草本的，现在更像是一个草本的时代，一根豆芽一样的细茎，上面开着一朵花。更有无土栽培的科技，也能长出东西来。

王春林：特定的地域之外，与作家的文学创作存在紧密关系的，还有特定的历史时空。你的小说创作与什么样的一种历史时空密切相关？为什么这样的历史时空可以充分触发你的诗性艺术想象空间？

吕新：整整一个二十世纪，大部分年代都是我感兴趣的，想到那些年代，就会有无数的话想要说。其实，历朝历代，又何尝不令人充满想象。真正的历史到底是什么样的，谁也不知道，我们的那点所谓的历史知识，很可能连二手货也算不上，都不知道过了几手。人们所有的认识无非是来源于所谓的正史和野史，很多时候，耳闻目睹的也并非就是真相。现在，很多的历史和人物不是正在逐渐地还原其本来面目么？越这样，就越会让人对所有的历史产生怀疑，我们曾经自以为了解的所谓的历史究竟又有多少真实性可言？引起动摇的同时还包括我们掌握的所谓的知识和经验，学富五车，学贯中西，真知灼见，这样一些曾经坚固的称谓，也许需要在它们的下面画上一道粗粗的红线，或者黑色的问号。

最让我放不下的还是七十年代，正是我成长的时期，每次想到那个时期，脑子里就会有无数的页码排列着拥挤着，想通过一个出口出来，就像我们国家火车站的检票口和出站口一样。那些页码上的内容密密麻麻，有些具体的段落、叙述、描写，甚至其中的对话，我常常都能清晰地看见，甚至瞥见有的是未来哪一本书里的东西。

王春林：对了，无论如何都不能忽视你的写作转型问题。很显然，在你长达将近三十年的小说写作历程中，有过痕迹鲜明的写作转型。而且，这种转型就发生在进入新世纪之后。某种意义上，我更愿意把《白杨木的春天》看作是你艺术转型的标志性作品。你是否认同这种判断？请从你自己的感受深入谈谈这个问题吧。

吕新：你这样说，像是挖开了一道渠，让我想起二三十年前，其实那时候的一些东西里就有现在的萌芽，只不过当时是混沌的，并没有明确的意识。再加上书写直觉，让人因无法进入而感到怪异。这些年过来，现在重新打量，好像看到一条若有若无的灰线，确有那么一条线，弯弯曲曲，忽隐忽现地一直通到了现在。十年前那条线就不再发灰色，不再若有若无，开始变粗变黑。

同意你的看法。

人的一生虽说很短，却不知会被分成多少个时期，而每一个时期，情感、心境，甚至立场、态度，都会有所不同，而每一个时期又有每一个时期特定要做的事，所有这些变化都是在冥冥之中不知不觉地完成的。有的人，中年以后，突然喜欢上一个什么，那是一种明显的转身或者有意识的调整。我好像不是那样的，我变化完全是无意识的，写着写着就发现离过去已经很远了。一个人到一定阶段能够发现或者意识到自己要做什么，要怎样做，无论怎么说都应该是一件幸事。

王春林：作为一位在山西写作的作家，写作时不能不面对山西当代文学传统。比如，“山药蛋派”，比如“晋军崛起”。不妨借此机会梳理一下你的小说创作与山西当代文学传统之间的关系，谈谈你对这一问题的基本理解。

吕新：看着你这个问题，我愣了好半天。说句心里话，写作时还真没有面对过什么传统，也许是不懂或者无意识吧，从来就没有想过这种问题。年轻时，只想把一页一页的纸写满。

现在不是那种状态了，只想把最想写的写出来。按说人应该比过去成熟多了，也懂事多了吧，却还是没有想过那个问题。

可能我做事一直都比较单一，做什么就是做什么，很少会想到这件事以外的任何别的事。说句玩笑话，这个问题，相当于问我“永嘉元年，或者崇祯末年，你在干什么?”一样。

这个问题，你不问，我可能永远也不会想到，永远也不会有那种意识。你现在问起来了，我也不妨借此机会推理一下我自己，猜测或者分析一下其中的原因。除了上面说的，还有一种可能，可能觉得自己所做的只是一件无足轻重的小事，个人的私事，怎么会想到面对什么，或者与什么相关。山西传统，中国传统，那是多么巨大复杂的东西，怎么可以把自己的一副眼镜或者一条裤子挂在上面?世界广大，人各不同，一定有人愿意在上面题诗写字，留下所谓的墨宝，名垂青史，但我不会。不说想不到，也从未想过，即使想到了，也一定不会。

（《百家评论》2015 年第 3 期）